Dames

De la même auteure

Rose-Rouge, Montréal, Éditions Quinze, 1987.

Nuit en solo, Montréal, Éditions Quinze, 1988.

Zoé, Montréal, Éditions Humanitas, 2002.

véra pollak
Dames
le roman des copines

HURTUBISE
HMH

Catalogage avant publication de Bibliothèque et Archives Canada

Pollak, Véra

    Dames

    ISBN 2-89428-785-2

    1. Titre.

PS8581.O32D35 2005   C843'.54   C2005-940036-6
PS9581.O32D35 2005

Les Éditions Hurtubise HMH bénéficient du soutien financier des institutions suivantes pour leurs activités d'édition :

– Conseil des Arts du Canada ;
– Gouvernement du Canada par l'entremise du Programme d'aide au développement de l'industrie de l'édition (PADIÉ) ;
– Société de développement des entreprises culturelles au Québec (SODEC) ;
– Programme de crédit d'impôt pour l'édition de livres du gouvernement du Québec.

Maquette de la couverture : Geai Bleu Graphique
Maquette intérieure et mise en page : Andréa Joseph [PageXpress]

Éditions Hurtubise HMH ltée   DISTRIBUTION EN FRANCE :
1815, avenue De Lorimier   Librairie du Québec / D.N.M.
Montréal (Québec) H2K 3W6   30, rue Gay-Lussac
Tél. : (514) 523-1523   75005 Paris FRANCE
                           liquebec@noos.fr

ISBN 2-89428-785-2

Dépôt légal : 1er trimestre 2005
Bibliothèque nationale du Québec
Bibliothèque nationale du Canada

Imprimé au Canada
www.hurtubisehmh.com

À Marik

Chapitre 1

Carré de dames

Ma première, c'est Edwige. C'est une maîtresse femme qui gère ses affaires avec une redoutable compétence. Il ne faut surtout pas se fier à son air dégagé ni la croire quand elle vous dit que l'argent, elle s'en fiche. Elle connaît, au sou près, son avoir, achète et vend des entreprises comme au Monopoly, est plus à l'aise sur Wall Street que je ne le suis rue Sainte-Catherine, ne lit que des revues financières (mais elle les lit toutes) et, avec le premier café du matin, d'un simple clic sur la souris, elle peut gagner plus d'argent que moi en une année. Branchez-la sur le Dow Jones, le CAC 40 ou le Nasdaq, et vous en avez pour la soirée, incapable qu'elle est de comprendre que vous n'y pigez que couic et que, de toute façon, cela ne vous concerne pas.

Par ailleurs, elle a le cœur sur la main et s'engage dans toutes les causes, surtout celles perdues d'avance. La pauvreté la révolte ; si elle le pouvait, elle nourrirait toute l'Afrique, scolariserait les enfants de toute la Terre, et même si elle ne ferait pas de mal à une mouche, pourrait tuer sans états d'âme ceux qui exploitent les gamins. De son Mont Blanc, elle signe des chèques pour tous les organismes de bienfaisance qui la sollicitent, et trouve chaque fois qu'elle n'en fait pas assez.

C'est une grande dame, tirée à quatre épingles et, bien qu'elle coure à longueur de journée et qu'elle saute dans un avion plus souvent que moi dans un taxi, son maquillage est toujours impeccable, son vernis à ongles ne s'écaille jamais, ni ses bas ne filent, ni son nez ne luit, ni ses mèches ne s'affolent. Edwige vous donne l'impression qu'elle ne transpire pas, que ses hormones ne lui veulent aucun mal et que les aiguilles de la montre tournent dans son sens.

Vous vous doutez bien qu'elle habite Summit Circle et qu'elle conduit sa Jaguar d'une main de fer dans un gant de velours, mais qu'elle ne sait pas comment faire fonctionner son aspirateur ni son lave-vaisselle et que la cuisine est la seule pièce de sa maison où elle ne se tient presque jamais. Elle est de tous les cocktails et de tous les vernissages, et les vendeuses de chez Holt Renfrew se bousculent pour la servir, alors que la seule fois où j'ai osé y entrer pour lui acheter un cadeau, je me suis demandé si je n'étais pas la Femme invisible. Elle sort beaucoup, toujours au bras d'un chevalier servant, mais jamais deux fois le même. Qu'elle se méfie de la gent masculine, c'est peu dire. Dans ce domaine, elle a déjà donné.

Ma deuxième, c'est Annabelle. Elle trie ses engagements et ses œuvres, mais non ses emportements. Elle se fâche facilement, ses mots dépassent souvent sa pensée, ce qui lui a valu jusqu'à présent bien des engueulades, trois divorces et un nombre impressionnant de ruptures. C'est une croqueuse d'hommes, qu'elle préfère, bien entendu, affables, aisés et dépensiers, mais elle ne crache quand même pas sur les autres, pourvu qu'ils aient quelque savoir-faire. Contrairement à Edwige, qui a décidé que plus aucun homme ne partagerait son lit, Annabelle déteste dormir seule. Mais il y a un nœud. Notre amie est actuellement en vacance de mâle, situation intenable pour cette femme à hommes et pour nous autres aussi, qui devons plus souvent qu'à notre tour supporter sa déconfiture.

Par ailleurs, Annabelle est irrésistible, drôle et cinglante. Elle jongle avec les bons mots et nous fait souvent rire aux larmes. C'est du vif-argent qui coule dans ses veines : elle ne marche pas, elle gambade. Ses deux heures de ballet jazz par jour lui donnent l'allure d'une gamine et l'aident à monter en courant la côte de la rue Sherbrooke sans s'essouffler. Nous, nous n'essayons même plus.

Elle n'a peur de rien et rien ne l'arrête, pas même les feux rouges. Si vous n'avez pas le cœur bien accroché, prenez donc l'autobus. Au volant de sa Porsche, Annabelle aborde les virages comme au Grand Prix.

Elle ne connaît ni flemme ni déprime, notre impétueuse amie, et elle a des projets à vous donner le tournis. Ses journées doivent compter au moins vingt-quatre heures de plus que celles du commun des mortels, puisqu'elle arrive à les mener tous à terme. Et sans effort, par-dessus le marché.

Annabelle suit la mode avec autant de passion qu'Edwige le cours de la Bourse, et ses boutiques ne se désemplissent pas. Il faut dire qu'elle a trouvé le filon : ce ne sont plus que les cinquantenaires de Westmount et d'Outremont qui ont les moyens d'apprécier à leur juste valeur les dessous en soie, les gants doublés de cachemire, le petit débardeur en linon et tout ce qui va avec. Pour ne pas les décevoir, Annabelle a banni de ses boutiques le synthétique, le tape-à-l'œil et le faux. De Paris à Milan, de New York à Londres, elle vous dégote griffes et dégriffés, petites robes d'une étonnante simplicité, mais coupées dans les tissus les plus riches, les matières les plus fluides. De ces robes que vous ne songeriez jamais à jeter dans une laveuse. De ces robes que je ne pourrais jamais m'offrir et que je ne saurais même pas comment porter.

Ce qui m'amène à parler enfin de la troisième. C'est moi, Tina, sans prénom ni vie à faire rêver, dûment mariée, pas trop mal et toujours au même Nicolas, n'ayant jamais trouvé aucune cause ni à combattre ni à défendre, sauf la mienne, et même celle-ci, mollement. Signes particuliers : néant. Une toute petite bourgeoise sans éclat ni autres projets que de laver ses fenêtres le premier dimanche où il fera beau, qui rase les murs, se prend les pieds dans les tapis, et rougit encore, malgré son âge, quand on lui adresse la parole. Pas sportive pour deux sous, je ne sais ni conduire ni pédaler, sauf dans la semoule ; je pourrais me noyer dans ma baignoire et la seule fois où j'ai osé chausser des skis de fond, j'ai passé mon temps à m'excuser de ne pas avancer assez vite sur la piste et à m'effacer pour laisser passer les autres.

Effacée, le mot de la fin. Celui qui me dépeint avec le plus de fidélité. Pour cela et pour mon existence étriquée, je suis souvent grondée, pas toujours gentiment, par mes deux amies, mais néanmoins activement conviée à nos rendez-vous, ou plutôt joutes hebdomadaires, chaque fois qu'elles n'arpentent pas les quatre coins de la planète. En fin de compte, on s'aime bien et depuis longtemps.

Beaucoup de choses nous rapprochent quand même, à commencer par nos racines floues d'enfants marginaux, pas comme les autres. Ni tout à fait étrangères ni tout à fait intégrées, d'où un certain flottement du côté des appartenances.

Les parents d'Edwige, Lyonnais, dont la famille, anoblie par Napoléon III, a essuyé quelques méchants revers pendant la Seconde Guerre mondiale, sont venus tenter leur chance en Colombie-Britannique. Puisqu'ils pensaient ne rester que quelques années, ils ont élevé leur fille comme si elle vivait toujours sur le «vieux continent»: études à Montréal, à Marie-de-France, et vacances d'été chez la grand-mère, sur le domaine familial. Mais, comme leurs affaires ont prospéré au-delà de toute attente, ils sont finalement restés aux abords du Pacifique. Cependant, Edwige n'a jamais voulu perdre son accent pointu, et pratique, pour s'amuser, un vocabulaire un rien précieux. Il lui arrive même d'exagérer pour bien faire tache au milieu de ses relations montréalaises pure laine, défiant ceux qui n'apprécient pas, tirant partie du snobisme des autres, pour toujours épater la galerie. Et, lorsque cela l'arrange, elle n'hésite pas, certains jours, à devenir française jusqu'à la caricature. D'autres jours, cependant, elle cultive plutôt son côté *british*, glané dans les *tea rooms* de Vancouver et de Victoria. Voici l'un des avantages de vivre dans un pays comme le Canada: quand on est comme Edwige, on peut virevolter avec grâce d'une langue officielle à l'autre et en imposer aux «deux solitudes». Ce genre de placement peut rapporter gros.

Annabelle, qui joue à la Québécoise de souche solidement enracinée dans le bitume ultramontain, est pourtant née à Paris. Orpheline à un très jeune âge, elle a été élevée par une jeune tante, ancien mannequin chez Lanvin, cœur d'artichaut et jambe légère, dont un millionnaire montréalais est tombé éperdument amoureux. La tante a quitté sans regret la Rive droite pour s'installer rue Lajoie. Elle fut bientôt récompensée, un veuvage précoce la dotant d'une petite fortune et d'un superbe manoir. À cause de son accent parisien dont elle n'arrive pas à se débarrasser, et qui lui sert autant qu'à Edwige son bilinguisme châtié, Annabelle se fait souvent traiter de «maudite Française», bien qu'elle se prétende totalement assimilée. Rien ne l'enrage plus que lorsqu'on lui demande si elle est touriste, si elle se plaît à Montréal et si elle va repartir bientôt. «Je suis d'*icitte, stie*», répond-elle piquée au vif, sans comprendre pourquoi tout le monde s'esclaffe. «*Don't even try, love*», lui dit alors Edwige, et Annabelle se désole. Que voulez-vous? Même les plus belles plantes rempotées gardent dans leurs fleurs la nostalgie d'une vraie terre, bien profonde, où elles auraient pu prendre racine.

Quant à moi, je suis le produit rabougri d'un papa marseillais et d'une maman québécoise toute prête, elle, à renier ses origines et à se faire passer pour plus française que nature afin de se convaincre d'une multitude d'atomes crochus (néanmoins inexistants) avec un mari qui ne s'est jamais donné la peine, lui, d'en avoir avec elle. Si elle ne m'a pas complètement désavouée quand j'ai épousé Nicolas, c'est qu'il était au moins français. Seule qualité que Maman lui concède, tout en prenant soin de me rappeler qu'il ne fait pas vraiment honneur à son grand pays. Passons. Vous avez sûrement déjà compris qu'elle n'aime pas beaucoup son gendre et que mes histoires de famille sont navrantes.

Une quatrième s'ajoute souvent à nos rencontres. Elle n'a cependant pas notre assiduité, car c'est une intellectuelle, et nos soirées lui semblent un passe-temps bien trop frivole. Elle s'appelle Victoria et nous préfère souvent Socrate, Platon, Aristote et associés. Comparées à eux, il est vrai que nous ne valons pas une crotte de chat constipé, et Victoria ne se gêne pas pour nous le faire sentir par le silence réprobateur qu'elle oppose à notre papotage. Elle ne descend d'ailleurs de son studio spartiate, auquel la haute tour de l'Université de Montréal fait toujours de l'ombre, que lorsque ses illustres maîtres à penser n'arrivent plus à meubler de leurs savants discours les quatre murs vides entre lesquels Victoria s'enferme obstinément. C'est à contrecœur qu'elle se joint à nous, seulement lorsque les soirées deviennent trop longues, trop pesants les tête-à-tête avec des souvenirs qui refusent de se noyer dans l'oubli, trop peu ragoûtant le frigo juste rempli de légumes pourrissants que même l'épicurienne *stricto sensu* qui l'habite, et qui sait distinguer le vrai plaisir de la satisfaction des sens, n'arrive plus à avaler. (Victoria est célibataire, anorexique et végétalienne, attributs qu'elle défend farouchement.)

Lointaine, rongeant son frein sous les dehors d'une ataraxie toute stoïcienne, elle nous considère du haut de sa sagesse, et il est certain que, pour elle, ce qui se dit en ce moment, à cette table, n'a pas beaucoup de substance. Toutefois, Victoria aussi, nous l'aimons, malgré son air distant, malgré son sourire réprobateur. Sans elle, notre carré de dames ne serait plus qu'un banal brelan et, depuis que nous la connaissons, nous avons livré ensemble pas mal de combats.

Notre carré de juvéniles cinquantenaires, hélas souvent brelan, étant donné les absences fréquentes de Victoria, s'étale donc les jeudis des semaines fastes, quand Edwige et Annabelle ont regagné leurs pénates, sur la table d'un petit restaurant vietnamien de la rue Laurier. Là, même notre végétalienne intraitable trouve de quoi grignoter, et on tolère aussi bien la fumée de cigarette que les convives qui s'attardent interminablement autour des théières, trois ou quatre fois remplies, jusqu'à ce que le thé au jasmin ne soit plus qu'une eau tiédasse qui ne garde pas le moindre souvenir des feuilles odorantes.

Le ton de la soirée est donné dès le départ, après la distribution des bises, sourires et «comment ça va?» de rigueur. Avec les rouleaux impériaux, on attaque les grands thèmes de l'actualité. Après la cote de la Bourse et la chute du dollar, ce soir, Edwige et Annabelle se sont engagées dans une âpre dispute au sujet des logements sociaux, de la distribution gratuite de lait dans les écoles et de bien d'autres sujets sur lesquels, de toute façon, elles n'ont aucune prise. Entre-temps, je m'applique à ne pas tacher mon pull beige avec la sauce aux huîtres, et Victoria nous montre un visage buté plein de sous-entendus du genre «Mais qu'est-ce que je fais là, à les écouter pérorer alors que je n'ai toujours pas trouvé réponse aux seules questions existentielles qui me préoccupent – qui suis-je, où vais-je et pourquoi ?». Notre manque de participation aux débats finit par mettre Annabelle hors d'elle, dès la dernière bouchée de rouleau engloutie. Annabelle ne dévore pas seulement les hommes. Elle a un solide coup de fourchette et mange vite, trop vite, ce qui lui donne amplement le temps de s'en prendre à nous, en attendant qu'Edwige finisse son plat. Moi, elle me règle vite mon compte : «Bravo, tu as réussi à te salir la manche. Mais non, pas celle-là, l'autre, près du poignet.» M'abandonnant à mon désespoir, elle s'abat sur Victoria et, avec des éclairs menaçants dans ses yeux mordorés de lionne, se met à lui jeter en pleine figure une hargne qu'elle n'arrive plus à contenir :

— Dis donc, la philosophe, toujours aussi loquace, hein ? Au lieu de nous laisser patauger au milieu des ténèbres, viens donc nous asséner les grandes vérités de la vie que tu puises dans ces bouquins qui n'intéressent personne.

— Qui ne t'intéressent peut-être pas toi, qui n'en lis aucun, lui jette Victoria, en repoussant son assiette, après avoir soigneusement recouvert son deuxième rouleau d'une feuille de laitue parce que sa vue seule lui lève le cœur. Même se nourrir assez pour survivre semble à Victoria un passe-temps trivial qu'il vaudrait mieux sublimer ; elle se fait donc un point d'honneur de ne jamais finir ses plats.

Annabelle s'en empare aussitôt. Edwige lâche un soupir exaspéré, et elle n'a pas tort, il faut l'avouer. Alors que nous nous battons toutes contre les kilos en trop, bourrelets et autres convexités superflues, combat perdu d'avance, car il nous suffit de regarder un gâteau au chocolat pour prendre du poids, Annabelle, qui mange comme quatre, ne prend pas un seul gramme. Depuis plus de trente ans que nous la connaissons, elle garde la même taille, son métabolisme ne lui ayant jamais joué les tours pendables que nous subissons toutes, même Victoria. Annabelle, perchée sur des jambes interminables, est grande et élancée, nous autres, dodues, replètes, potelées, oscillant entre l'état de fausses maigres et de vraies grosses, selon nos humeurs ou les saisons, sans qu'aucun régime, massage ou remède miracle n'ait rien réussi d'autre qu'à nous confirmer que nos tentatives seront, tôt ou tard, vouées à l'échec.

Alors que j'ai pour ma part renoncé depuis longtemps à toute coquetterie, et que je me contente de dissimuler sous des chemisiers piqués à Nicolas et des chandails bien au-dessus de ma taille ma chair trop épanouie, Edwige se serre dans des gaines et des corsages qui l'empêchent de respirer à sa guise. Mais elle cache bien sa rondeur. Elle n'a pas l'air grosse, juste appétissante.

Quant à Victoria, vous l'aurez deviné, elle ne se soucie nullement de son apparence, jugeant le paraître chose aussi triviale et futile que la nourriture, et se contente de se draper dans des châles ou des capes puisque, de toute façon, elle a toujours froid. Mais aussi anorexique qu'elle soit, Victoria, tout comme Edwige et moi, reste bien en chair.

Annabelle est la seule de nous quatre qui puisse porter avec autant de bonheur des mini-jupes que des jeans ajustés, qui puisse s'habiller jeune et à la mode. Et elle ne s'en prive pas : elle a le corps qui convient et les moyens de le faire. Ce n'est qu'avec beaucoup de mauvaise volonté qu'on lui donnerait trente-huit ans. Edwige, qui a les moyens, mais pas le corps, l'envie sans s'en cacher, elle qui doit se contenter de beaucoup de distinction et de très classiques petits Chanel, de très sobres cachemires ou du très austère Burberry.

Moi, qui n'ai ni le corps ni les moyens, j'admire Edwige et Annabelle pour leur raffinement, tout comme j'admire Victoria pour son indifférence. Il est entendu que je ne sais pas m'habiller, que rien ne me va et que, en plus, je tache mes vêtements.

D'après Annabelle, mon manque de savoir-manger vient du fait qu'Andrée, ma sœur, tient une teinturerie et que cela ne me coûte pas cher en frais de nettoyage. En ce qui concerne mes autres manques de savoir-vivre, qui découlent dans une grande mesure d'un manque chronique d'argent, mes amies doivent les considérer, tout compte fait, suffisamment pardonnables, puisqu'elles acceptent volontiers que nos rencontres hebdomadaires se tiennent chez le petit Vietnamien plutôt que dans les restaurants hautement gastronomiques qu'elles fréquentent généralement.

Je suis sûre que, chaque fois qu'elles parlent de moi entre elles, Annabelle et Edwige disent «cette pauvre Tina», appellation qui, je dois l'avouer même si ça me coûte, me résume assez bien, étant donné que, en plus des autres manques, ceux d'impétuosité, de flamboiement et de capacité de réflexion sont tout aussi flagrants. Il est vrai qu'à côté d'elles, je fais triste figure. Reconsidérons les faits.

Edwige qui, comme je l'ai dit, sait faire de l'argent de tout bois, ne doit pas savoir ce que le mot privation veut dire, et malgré tout le bien qu'elle cherche à faire autour d'elle, jamais elle ne pourra dépenser ce qu'elle gagne. Elle est, par-dessus le marché, brillante : elle a, comme dirait ma mère, beaucoup de classe et de conversation. Donc, on la courtise, on se l'arrache, on se la dispute. Dernièrement, vient-elle de nous déclarer, les mondanités commencent à la lasser, les hommes et les états d'âme qui en découlent la désolent. Le marché est morose et son humeur, tout autant. Il n'y a plus que le bénévolat qui la branche, avec une nette préférence, ces jours-ci, pour les baleines et les sans-abri.

Annabelle, quant à elle, adore tout autant les mondanités que les hommes qui tournoient autour d'elle. Elle sort tous les soirs et se laisse courtiser à souhait, mais, pour le moment, elle est dans une mauvaise passe. Ses soirées finissent par une amicale bise sur la joue devant la porte, après quoi l'homme dans lequel elle avait investi tant d'espoirs file comme un lapin, probablement effarouché par son regard de lionne affamée. Donc, elle dort seule la nuit et c'est de méchante humeur qu'elle se réveille le lendemain. Edwige a essayé de l'entraîner dans la cause des baleines, mais Annabelle fait ses propres choix, se gardant bien de suivre sa copine. Elle le fait par pur principe : celui de faire bisquer Edwige. Sa priorité est actuellement le troisième âge, pour apprivoiser l'avenir et pour se rassurer en quelque sorte sur le fait que d'autres sont bien plus mal en point qu'elle ne le sera jamais, prétend Edwige, toujours prête à lui rendre la monnaie de sa pièce. Car bien qu'Annabelle déclare haut et fort que c'est sa façon de s'habituer à la grande vieillesse qui nous guette toutes, elle sort en morceaux des visites qu'elle rend à ses protégés qui végètent dans les centres d'accueil, terrifiée à l'idée qu'elle risque bientôt de se retrouver comme eux : seule, édentée et grabataire. Par ailleurs, malgré son affection pour Edwige, depuis qu'elle est en vacance de mâle, Annabelle passe son temps à jalouser notre copine pour la désinvolture avec laquelle elle éconduit ses chevaliers servants. Fait d'autant plus ennuyeux que c'est par les mâles qu'Annabelle entend s'enrichir.

— Quelle idée ridicule, lui lance Edwige. Tu fais plein de pognon avec tes boutiques. C'est un mec que tu cherches ou une vache à lait ?

— Veux-tu arrêter ce discours de fermière qui ne te va pas du tout ? se fâche Annabelle. Les mecs sont faits pour casquer.

— Quelle ânerie, soupire Victoria, excédée. D'où sors-tu ces idées d'une exaspérante stupidité ?

— Sûrement pas de tes philosophes rasoirs, ma douce amie, rétorque Annabelle. Ma tantine, qui m'a élevée, n'était peut-être pas aussi sage qu'eux, mais bien plus futée. Elle n'a jamais dérogé à cette noble idée, et elle n'a pas eu à le regretter. J'étais donc à bonne école.

En effet, tantine a su exploiter ses charmes et son veuvage pour arrondir son capital grâce à deux ou trois relations aux poches bien garnies, et Annabelle a bien suivi l'enseignement. Alors, au lieu de s'amouracher à dix-huit ans d'un virtuose du piano qui n'a pas tenu ses promesses, de se marier à dix-neuf avec lui, de faire un enfant aussitôt et, depuis, de croupir dans un emploi de bibliothécaire, inutile et mal payé, elle a toujours su miser sur le bon cheval. Trois fois elle a épousé des gagnants (et même les autres, les extra-conjugaux, ont valu leur poids d'or) et trois fois, pour la dédommager de leur départ, ces fiers étalons lui ont amplement laissé de quoi voir venir. Au bout de ses trois bailleurs de fonds qui avaient ajouté leurs efforts de guerre à sa propre réussite, Annabelle n'a vraiment plus le souci du lendemain. Mais elle a toujours peur de manquer de quelque chose.

Victoria, pour sa part, vit petit et pingre, par choix et non pas par nécessité. Elle a beaucoup hérité de son papa, qui avait fait fortune avec des salons de massage mal famés, et d'une tante célibataire qui, chose pratiquement inavouable, a tenu à Trois-Rivières plusieurs bars de danseuses nues. Papa faisait passer, l'avons-nous appris, une épreuve à outrance à toutes les candidates et ne retenait que celles qui réussissaient à le convaincre de leur talent, par leurs mains pétrisseuses ou leur popotin remuant. À cause, d'une part, du renouvellement de plus en plus fréquent des effectifs qui caractérise ces professions libérales et, d'autre part, de l'expérience que donne l'âge, le désir de papa s'était fortement émoussé vers la fin de sa vie et, pour l'épater, ces dames devaient vraiment mettre le paquet. Ce que fit une candidate masseuse avec un tel enthousiasme que papa lui claqua sous les doigts. L'affaire est piquante et, si Victoria ne manquait pas à ce point d'humour, nous aurions toutes pu rire de bon cœur de sa bonne fortune. Mais voilà le hic. Victoria manque singulièrement d'humour, surtout à cet égard, et comme l'argent du papa libertin et de la tante maquerelle pue l'opprobre, malgré le vieil adage qui affirme qu'il serait inodore, elle l'a distribué jusqu'au dernier dollar. De toute façon, elle dépense si peu que son salaire de prof lui suffit amplement.

Par conséquent, mes trois copines sont à l'abri du besoin, et moi je me suis habituée à lui, ce qui nous rend égales devant l'adversité.

Néanmoins, je les envie parfois de pouvoir vivre sans le souci du lendemain. Cela m'arrive surtout le dernier jeudi du mois, quand, au moment de payer l'addition, je dois sortir, hésitante, une carte de crédit, priant, le cœur serré, qu'elle ne me fasse pas défaut. Jusque-là, grâce au ciel, elle s'est bien comportée, donc l'honneur est sauf.

Non pas que mes amies n'eussent pas souvent insisté pour m'inviter, mais cela je ne l'aurais jamais accepté, car, comme chacun sait, les gagne-petit ont un ego hypertrophié. Et puis, comme je l'ai déjà dit, des abîmes nous séparent dans tant d'autres domaines : je ne sais pas m'habiller, ni manger proprement et avec la fourchette qui convient, ni commander sans ciller le vin qui va avec chaque plat, ni mener une conversation brillante ou me taire intelligemment. Alors payer mon repas est la moindre des choses, heureuse que je suis qu'elles veuillent bien de moi et de mes défauts. Pourquoi, au fait, tiennent-elles à ma présence ? Je ne connais pas la réponse, mais je suis bien contente de me faire accueillir avec le sourire, les jeudis, et je les aime même pour leurs piques. Pour elles et pour le reste. Le reste étant notre amitié indéfectible.

Mais revenons à nos rouleaux impériaux, ou plutôt à nos assiettes vides que le serveur fluet ramasse sans se presser. La soirée est jeune, et il sait que nous serons là jusqu'à la fermeture. Des cigarettes s'allument. Celles d'Edwige et d'Annabelle, qui se mettent maintenant en garde pour un nouveau débat : des HLM pour les sans-abri. Moi, qui essaie désespérément de me débarrasser de ce merveilleux vice non pas parce que j'ai peur du cancer, de l'infarctus et de l'emphysème, mais parce que mon salaire ne me permet plus de me payer de tels fastes, j'aspire avec volupté la fumée passive et gratuite. Victoria toussote avec hargne et chasse d'une main impatiente le peu de fumée qui l'approche. Dire qu'avant de tomber dans le végétalisme pur et dur, elle fumait des gitanes ! Mais nos deux amies ne s'occupent pas de nous pour le moment. Pour me donner une contenance, je frotte avec un coin de ma serviette, que j'ai trempé dans mon verre d'eau, la vilaine tache qui orne le poignet de mon pull, bien qu'Andrée m'ait prévenue : « N'y touche surtout pas. Sinon, tu fais pénétrer la graisse dans les fibres, et, après, ça ne part plus. » Mais Andrée est ma cadette, raison pour laquelle je n'arrive pas à l'écouter, même si elle a quarante-huit ans et si elle a élevé seule ses trois enfants, Charles l'ayant laissée propriétaire de la teinturerie et veuve depuis plus de vingt-cinq ans.

À notre table, dans l'intervalle, les échanges se corsent et Annabelle trépigne :

— Laisse tomber les sans-abri, Edwige. Occupe-toi plutôt de l'agonie des baleines. Ça porte moins à conséquence et, de toute façon, tout le monde s'en fiche.

— Ce n'est pas vrai. Elles ont tout autant besoin de nous que les autres créatures. Nous avons des devoirs envers elles. C'est nous, les humains, qui avons abîmé leur habitat. Elles se suicident à cause de la pollution. C'est elle qui les tue.

— La pollution tue tous les animaux. Sauf que si tu t'occupais de chiens et de chats, il faudrait que tu commences par en adopter quelques-uns de la SPCA, et tu pourrais dire adieu à tes tapis persans. Alors qu'une baleine, personne ne s'attend à ce que tu l'élèves dans ta baignoire sur pattes. À moins que tu n'aies décidé de loger quelques sans-abri dans ton salon !

— Bien sûr que non, voyons, quelle idée. Ils ne seraient pas à l'aise, et moi non plus. Mais je ne vois pas pourquoi tu juges mal mon idée d'organiser une grosse manifestation. C'est la seule façon de sensibiliser l'opinion publique à la nécessité de construire des logements sociaux.

— Tu veux manifester avec des clochards, hissée sur tes talons hauts, pour les convaincre qu'ils exigent des HLM exiguës suintant la misère! s'écrie Annabelle, incrédule. C'est la meilleure! Ils sont bien mieux dehors, espèce de rêveuse, ils peuvent au moins bouger, respirer.

— Et geler par trente-cinq sous zéro. Je dois aller leur parler, personne ne discute jamais avec ces gens, personne ne leur explique leurs droits. Pourtant, ce n'est que par l'éducation qu'ils finiront par acquérir une conscience civique. Tout passe par l'éducation, Victoria, tu es bien d'accord avec moi?

— Oui, Edwige, répond celle-ci, d'un ton si absent que je parierais qu'elle était, dans sa tête, engagée dans une discussion fébrile avec Démosthène, quelque part au pied de l'Acropole.

— Tu vois. Même Victoria me le confirme. Alors moi, je vais aller les éduquer un à un. Je leur offrirai une tasse de café et un bon sandwich, je fumerai une cigarette avec eux et leur expliquerai qu'ils ont le devoir de s'intégrer dans la société. Vois-tu un autre moyen qui puisse réduire la fracture sociale?

— Non, sûrement pas, d'autant qu'ils vont facilement comprendre tes subjonctifs à la gomme ou ton flegme britannique, si ce jour-là tu te sens plutôt anglomane, se marre Annabelle. Abandonne-les, tes malheureux, aux travailleurs sociaux, et embrasse plutôt la cause des baleines suicidaires. Elles ne vont pas te rire au nez, ma bonne dame, ni salir ton Burberry avec le café que des sans-abri ignares ne manqueront pas de te jeter à la figure. Mais j'y pense. Tu espères peut-être qu'un d'entre eux finira par te sauter. Voilà une expérience qui manque à ton palmarès de charités. Te faire sauter par un robineux. Le rêve!

— Peut-être devrais-tu alors m'accompagner, car du côté de tes petits vieux, tu n'as rien à espérer à ce chapitre.

La conversation tourne au vinaigre et de vieilles rancunes montrent le bout de leur vilain nez. Elles nous rajeunissent d'une bonne vingtaine d'années. Victoria oublie Démosthène et me fait un clin d'œil. Je suis sûre que nous revoyons la même scène se rejouer devant nos yeux.

Nous passions exceptionnellement la soirée chez moi. Ninon, ma fille, alors toute petite, avait la varicelle, et Nicolas était en tournée. Nous avions donc troqué les nouilles croustillantes contre du bœuf bourguignon, l'une des rares recettes que je ne rate jamais. Vous me trouvez présomptueuse? J'ai suffisamment de défauts, allez, pour pouvoir me vanter sans minauder d'un minuscule talent. Nous nous trouvions donc chez moi, autour des rogatons du bœuf bourguignon que même Victoria, à l'époque encore carnivore et fin gourmet, avait apprécié. Nous étions repues et un peu grises. Edwige et Annabelle avaient fini de débattre des faits saillants de l'actualité et se regardaient en chiens de faïence, cherchant un nouveau sujet de dispute. Victoria, qui était alors moins avare de sourires, essayait de remettre la soirée sur les rails, pendant que je débarrassais. Faute de mieux, elle lança sur la table les hommes, seul sujet qui nous préoccupait réellement, puisque nous avions toutes les quatre entamé la marche vers la quarantaine rugissante et, comme le voulait l'air du temps, étions féministes plus ou moins convaincues.

Annabelle se trouvait entre deux divorces, empêtrée dans une relation joliment équivoque avec un cadre très supérieur, mais très marié, qui lui offrait parfums et bijoux, mais rien d'autre. Edwige était follement éprise d'un homosexuel incorruptible qu'elle espérait rendre hétéro par ses seuls charmes. Moi, je continuais d'être irrémédiablement amoureuse de Nicolas et tremblais à l'idée de le perdre. Victoria, malgré ses échecs à répétition, gardait encore l'espoir de rencontrer enfin le «cœur frère». Le sujet était donc palpitant.

Une nouvelle bouteille de beaujolais fut débouchée, et nous en vînmes aux confidences, d'abord timides, ensuite de plus en plus salaces. Moi, comme d'habitude, je n'avais pas grand-chose à raconter, étant donné mon manque d'expérience dans le domaine, mais je suivais avidement la discussion. Un concours fut proposé : laquelle d'entre nous pouvait se vanter du plus grand nombre de conquêtes à son actif ? J'étais d'entrée hors jeu, je fus donc l'arbitre. Victoria, puisqu'elle partait perdante, déclara forfait rapidement. Ne restaient dans l'arène qu'Edwige et Annabelle. La lutte fut serrée, et Edwige l'emporta avec 45 contre 44. Annabelle ne voulut jamais admettre sa défaite, arguant que l'homosexuel ne comptait pas vraiment, n'étant jamais allé plus loin que des attouchements sans lendemain, et cela seulement si Edwige le dopait de joints et de vodka (c'était un Polonais).

Depuis cette défaite jamais acceptée, Annabelle trouve que toute occasion de s'opposer à Edwige est bonne : elle brandit maintenant les sans-abri avec un dépit qu'elle ne cherche nullement à dissimuler.

— Au moins je m'engage vraiment socialement, pauvre tarte, siffle Edwige.

— Et pas moi, peut-être ? Aller voir ces pauvres octogénaires et me creuser les méninges pour trouver une histoire drôle qui pourrait les dérider, ce n'est rien, à ton avis ? C'est bien plus utile, crois-moi, que ce voyage insensé à Cape Cod pour pleurer sur les dépouilles de tes poissons suicidaires.

— Bof! Tu leur accordes chichement une petite heure quand ça te chante, alors que moi, je ne lésine point sur mon temps, et ne signe pas un petit chèque du bout des doigts, en attendant qu'un nouveau mec au portefeuille bien garni vienne me dédommager. Il tarde d'ailleurs, je trouve.

— Tu sais ce qu'il te dit, le mec au portefeuille bien garni? se borne à répondre Annabelle.

C'est un peu maigre comme réponse, mais Edwige l'a touchée au talon d'Achille et, dans ce genre de situation, Annabelle manque de répartie, ses yeux mordorés se chargeant de lueurs assassines. J'espère qu'elle ne va pas nous faire le coup, comme il y a trois semaines, de se lever, de jeter sa serviette dans l'assiette d'Edwige et de nous laisser en plan. Après, ça a été toute une histoire de les réconcilier et, sans Victoria, qui ne trouva rien d'autre que de nous asséner la sagesse des classiques, chose pour laquelle elle se fit amplement conspuer, c'en était fini de nos jeudis pour un bon bout de temps. Ce n'est pas la première fois que Victoria réussit ce coup de maître : trouver le bon mot qui irrite tant nos amies qu'elles oublient leurs différends et se rallient pour lui bondir dessus. Moi, elle me fait rire. Sacrée Victoria!

Cette fois-ci, ce sont les nouilles sautées qui nous sauvent. Les nôtres sont joliment parsemées de trois ou quatre crevettes d'un corail soutenu, signe qu'elles sont trop cuites, et de quelques lanières rosâtres de poulet, lesquelles ne le sont donc pas assez. Les nouilles de Victoria ne contiennent que de maigres légumes, comme il se doit. Pourtant, elle les considère avec dégoût, déjà prête à repousser son assiette.

— Mange, ma chère, tu ne sais point qui te mangera, avant qu'Annabelle n'aspire tout le contenu de l'assiette, ricane Edwige, qui continue de se venger par le premier coup bas qui lui vient à l'esprit.

— N'empêche que j'habille toujours du huit, ma belle, alors que toi… lui lance Annabelle en maniant avec adresse ses baguettes.

Moi, je prends précautionneusement ma fourchette. Je n'ai jamais réussi à me servir de baguettes sans que la moitié de mon plat atterrisse sur ma jupe. J'essaie de piquer dans une lanière rosâtre, mais elle me tient tête, la coquine, pour mieux m'échapper. La fourchette dérape et la sauce gicle – je ferme les yeux, accablée : ouf ! Mes dieux tutélaires ont protégé le chemisier blanc d'Edwige, assise en face de moi, et ont fait dévier le coup sur la nappe en papier, créant une marre peu ragoûtante autour de la bouteille de vin. Fous rires. L'ambiance se détend. Même Victoria sourit du coin des lèvres. «Bien joué, Tina, dit Annabelle s'essuyant les larmes (comment fait-elle ? son mascara ne coule jamais), tu nous étonneras toujours. Puis, dis donc, on en parlait avec Edwige, il est grand temps que tu commences à te teindre les cheveux. Ta tête est d'un triste !»

Elle en a parlé avec Edwige ! Elles ont dû se dire : «Cette pauvre Tina, ses cheveux, quelle catastrophe !» Et elles n'ont pas eu tort. Comparés au blond cendré très BCBG d'Edwige et au cuivre appuyé d'Annabelle, mes cheveux rares, couleur queue de souris pelée, n'ont rien de glorieux. Même Victoria, dont les cheveux d'un châtain banal refusent de grisonner, est mieux pourvue que moi. Et, ne l'eût-elle pas été, personne n'aurait songé à l'asticoter à ce sujet.

— Pour une fois, je suis assez d'accord avec Annabelle, dit Edwige, il faudrait faire quelque chose, mon petit, ça ne t'avantage pas. En plus, tu ne sors pas de ces couleurs ternes, rien que du gris, du beige. Victoria au moins ne porte que du noir et elle s'en fout. Côté mâle vivant, elle fait le vide autour d'elle, donc il n'y a personne pour la regarder, sauf ses livres de philosophie. Alors que tu as ton Nicolas. Le veinard porte encore beau malgré sa calvitie naissante et, dans son milieu, ce ne sont pas les jolies femmes qui manquent.

Voilà que c'est ma fête à présent. Avec leurs nouilles sautées, elles vont m'avaler tout rond. Nicolas porte beau. C'est une évidence, même pas un compliment. Edwige ne chercherait sûrement pas à me faire des compliments au sujet de Nicolas qu'elle n'admire ni n'aime particulière-ment, responsable qu'elle le rend de mes vêtements ternes, de mes cheveux ternes, de mon boulot terne et de ma vie terne. Quant à Annabelle, le seul talent qu'elle lui reconnaît est celui d'avoir engendré Ninon. Elles n'ont jamais aimé Nicolas, ces deux-là, et c'est sur ce seul point qu'elles donnent bien raison à Maman. Elles ont toujours prétendu que j'avais fait une bêtise qu'elles auraient pu empêcher si elles m'avaient connue à l'époque, et elles attendent que notre couple se brise. Bien que teinturier fasse moins chic que pianiste, elles ont toujours dit qu'Andrée s'était mieux débrouillée que moi, malgré le départ hâtif de son époux vers l'au-delà. Entre autres, elles ne pardonnent pas à Nicolas de n'avoir pas brillamment réussi. Ses échecs répétés leur ont donné raison : elles m'avaient bien prévenue qu'il ne saurait jamais jouer autre chose que de la musiquette.

Au premier récital de Nicolas auquel je les avais invitées, elles m'ont dit à l'entracte : « Bof ! Ce n'est pas trop mal. Il finira prof de piano. » Et elles ont eu raison, il a fini prof de piano. Et pour faire bouillir, de temps en temps, la marmite, chacun sachant combien aléatoire est le métier de prof de piano, il pianote à l'heure du thé dans les bars des grands hôtels, quand ce n'est pas aux mariages ou à des fêtes de fin d'année. Il fait de son mieux, quoi. Pour mes copines, c'est une déchéance d'autant plus condamnable qu'elle n'a jamais été précédée de grandeur.

Victoria est la seule à ne jamais tirer sur le pianiste. À lui demander comment ça va quand il répond au téléphone ou quand elle vient nous voir, alors que les deux autres se bornent à l'ignorer, tout en échangeant des hochements de tête sous-entendus. Nicolas le sait, mais il s'en moque. Il se moque de beaucoup de choses, Nicolas, ce qui irrite tant et plus Edwige et Annabelle. Il est inadmissible, pour elles, de s'en moquer à ce point. Et de se complaire dans la médiocrité. Un scandale.

Je continue à me battre avec mes nouilles, attendant que l'orage passe. Je n'ose pas déclarer que je ne veux pas me teindre les cheveux. Qui pourrais-je tromper ? Sûrement pas Nicolas qui les a aussi gris que moi, quoique bien plus fournis, malgré la calvitie naissante qu'Edwige est seule à voir. Mes cheveux tristounets le dérangent-ils ? Je n'ai jamais osé aborder le sujet avec lui.

Avec Ninon, j'ai essayé, pas plus loin que la semaine dernière. Timidement, pour ne pas réveiller la bête en elle, d'autant que depuis que Claude, son petit ami, l'a quittée, elle n'est pas à prendre avec des pincettes. Comme d'habitude, mon adorable enfant m'a aussitôt dit ce qu'elle en pensait. Rien de bon, il fallait s'y attendre. Elle en pense rarement quelque chose de bon, ma petite chérie, lorsqu'il s'agit de sa maman. Elle n'en a que pour son papa, qui est, à ses yeux, le chevalier Bayard personnifié, et vit sans complexe un œdipe tardif. Mon enfant a son petit caractère, mais de qui le tient-elle ? Nicolas et moi sommes si peu vindicatifs !

Tout d'un coup, bêtement, des larmes me montent aux yeux. Victoria seule s'en aperçoit et, avant que je puisse me reprendre, avale une gorgée de thé et déclare :

– Votre conversation est affligeante. Je me demande ce qui me fait perdre mon temps à écouter vos caquetages.

– Ce qui te fait perdre ton temps, mon chou ? Mais voyons donc, ricane Annabelle, ravie de changer de cible, tu t'emmerdes, comme tout le monde, bien que cela te navre. Parfois Aristote te fait bâiller, le pauvre vieux. Alors tu daignes venir écouter nos caquetages, ce qui te réconforte dans ta supériorité.

– Arrêtez, je vous en supplie, dis-je, gênée.

Je n'ai pas envie que la soirée finisse en engueulade, d'autant que, ne leur en déplaise, ces larmes-là ne sont pas de tristesse, mais de bonheur. Oserais-je leur dire, à mes amies, que je serai heureuse, tout à l'heure, en rentrant, de retrouver Nicolas ? Mon homme de longue date, qui ne m'a presque jamais fait défaut, et qui, sans vraiment se réveiller, va murmurer : « C'était une bonne soirée, puce ? Les amazones vont bien ? » Non, je n'oserai pas le leur dire, ni leur avouer que j'aime Nicolas. Encore et même plus qu'autrefois. Toute une vie de fins de mois difficiles nous a soudés ensemble. Elles ne comprendraient pas. Nicolas est mon jardin secret, et je ne veux pas que qui que ce soit le piétine, même pas Victoria qui, elle, comprend souvent et ne le ferait jamais. Peut-être parce qu'elle n'est pas carnivore ? À creuser.

– Et si on arrêtait de se déchirer et qu'on rigolait un peu, propose Edwige d'une voix soudain fatiguée. Allez, Annabelle, raconte-nous une histoire.

Cette voix ne ressemble pas à Edwige. Et son regard est éteint. Que lui arrive-t-il à notre amie, d'habitude débordante de vie ? Je lui trouve aussi petite mine. Oh, mon

Dieu, faites qu'elle ne soit pas malade ! Elle ne nous le dira jamais. Elle a aussi son jardin secret, Edwige, et elle le défend farouchement.

Ce n'est qu'après qu'on lui a enlevé le sein gauche que nous avons appris l'horrible nouvelle. Nous ne l'avions pas vue depuis plusieurs jeudis, elle nous avait dit qu'elle partait en croisière. Faire le tour du monde. Victoria s'obstinait à nous affirmer qu'il y avait une énorme baleine sous cette roche, que c'était une drôle de croisière que celle que l'on fait sur un coup de tête au mois de novembre et d'où on revient cernée et livide, mais nous n'y avons pas trop prêté attention. Il est rare que nous écoutions Victoria et nous avons tort. Pendant qu'elle se tait, elle observe et elle voit. Quand nous l'avons su, Edwige nous l'ayant raconté bien après, en passant, comme un fait divers, nous en sommes restées comme deux ronds de flan.

Annabelle s'était mise à pleurer, sans que rien ne puisse l'arrêter. Edwige l'avait rabrouée : « Cesse de verser toutes ces larmes dans ta soupe. Elle est assez salée comme ça. J'ai eu le cancer, mais je ne suis pas encore morte. » Il y a plus de cinq ans de cela et, depuis, elle refuse de parler de sa santé. Jardin secret. Chacune le sien. Mais qu'est-ce qu'elle peut nous inquiéter ! Durant nos apartés, nous comptons les années. Il paraît qu'après cinq ans de rémission, le danger est passé. Personne ne peut vraiment l'affirmer, mais notre foi est grande.

Annabelle a vu ce que j'ai vu, j'en suis certaine, car elle ne se fait pas prier deux fois. Heureusement qu'elle a toujours des histoires succulentes à raconter. Quand elle ne rue pas dans les brancards, elle est adorable, Annabelle.

— Voilà, commence-t-elle. L'autre soir, je suis encore rentrée bredouille. Un autre ringard, dont le potentiel, pourtant énorme, ne s'est jamais réalisé. Je n'avais pas sommeil, et le lit me semblait trop grand rien que pour moi. Rien à la télé, comme d'habitude. Je ne lis pas, vous ne le savez que trop, et Victoria ne cesse de nous le rappeler. J'hésitais entre quelques exercices à la barre (mais j'avais trop mangé…) et Internet, mon inséparable petit ami depuis que je ne vis que dans le virtuel. Notez, je ne me porte pas plus mal. Tout est dorénavant possible, n'est-ce pas ? Je me mets donc à naviguer et je tombe sur un forum de discussion sur le problème bosniaque. Un sujet qui ne m'interpelle plus du tout depuis que c'est l'Irak qui fait l'actualité, mais, comme dirait Edwige, faute de cailles, on mange des grives. Je tape mon petit laïus anti-Serbe, rien que pour faire des vagues, et me répond un dénommé Gyuro. Le dénommé Gyuro m'envoie sur les roses, défend sa Serbie même pas natale (ses grands-parents étaient nés là-bas, me dit-il) me traite d'Occidentale endoctrinée, bref le discours habituel. Toujours est-il qu'à trois heures du mat', on s'échangeait encore des amabilités. On a fini par convenir d'un rendez-vous le lendemain, au bar de l'Intercontinental. Petit détail : nous avions tous deux maquillé un peu la vérité. J'avais dit que j'avais trente-quatre ans, que j'étais blonde et que je portais des lunettes. Lui, il s'était décrit comme un grand gaillard chevelu, en début de quarantaine. Savez-vous qui m'attendait au bar ? Un petit rondouillard chauve, dans la soixantaine, en costard étriqué, étranglé par une cravate en soie artificielle – tout à fait mon genre ! – qui jetait des regards inquiets vers la porte. Alors la blonde que je ne suis nullement l'a abordé sans aucun complexe. Nous avons bien rigolé et avons passé un bon petit moment.

— À suivre ? demande Edwige.

— Peut-être, mais pas comme tu l'entends, ma grande. Gyuro n'est vraiment pas ma tasse de thé. Il est veuf, pas beau et, par-dessus le marché, affligé d'une ado rétive, arrivée sur le tard. Il est réceptionniste dans un hôtel de troisième ordre, du genre qui loue des chambres à l'heure, n'a que des dettes et même pas de voiture. Mais il a de la tchatche. Il a beaucoup lu, beaucoup voyagé. Malgré son air de comptable râpé, je crois qu'il gagne à être connu. Victoria, qu'en penses-tu ? C'est le genre d'intello qui pourrait t'intéresser ? lui dit-elle en faisant à Edwige un clin d'œil appuyé.

— Je te remercie, ma chère, répond Victoria d'un air pincé. Tu sais bien que je ne mange pas de ce pain-là.

— Mais personne ne te dit de coucher avec lui, grande sotte. Tu prends un pot, tu te changes un peu les idées, vous réfléchissez ensemble. Ça te revigorerait. Tiens, voici son adresse courriel. Et sans tenir compte des protestations de Victoria, elle lui glisse l'adresse dans le sac.

— À suivre ? me chuchote Edwige.

— Ce serait chouette, mais je n'ose l'espérer.

C'est vrai que ce serait chouette. N'importe quoi de neuf qui pourrait arriver dans la vie de Victoria serait chouette. Dire qu'autrefois elle savait rire.

Mais au moins notre jeudi soir est sauvé. Comme la plupart des jeudis soirs. Une fois les vacheries et coups bas bus, nous nous retrouvons entre nous, oubliant la cinquantaine souvent pesante, les soucis aussi inévitables que les rides qu'ils creusent, et nos cheveux gris, plus ou moins dissimulés. Lorsque nous finissons notre troisième théière, nous voilà remontées, rajeunies. Même Victoria. Même moi. Comme tous les autres jeudis soirs, après la fermeture du restaurant, nous nous retrouvons sur le trottoir, et dur est le retour à la réalité. Combien de jeudis à tirer, avant de se revoir ?

Chapitre 2

Une grippe stratégique

Je le reconnais, je suis, que Dieu me pardonne, une mauvaise mère. Égoïste, possessive, en un mot, indigne. Pourquoi ? Parce que je suis aux anges : mon bébé de trente-trois ans est malade.

Ninon se tape une grippe carabinée (en langage féministe, une grosse grippe d'homme), qu'elle a dû appeler de tous ses vœux pour oublier quelques instants le chagrin d'amour qu'elle traîne depuis trois mois, tête haute, yeux battus, lèvres pincées, mais muette. En indéfectible porte-flambeau de la génération du MLF, un chagrin d'amour, elle se doit de se le coltiner toute seule, sans l'afficher, sans lui donner droit de parole, sans demander aide ni réconfort.

Et pourquoi en tant que mauvaise mère suis-je ravie qu'elle soit malade ? Je vous le donne en mille : Ninon a apporté sa maladie à la maison. Elle fait un repli stratégique dans son ancienne chambre, et elle tousse et se mouche avec application pour nous montrer qu'elle souffre d'un mal avouable. Car voilà enfin une souffrance qu'elle ne se sent pas obligée de dissimuler comme un tas de linge sale. Celle-ci, enfin, elle peut la partager, car c'est une souffrance physique, palpable, alors que l'autre, le chagrin d'amour, n'est qu'un mal à l'âme et, lui, il lui fait

35

honte. Le chagrin d'amour n'est plus à la mode, paraît-il. Ça fait mauvais genre, ringard, obsolète, d'autant qu'une fois de plus ce n'est pas Ninon qui a pris les devants. Une fois de plus, elle s'est fait méchamment plaquer.

On nous enseigne, depuis pas mal de temps, à nous autres, femmes libérées, qu'il nous faut ignorer ce mal fumeux que les hommes se plaisent à nous infliger lorsque l'envie leur prend d'aller voir ailleurs. Il y va de notre fierté, de notre dignité, nous dit-on et, dociles, nous acquiesçons. Nous connaissons maintenant la leçon par cœur : il nous est permis de montrer nos yeux larmoyants, quand c'est la sinusite qui en est responsable, mais défendu de laisser monter la moindre larme qui essaie de noyer un amour perdu. La grippe, des coliques, même un cor au pied, ont le droit de nous terrasser, mais la tristesse du rejet, oh que non ! Cette tristesse n'est pas digne de nous, qui avons porté fièrement l'étendard du MLF, et encore moins de nos filles auxquelles nous avons inculqué nos préceptes, en même temps que nous essayions de les convaincre qu'il était ridicule de se raser les jambes et les aisselles. Il faut laisser ce genre de pratiques désuètes, leur disions-nous, aux cousettes, midinettes et autres petites cervelles du XIXᵉ siècle, sous peine de trahir nos aïeules suffragettes, qui se sont battues pour nous gagner droit de cité. Contre l'égalité des sexes et l'équité salariale, nous avons troqué le droit de mourir d'amour. Tout comme le plaisir de certains charmes surannés : nous faire aider à enfiler notre manteau, nous faire ouvrir la portière de la voiture et passer en premier, sans qu'on nous bouscule ou nous marche sur les pieds. Je ne suis pas sûre qu'on ait vraiment gagné au change, je pense même que le compte n'y est pas, mais il est évident que je n'irai pas jusqu'à le crier sur les toits, mes sœurs d'armes ne me le pardonneraient jamais.

Dans le secret de mon cœur, voyant ma fille se morfondre depuis trois mois, je persiste cependant à répéter que nous nous sommes joué une sombre farce que nos chers magazines engagés dans la lutte n'ont jamais osé dénoncer, de peur de perdre leurs abonnées. Ils préfèrent nous abreuver de diktats et de lignes de conduite qu'aucune de mes contemporaines n'ose remettre en question, sous peine d'être traitée de fossile : «Des bleus à l'âme à cause d'un homme ? Quelle faute de goût ! Mais, voyons, nous valons mieux que cela. N'oublions pas : nous ne sommes plus le deuxième sexe.» Avec de telles assurances prises contre le chagrin d'amour, nous continuons de marcher dans cette combine comme une seule femme, et cherchons à rafistoler avec des sparadraps maladroitement posés notre cœur brisé. Pour ignorer ses vilains suintements, ses battements affolés, sa douleur muette, nous nous jetons, qui dans le travail acharné, qui dans des aventures sans lendemain, qui dans des grippes stratégiques (et que Dieu garde ma fille contre des somatisations autrement plus létales).

Curieusement, ma propre mère, pourtant aussi loin des féministes contestataires que des incertaines Martiennes, tenait le même genre de discours, transmis de génération en génération en même temps que la recette du sucre à la crème et de la tourtière de Noël. À croire que, depuis les temps les plus reculés, les femmes s'acharnent à mal jouer les variations du thème du faire semblant. L'un de ses poncifs favoris ne ressemblait-il pas à s'y méprendre à l'un des nombreux slogans à l'ordre du jour ? Toujours contre mauvaise fortune fais bon cœur, toujours te montre courageuse, cache ta douleur, sauve les apparences. Fais semblant ! Et à cause de Papa, je puis affirmer, aussi douloureux que me soit cet aveu, que le faire semblant a été son violon d'Ingres. Mais l'aurait-elle avoué ? Jamais, au grand jamais, même sous la torture. Les coups bas n'ont jamais manqué, par contre toujours accompagnés du visage serein de ces saintes martyres que Maman admire tant : sourire affable, yeux levés au plafond, comme pour prendre Dieu à témoin de son indulgence.

Variations sur le même thème. Des couacs, en réalité. Lorsque Charles est mort et qu'Andrée s'est retrouvée toute seule avec ses petits, une hypothèque ahurissante et une teinturerie criblée de dettes, pensez-vous qu'elle se soit laissé écraser par l'adversité ? Certes non. Maman l'aurait condamnée en premier, elle qui nous sortait pour la millième fois les misères qu'elle avait connues pendant la guerre – figurez-vous qu'on ne trouvait même plus de bananes dans les magasins ! – tout comme les malheurs qui l'ont accablée après la mort de Papa, mais qu'elle a vaillamment surmontés. Elle nous le devait, à nous, ses filles. Elle devait nous donner l'exemple. Triste exemple, en réalité. Exemple à ne jamais suivre.

La mère de Charles aurait été choquée, elle aussi, si d'aventure Andrée s'était laissé submerger par le chagrin. N'a-t-elle pas retenu toutes ses larmes, même si Charles était son seul fils et celui de ses enfants qu'elle préférait ? Son chagrin l'a d'ailleurs tuée, mais personne ne l'a jamais vue pleurer. Ces mères croyaient être des femmes vaillantes, et elles s'en vantaient. Faire étalage de leur pauvre courage était pour elles la seule chose qui comptât. Quitte à en crever.

Andrée s'est donc montrée courageuse. Elle non plus, personne ne l'a vue pleurer, sauf quand elle coupait de l'oignon. Personne, sauf moi. Et pour lui tenir compagnie, en coupant des oignons, j'ai bien pleuré avec elle. Vous l'avez sûrement déjà bien compris : je ne suis qu'une féministe de la onzième heure et pas du tout courageuse, loin s'en faut. Une vertu de plus qui manque à l'appel. Alors j'ai pleuré sur Andrée, sur ses fils, sur Charles que le cancer du poumon a emporté un mois de novembre, à trente-huit ans, bien qu'il n'eût fumé une seule cigarette de sa chienne de vie. Je lui caressais la tête, à ma petite sœur, et fumais, puisqu'on ne sait plus qui croire.

C'est Andrée qui s'est ressaisie la première et m'a rappelée à l'ordre. Elle s'est essuyé les yeux, s'est recomposé le visage et m'a dit :

— C'en est assez ! Arrête ! Tu me démolis encore plus. Ce n'est pas de larmes que j'ai besoin, mais de courage.

— Mais il faut qu'elles sortent, ces larmes, lui ai-je répondu en redoublant de sanglots, sinon elles t'étoufferont.

— Je dois me montrer plus forte que la douleur. Je n'ai pas le droit de me briser en mille morceaux. Essaie donc de comprendre. J'ai des responsabilités.

Responsabilités. Le grand mot était lâché. Celui devant lequel tout le monde doit s'incliner. Andrée les a assumées avec courage et avec ce visage recomposé qu'elle promène depuis dans le monde. Elle a élevé ses enfants, payé son hypothèque et fait tourner sa teinturerie. Côté scène, elle est exemplaire. Comme Maman, et aussi désolante qu'elle. Côté coulisses ? Qui s'en soucie ? Le public ne voit jamais ce qui se passe en coulisses. Les apparences sont sauves, et ce ne sont qu'elles qui comptent, n'est-ce pas ?

Je suis la seule à savoir que, depuis la mort de Charles, Andrée carbure au Valium. Je suis la seule à avoir compris que la cicatrice à son poignet gauche ne lui a pas été infligée par le grand couteau qui a glissé malencontreusement pendant qu'elle coupait de l'oignon – elle en coupe, de l'oignon, ma sœur, depuis qu'elle est veuve, car ces damnées larmes doivent quand même sortir de temps en temps – mais par une vague déferlante du plus noir désespoir. Et je suis encore la seule à ricaner quand Maman affirme que les sillons profonds qui entourent la bouche de ma petite sœur sont des traits de caractère. Andrée était pourtant une enfant enjouée.

«Maman, vite!» hurle Ninon comme si on était en train de l'égorger. Mes devoirs de mère me ramènent sur terre et c'est tant mieux. Dernièrement, j'ai de ces absences qui m'égarent dans un passé dont il n'y a plus grand-chose à tirer. De plus en plus souvent, j'oublie mes clés dans la serrure ou mon porte-monnaie sur le comptoir du dépanneur, alors que je me souviens parfaitement des socquettes à bordures ajourées que je portais à ma première communion. Sont-ce les premiers signes du grand âge? «Maman, des kleenex!»

Ninon est une malade exigeante. Sa grosse grippe est tellement immense que Nicolas et moi suffisons difficilement à la tâche. Nous nous relayons à son chevet, lui le jour, quand je suis au travail, moi, le soir, quand il s'en va taper sur son piano.

Aujourd'hui, j'ai pris congé, car il a un petit extra. Il n'a pas osé refuser, mais il est parti à reculons. Il avait l'impression que je lui volais sa matinée d'infirmerie.

La grippe de Ninon le rajeunit d'une bonne vingtaine d'années. Il lui concocte d'horribles laits de poule que Ninon avale avec grimaces et haut-le-cœur, se laisse annihiler au scrabble, revoit avec elle *Fantasia*, lui improvise en jazz, comme autrefois, «Frère Jacques» et «Au clair de la lune», pour nier que le temps a passé. Le bon vieux temps, celui où il était, pour sa fille, l'homme de sa vie, le seul qui comptait. Si la grippe de Ninon pouvait durer quelques siècles, ce n'est pas Nicolas qui s'en plaindrait. Moi non plus d'ailleurs. Car, Dieu, qu'on est bien à remonter les années! À nous retrouver tous les trois, à l'époque lointaine où aucune menace ne pesait sur nous, où nous voguions insouciants sur une mer étale, notre trio n'ayant encore jamais pris l'eau.

«Une petite tisane au miel, ma chérie? Ou alors un bol de soupe de poulet aux nouilles? C'est le meilleur remède contre le rhume.»

Elle lève vers moi un visage incrédule. Non, ni tisane ni soupe de poulet aux nouilles ne peuvent la guérir de son mal ni tarir ses larmes, qui maintenant noient son visage. Celles-là, reconnaissables entre mille, ne sont pas le fait de la sinusite. On ne ment pas à sa mère. Ces grosses larmes-là, toutes rondes, toutes tristes, toutes gonflées de chagrin, ce sont des larmes versées sur les amours déçus. Ces larmes-là hurlent les rêves brisés, les espoirs qu'on ne peut plus caresser, le long tunnel de la solitude, mais aussi l'orgueil blessé, le dépit, l'amertume, la colère, et j'en passe.

C'est complexe, un chagrin d'amour, et on a tort de le traiter à la légère. «Ça te passera avant que ça ne me reprenne, va! Un de perdu, dix de retrouvés.» Sornettes que tout cela!

Même moi, la pas trop mal mariée (et du fond du cœur j'en remercie le Tout-Puissant), j'ai goûté à cette infecte boisson à m'en empoisonner les sangs, car, comme «toute une chacune», j'ai eu aussi mon lot. Puis, j'en ai vu autour de moi beaucoup d'autres, bien amochées, croyez-moi. Des mieux armées que ma petite Ninon y ont laissé des plumes, bien qu'elles aient porté la tête tout aussi haute. Je sais donc de quoi il retourne. Et quand ce sont les larmes de mon enfant que je vois couler à profusion, de vraies larmes, de vrai chagrin, je me sens des envies assassines.

Si je le tenais, ce Claude, ce fourbe, cet imposteur, j'oublierais toute civilité, toute retenue, et je serais prête à lui griffer les yeux, sans m'attarder à des questions oiseuses, genre qui a eu tort et qui a eu raison. Pour faire pleurer de la sorte ma Ninon, il mériterait qu'on le brûle à petit feu, qu'on lui déchiquette les testicules aux ciseaux de manucure, longuement pour que ça lui fasse bien mal, qu'on le pende par les oreilles, qu'on le laisse dessécher au soleil, pendant qu'un aigle lui grignote le foie à ce Prométhée de pacotille. Oser faire ça à ma Ninon, Ninouche, Ninotchka ! Gagner la porte, alors qu'elle lui faisait l'honneur de ne lui demander rien de plus que mariage, avec un petit diamant pour les fiançailles et quelques enfants, par la suite. Ma Ninon, qui avait autrefois comme projets de vie de travailler au Népal dans une ONG, d'escalader le Machu Picchu ou de descendre l'Amazone, se voyait désormais vivre à Verchères avec ce petit fonctionnaire dont la seule ambition était de gravir en accéléré quelques échelons de la hiérarchie. Elle trouvait qu'il serait charmant de sarcler jusqu'à ce que mort les sépare leur jardinet, de faire des courses les samedis et des barbecues les dimanches, de camper en juillet en Mauricie.

« Petite vie », grommelait Nicolas qui trouvait que les projets de sa fille avaient rétréci. Quant à moi, aux nouveaux projets de Ninon, je souscrivais de tout cœur, car à mon humble avis, bien moins de dangers vous guettent en Mauricie que dans les Andes. Et puis, il n'y a que les fous qui ne changent pas d'idée, raisonnais-je pour rassurer Nicolas, en pensant qu'il me serait bien plus facile d'aller voir mes futurs petits-enfants sur la Rive-Sud qu'à Katmandou, si l'envie prenait à Ninon de s'y installer.

Quoi qu'il en soit, les projets de mon enfant me semblaient bien légitimes après l'année de vie commune qu'elle avait vécue avec Claude. À moi peut-être, mais pas à lui qui, poussé par ses ambitions, a largué ma Ninon pour la fille de son chef de service. Salaud, qu'il faudrait envoyer au bagne, puisque la peine de mort a été abolie.

Je sais. Je m'égare dans les vaines vengeances à défaut de pouvoir consoler ma fille. Je me blottis au lit contre elle, je la serre dans mes bras, lui caresse le front et me mets à pleurer. C'est ce que je sais encore le mieux faire. Pleurer avec ceux que j'aime et leur caresser le front. Cataplasme sur une jambe de bois !

Et elle pleure, ma Ninon, Ninouche, Ninotchka. Elle pousse des soupirs à me fendre le cœur, sanglote éperdument, mord son oreiller, mouille kleenex après kleenex. La douleur la déchire, c'est normal, elle accouche, enfin, de ce chagrin d'amour et, avec lui, de tous ses autres qu'elle a voulu nier. Car Claude n'est que le dernier d'une longue liste de ratages, la triste figure de cette engeance maudite de soupirants qui ont pris la poudre d'escampette, dès que ma fille, transie d'amour au point qu'elle oubliait qu'elle voulait vivre dangereusement, dans des contrées lointaines, se mettait à rêver tout haut de mariage et d'enfants.

Entre deux sanglots, Ninon crie qu'elle le déteste, ce Claude, le hait, et, avec lui, tous ceux qui portent la petite différence dans leur culotte. Elle l'aime donc toujours. Elle dit qu'elle ne veut plus jamais le revoir, elle serait donc prête à tout pardonner, jusqu'à la fille du chef de service, et à serrer dans l'antimite toute idée de conjungo, s'il se présentait devant elle. Et même si c'était une catastrophe, je prie presque qu'il sonne à la porte, ce sagouin, pour que Ninon arrête de pleurer.

Mais personne ne sonne à la porte et Ninon pleure de plus belle. Quand elle avait de petits chagrins d'enfant, qu'il était donc facile de chasser les nuages. Il suffisait d'un caramel, d'un ourson en peluche ou, plus tard, d'un t-shirt, d'une petite breloque, et le soleil brillait de nouveau dans son regard. Mais là, même le Koh-i-Nor ne pourrait remplacer dans le cœur de Ninon ce triste caillou aux yeux verts. Bon, tenez, je le reconnais, même si cela me coûte, qu'il avait de beaux yeux verts, Claude. (Et me voilà qui pense à lui au passé, comme s'il était mort. Mais il l'est. Pour nous.) Il avait aussi un sourire irrésistible et beaucoup de charme, le fumier. Trop de charme même et, fort de cet atout, pas du tout prêt à se laisser hameçonner.

Dès le jour où nous avons connu Claude et qu'il nous a dévoilé, une par une, ses ambitions de carrière et tous les sacrifices qu'il entendait faire pour monter tous les étages de son Ministère, Nicolas avait dit, prenant peut-être ses rêves pour des réalités, qu'avec un type comme celui-ci, notre fille n'avait aucune chance. Malheureusement, il avait eu raison et, certains jours où je ne réussissais pas à faire complètement l'autruche, je ne le contredisais pas. Au moins avons-nous eu la sagesse de ne pas en avertir Ninon. Ou la frousse : amoureuse comme elle l'était, elle nous aurait envoyés sur les roses, moi, à coup sûr, et son père aussi, sans doute. Tant mieux. Comme ça, nous n'avons pas proféré des insanités du genre : «On t'avait bien prévenue !»

Je l'aurai entendue, celle-là. Jusqu'à l'écœurement quand Nicolas a fait quelques petits faux pas. Car, oui, même lui, le meilleur des hommes, en a fait. Et alors j'ai pleuré toutes les larmes de mon corps, sur moi, pour une fois, sur mon malheur. Je vous ai bien dit que je n'étais pas courageuse. Mais personne n'a voulu pleurer avec moi ni me caresser le front. Par contre, pour sortir sa petite ren-gaine, personne n'a manqué à l'appel. Ce «On t'avait bien prévenue!», Maman, Andrée, Annabelle, Edwige, tout le monde l'a repris en chœur. Tout le monde. Sauf Victoria.

Victoria ne pouvait rien dire. Elle avait un vilain tuyau enfoncé dans la gorge. C'était avant Aristote, Platon et végétalisme à outrance. Avant les capes et les châles noirs qui l'enveloppent et la cachent, avant le visage défait et les ongles rongés. Avant que Victoria, telle que nous l'avons connue, bonne fourchette et gitane au bec, ne nous quitte à jamais, pour nous laisser cette pauvre mue qui n'est même pas le pâle souvenir de ce qu'elle était auparavant. C'était après qu'elle a perdu son enfant.

Rien, rien au monde n'est plus cruel ni plus injuste. Rien, rien au monde ne peut être plus dévastateur. Si l'on survit à cela, ramenée à la vie par l'entêtement du corps médical, cette vie n'est plus que mort en sursis, et Victoria est bien brave de vouloir la vivre, même chichement, même petitement.

L'histoire, si elle n'était pas poignante, serait bien banale. Renonçant à trouver «le cœur frère», Victoria s'est contentée d'un collègue, prof de philo comme elle, qui a bien voulu accepter de lui fabriquer un petit, sans aucune autre obligation de sa part. Elle n'en demandait pas plus.

Qu'elle l'a porté fièrement, son gros ventre, qu'elle était contente d'avoir attrapé le ballon! Elle ne touchait plus terre malgré son poids. Et Nathalie arriva par une belle matinée de printemps. Chétive, maigrichonne, avant terme, mais quelle importance? Victoria avait du souffle pour deux. Elles vécurent heureuses cinq ans, après quoi Nathalie s'éteignit, malédiction des mois de novembre, victime d'une méchante pneumonie, et Victoria n'a trouvé qu'un seul moyen de la suivre, en payant le passage avec une dose massive de barbituriques. C'est Edwige qui la trouva et qui appela l'ambulance, et je ne sais pas si Victoria lui a jamais vraiment pardonné cette B.A. Lavements, perfusions, aspirations, tuyaux enfoncés dans la gorge, on la sauva de justesse. De la mort, mais non pas des longues années qui lui restaient à vivre.

Face à un tel malheur, Nicolas qui me quittait pour une pimpante jouvencelle n'était pas un chagrin qui pesait bien lourd. D'autant qu'il n'est pas resté longtemps sur son île extra-conjugale. Trois petits mois à peine. Juste assez de temps pour que nous passions, Ninon et moi, le Noël le plus lugubre de notre histoire. Juste assez de temps pour me coller la peur au ventre pour l'éternité, car qui a fauté une fois peut encore fauter. Encore et toujours. Après une première boulette, j'étais en droit d'en craindre d'autres encore.

La grosse boulette, fort à propos prénommée Fleur, était une cantatrice charmante et charmeuse (ce que je n'ai jamais été), blonde (ce que je ne serai jamais), très jeune (ce que j'étais en passe de ne plus être), svelte, grande, éclatante, féline, autant d'attributs dont je ne pourrai jamais me prévaloir. Je partais perdante, et c'était signé d'avance que Nicolas s'entiche d'elle, qu'il oublie qu'il était très marié, qu'il avait une fille, et que notre vie à trois ne lui allait quand même pas trop mal au teint. Voyez-vous, elles ne pesaient pas lourd dans la balance, sa femme et sa fillette, comparées à ses extraordinaires projets d'avenir, de surcroît, pour une fois, ambitieux.

Il allait accompagner Fleur, en voie de devenir une diva de stature internationale, lors d'une vertigineuse tournée qui devait les mener en Europe, en Afrique du Nord et jusqu'à Hong-Kong et Tokyo. À eux, les lieder de Mahler, les arias de Bach, les ovations d'un public émerveillé, les wagons-lits et les palaces, les promenades en gondole, en youyou, en felouque. On se monte les bateaux qu'on peut, quand on se met, comme Nicolas, à rêver de naviguer.

En me quittant ce soir-là, il m'annonça piteusement qu'il ne reviendrait plus. Il en était désolé, mais n'y pouvait rien. Il me laissait tout, bien entendu, meubles et enfant. Il ne prendrait que le piano, qui était son gagne-pain. Je n'ai rien su lui dire pour le retenir, et du piano je m'en fichais éperdument. Il n'a jamais eu le temps de le faire déménager. Il est rentré bredouille, Fleur s'étant avérée décevante à l'usage, avant même de partir en tournée. Que pouvait-elle opposer à notre long quotidien, à nos années de hauts et de bas, à nos connivences qui se passent de mots, à cette habitude du corps de l'autre dans le sommeil ? Sa jeunesse et les avantages qui en découlent ? À un autre homme cela aurait peut-être suffi. À Nicolas, non. Il est donc rentré et a fermé la parenthèse, l'idée de naviguer dans des eaux inconnues le terrifiant en fin de compte.

Chaque expérience nous enseigne quelque chose, et on en sort enrichi si on n'en meurt pas. Celle-là m'a enseigné que Nicolas était un routinier, qui préférait se vautrer dans le ronronnement du ménage plutôt que de s'exposer au feulement d'une inconnue, avec tout ce que cela comporte d'imprévisible.

«Pauvre cloche, me chapitra Annabelle, tu le reprends comme si de rien n'était. Monsieur entre et sort, comme dans un moulin, et tu lui ouvres grand les bras ! Mais fais-le au moins languir, fais-le au moins suer pendant quelque temps, au lieu de lui sourire benoîtement. Ne lui pardonne pas tout, tout de suite. Coupe-lui la quéquette. Ou au moins pose tes conditions.»

Oui, je lui ouvrais grand les bras, non, je ne voulais ni lui couper la quéquette, que je trouvais plutôt chouette, ni le faire languir (pourquoi courir le risque qu'il change d'avis et qu'il reparte?). Des conditions, je n'en avais aucune. Il me suffisait qu'il fût rentré et, prête à tout pardonner, je souriais «benoîtement» à mon fugueur repenti. Les bons conseils d'Annabelle, je n'en avais que faire, même si, pour une fois, Edwige a été tout à fait d'accord avec elle!

Comme Nicolas m'était revenu dans un état assez pitoyable et avec un gros tas de linge sale, j'ai commencé par faire la lessive. Fleur, bien trop occupée à vocaliser et à jouir des prérogatives de l'amante, n'entendait sûrement pas s'épuiser à de basses besognes, juste bonnes pour une épouse. En repassant les chemises fraîchement lavées, j'ai dû aussi remonter le moral du fugueur repenti, recroquevillé sur le canapé, incapable de se raser, de se peigner, d'articuler entre deux hoquets une phrase qui tienne debout. À tant chercher à le consoler et à le déculpabiliser, j'ai complètement oublié les trois mois d'insomnie à mordre l'oreiller pour ne pas réveiller Ninon avec mes sanglots, à crever d'angoisse à l'idée que désormais plus jamais je ne pourrais me coller à Nicolas la nuit, quand j'avais froid, écouter du Schubert sans que le chagrin me dévore, déboucher une bouteille de Riesling sans partir en miettes. Je n'avais plus d'épaule sur laquelle reposer ma tête, plus de confident, plus de complice, plus de compagnon de vie, plus d'ami. Oublié qu'il m'avait mise au rancart, oublié combien j'avais été mortifiée. Du coup, dans la foulée, j'ai aussi oublié de lui demander quel bon vent l'avait ramené à la maison.

Pour recoller les morceaux de notre mariage, j'ai scandé, par contre, quantité de «n'y pense plus», «oublions tout ça», «c'est du passé», «tournons la page». C'était le seul remède à ma portée pour guérir Nicolas de sa mauvaise conscience, pour le persuader qu'il était temps de se moucher, de quitter ce canapé, d'aller se raser, de prendre un bain et de passer une chemise propre. Autant de conditions nécessaires pour que nous puissions enfin tout reprendre à zéro.

Maman, Edwige, Annabelle, Andrée ont pendant longtemps battu froid à Nicolas. Elles continuent d'ailleurs de lui faire la tête. Elles, elles n'avaient nullement l'intention de le blanchir ni de l'accueillir les bras ouverts. Toutes, elles nous en ont voulu, à lui, pour sa boulette, à moi, pour ma couardise. Toutes, sauf Victoria, qui, dans l'intervalle, avait eu le temps de ne plus être elle-même. Elle trouva quand même assez de force pour me serrer la main et me chuchoter (le tuyau méchamment enfoncé dans la gorge lui avait blessé les cordes vocales): «C'est bien qu'il soit revenu. C'est bien que tu sois contente. Je suis heureuse pour vous.»

Ce fut une période mouvementée, que je n'aime pas beaucoup évoquer. Nicolas, que la culpabilité tenaillait encore, avait du mal à avaler sa grosse boulette, d'autant plus indigeste qu'elle était, par moi, si facilement pardonnée. Ce qu'il rapporta comme souvenirs de ce voyage raté sur son île extra-conjugale, visitée en touriste pressé, je ne l'ai jamais su. Ce sujet reste entre nous tabou.

Des escapades, il y en a eu d'autres, mais comme il les passe désormais sous silence, elles ne me ravagent plus. Nous avions appris entre-temps, lui, à mentir par omission, moi, à fermer les yeux, en attendant que ça se tasse et qu'il reprenne le droit chemin. Cette expérience a au moins enseigné à Nicolas qu'à défaut de devenir irréprochable, il lui fallait se montrer très discret.

Ses petites incartades ne durent plus que quelques heures et n'en témoignent que quelques traces de rouge à lèvres que je découvre parfois sur le col de ses chemises, lorsque je les jette dans la machine à laver. Celles-là, je n'en parle jamais puisqu'un bon détersif en vient à bout et, à force de me taire, j'ai réussi à les empêcher de me démolir. Et si j'ai toujours la gorge serrée quand j'écoute Brel chanter «Il faut bien que le corps exulte», je m'encourage en me disant qu'il exulte donc, ce corps affamé, tant que mon homme réintègre notre foyer. Nous gardons désormais comme seule certitude que, sauf pépin, nous vieillirons ensemble.

Vous me direz, bien sûr, qu'il y a des dangers. Les MTS, le sida ne pardonnent à aucun âge. Mais je fais confiance à mon Nicolas. Il en a si peur que je sais qu'il a appris le bon usage des préservatifs. J'en ai d'ailleurs trouvé un paquet caché entre les partitions, la fois où j'ai voulu les mettre en ordre. Depuis, je n'y touche plus. J'ai décidé que les partitions en désordre ne me dérangeaient nullement. Elle a des avantages, la vie d'artiste.

«Au moins, profites-en un peu. Fais-lui payer par où il a fauté. Trouve-toi un amant, il est temps que tu changes d'air. Cela te donnerait bonne mine et un peu plus d'aplomb», me serinait Annabelle.

Pour oublier son dernier divorce, la mort de Nathalie et la tentative de suicide de Victoria, elle traversait, aux dires d'Edwige, un épisode de rut intensif. Ça a toujours été la façon d'Annabelle de conjurer le malheur. Jamais elle n'acceptera de se laisser accabler par lui, jamais elle n'y succombera. Les échanges charnels lui permettent d'exorciser tous ses démons. Pourquoi donc s'en priver, et tant pis pour les poissons petits et grands qui se laissent ou non prendre.

Comme Annabelle était, par conséquent, très occupée et moi, très préoccupée, comme elle s'insurgeait contre ma mollesse et que moi je voulais savourer tranquillement ma défaite (comment appeler victoire le retour en déconfiture de mon homme ?), il m'a été facile de l'éviter pendant toute cette période pour ne pas avoir à me justifier ni à lui expliquer que je n'avais ni le temps ni l'envie de me chercher un amant qui voudrait bien m'honorer. Nous ne nous croisions que chez Victoria, et là nous parlions peu de ces choses.

Depuis qu'elle était rentrée de l'hôpital, nous ne la quittions pas des yeux. Edwige, la seule qui pendant ces vilaines semaines était restée les pieds sur terre, avait pris sur elle de la déménager. Il ne fallait pas, décréta-t-elle, que quoi que ce fût rappelât à Victoria son enfant. Nouveau quartier, nouveaux murs, que pouvions-nous lui offrir d'autre qu'un petit renouveau ? Un bol de bouillon, que nous lui donnions à la cuillère et qu'elle vomissait aussitôt, quelques fleurs qu'elle ne remarquait même pas, et une présence inquiète qui lui devint vite insupportable.

«Vous êtes gentilles, les filles, nous dit-elle de sa nouvelle voix rauque, qui nous tordait les tripes, vous êtes même très gentilles, mais j'espère que vous ne vous fâcherez pas si je vous dis que vous êtes trop gentilles, que cela me pèse et que je vous demande de me laisser seule. J'ai besoin de solitude. Ne vous inquiétez pas, je ne me ficherai plus en l'air. C'était bien trop pénible de revenir de mon long sommeil. Je n'ai plus de barbituriques et je n'en prendrai pas. Mais laissez-moi mûrir mon deuil.»

Elle tint parole jusqu'à aujourd'hui, mais son deuil n'a pas l'air d'avoir mûri. Il est aussi frais et déchirant qu'au premier jour. Par contre, elle a troqué sa bonne humeur contre cette sagesse qui nous attriste, contre cette inappétence totale pour la vie et pour la nourriture, contre une douleur sourde que rien ne semble pouvoir apaiser et contre des châles noirs sous lesquels elle frissonne sans arrêt.

Cependant, Victoria, je ne l'ai jamais vue pleurer non plus. Pourtant, dans l'état où j'étais, j'aurais si bien su pleurer avec elle, jusqu'à nous noyer dans les grandes eaux. Mais, pour elle, il n'était pas question de sauver les apparences. Elle se trouvait au-delà des larmes. Un gros chagrin comme le sien ne pouvait pas se laisser si facilement noyer. Le souvenir de Nathalie ne la quitte jamais, à aucun moment, et c'est peut-être à cause de lui qu'elle a toujours cru en Ninon, qu'elle l'a empêchée de décrocher, alors que Nicolas et moi ne savions plus quoi faire, qu'elle l'a poussée à finir ses études, à devenir orthophoniste. Si mon enfant a brillamment réussi, au moins sur ce plan, c'est bien grâce à Victoria. Et Ninon ne l'oublie pas. De nous quatre, ce n'est qu'à elle qu'elle montre beaucoup de respect et un peu de tendresse, ma revêche enfant. Victoria, jamais elle ne l'envoie paître, toujours elle l'écoute et il lui arrive même parfois de lui donner raison.

Avec Edwige et avec Annabelle, qui, pourtant, l'ont adoptée tout autant, elle ne fait que se disputer, façon bien à elle de leur montrer qu'elles ont une place de choix dans son cœur. Avec moi, elle perd vite patience et, les rares fois où elle ne m'engueule pas, elle se bute et claque la porte, tout en revendiquant le droit d'avoir son propre style d'amour filial. Elle nous reproche sans cesse à toutes les quatre de nous immiscer dans sa vie, alors qu'elle a déjà passé le cap de la trentaine, et de vouloir à tout prix la régenter et l'empêcher de faire ses propres bêtises. En réalité, il lui semble invivable d'avoir quatre mères, alors que déjà une, moi en l'occurrence, lui est difficilement supportable. Puisque c'est jeudi, et que, à cause de cet heureux empêchement, je ne peux pas me rendre chez notre petit Vietnamien, elles viendront ici, mes copines, toutes les trois, remonter le moral de Ninon, lui passer des kleenex, la cajoler.

Le bœuf bourguignon mijote tranquillement. J'ai aussi essayé d'apprêter quelques tristes légumes pour Victoria, qu'elle mangera peut-être, ne serait-ce que pour me faire plaisir. Nous ouvrirons une petite bouteille, je ferai du café, j'ai préparé un cake, comme Annabelle les aime, plus de fruits confits que de pâte, nous allons manger, boire un coup et nous essayerons, avec nos faibles moyens, de faire passer à Ninon l'amère pilule.

Je compte beaucoup sur Annabelle. Elle trouvera bien une histoire à raconter. Dernièrement, elle est dans une forme éblouissante. Fidèle à la devise de sa chère tantine : « Il n'y a pas d'état d'âme qu'une partie de jambes en l'air ne puisse guérir », elle reçoit dernièrement dans ses draps, faute de mieux, son coiffeur. Elle est assez avertie pour pouvoir se permettre cette frivolité. De plus, le coiffeur a quand même certains atouts, entre autres, de n'avoir que vingt-cinq ans et de la coiffer à l'œil.

Annabelle saura réconforter Ninon, la fera même sourire. Comme la feront sourire les vacheries de rigueur qu'elle enverra à Nicolas lorsqu'il rentrera et la grimace narquoise avec laquelle celui-ci les accueillera.

Car, au moins, j'ai cette certitude, Nicolas rentrera, comme tous les autres soirs. Dans l'herbier de ses souvenirs, Fleur sèche depuis belle lurette. Puisque, pour l'heure, aucune autre grosse occasion de chute ne pointe à l'horizon, et que les petites partent au lavage, le ciel de notre lit conjugal est au beau fixe. Est-ce que j'en tremble moins pour autant ? Non, et je n'ai pas honte de l'avouer. Les tremblements, comme les larmes, font partie de mon quotidien. C'est ainsi que je négocie les virages, et je ne m'en porte pas plus mal. Ou, du moins, cela me plaît de le croire.

Entre-temps, Ninon s'est endormie sur ses larmes et sur sa grosse grippe d'homme. Je lui touche le front. Elle n'a plus de fièvre. J'ai bien peur que, dans une semaine ou deux, elle se déclare complètement guérie, sinon de son chagrin d'amour, au moins de sa grippe stratégique. Elle rentrera chez elle, pleurer quand ça lui chantera, toute seule. À l'abri des regards indiscrets, des clichés rassurants qui ne peuvent l'aider à oublier, de mes soins inquiets. Elle a décidé, entre deux sanglots et sans que personne le lui impose, qu'il lui fallait, à elle aussi, être vaillante. Une de plus qui veut nous jouer la grande scène du courage.

Nicolas et moi, nous nous retrouverons tous deux, un peu perdus, un peu désemparés, obligés de nous contenter de nous-mêmes. Nous nous sourirons, un peu honteux, un peu gênés, il me servira un verre de vin blanc et se mettra au piano pour me jouer du Schubert, pendant que je préparerai le dîner. Il partira, ensuite, gagner sa pitance dans un piano-bar, sans plus se laisser emporter dans des tournées vertigineuses avec une Fleur qui papillonne autour de lui. Après quoi il rentrera penaud. Peut-être désenchanté, peut-être content, il dormira avec moi jusqu'à la fin. Tout un programme !

Je ne suis pas pour autant libre de soucis. Maman n'est pas très bien. Je me demande pendant combien de temps elle pourra encore habiter toute seule, percluse comme elle est de petites douleurs et de gros maux. Bien entendu, elle refuse de se plaindre, n'est-elle pas une femme courageuse ? Plus grave encore, elle refuse de reconnaître qu'elle voit à peine. Elle se cogne aux meubles, aux murs. Ses vieilles jambes sont couvertes de bleus, qui disputent ce qui reste de peau saine à des varices sur le point d'éclater. Cependant, pour le moment, nous sommes au stade du refus global : non, elle ne veut pas quitter sa maison, non, elle ne veut pas qu'Alice, sa tête de Turc en titre, s'installe chez elle, non, elle ne veut pas aller dans un centre d'accueil, où il n'y a que des vieux (Maman, qui a quatre-vingt-sept ans, pense qu'elle ne fait pas encore partie de ce lot), non, elle ne veut emménager ni chez moi ni chez Andrée, non elle ne veut pas se faire opérer les cataractes, non, elle n'a pas besoin de canne. Tout ce qu'elle veut, dit-elle, c'est rejoindre Papa dans sa tombe, mais depuis toujours elle dit ne rien vouloir d'autre, bien qu'aucune larme ne soit venue témoigner de sa tristesse. On n'est pas sorti de l'auberge, avec ma vaillante mère.

Et le temps continuera de couler monotone. Avec quelques hauts, beaucoup de bas, et nous, emportés par lui, surnagerons comme nous le pourrons. Je n'ai jamais osé demander à mes copines comment elles vivent au quotidien cette imparable réalité. Annabelle me proposerait encore de me rafraîchir les idées avec un amant, Edwige m'inviterait à m'occuper plutôt de baleines, et Victoria me regarderait tristement. Comment leur avouer que, par-dessus le marché, mon passe-temps de prédilection est de craindre le pire. Je crois que si je leur disais que c'est ma façon d'être lucide, elles s'esclafferaient ou m'engueuleraient un bon coup. Et puis, il vaut mieux que je laisse à Victoria ces considérations philosophiques. Je suis sûre que même elle, tellement plus férue en la matière, n'a pas su résoudre mieux que moi ce dilemme. Raison pour laquelle elle passe de plus en plus souvent les jeudis soirs en notre compagnie.

Je ferme doucement la porte de la chambre de Ninon, pour ne pas la réveiller, en me disant que si au moins notre civilisation, pourtant tellement avancée, avait su inventer la semaine des quatre jeudis, la vie nous serait quand même plus légère.

Chapitre 3

Thé de dames

Novembre. Pluie, bruine, crachin, nappes de brouillard, ciel de plomb. Même si elle est loin de la centaine de mots dont dispose la langue inuit pour décrire la qualité de la neige, la météo ne lésine pas sur les métaphores et avertissements pour nous informer de tout ce qui nous tombera dessus. Les feuilles mortes pas encore ramassées à la pelle sont depuis longtemps devenues gadoue et poussière, les violons ne finissent pas de sangloter sur toutes leurs cordes leur monotone mélopée et tout ce qu'il nous reste à espérer est qu'une bonne tempête de neige vienne recouvrir d'un somptueux manteau blanc toute cette grisaille. C'est dire.

Novembre est le mois que j'aimerais voir disparaître du calendrier. Le mois des morts et des mauvaises nouvelles, le mois où les appréhensions deviennent angoisse palpable, où le cafard croît à mesure que la lumière baisse, où tout se noie dans une morosité glauque.

C'est aussi en novembre qu'ils nous ont tous quittés : Papa, Charles, Nathalie. C'est en novembre qu'Edwige s'est départie de son sein gauche, que Nicolas a pris des vacances sur son île extra-conjugale, que Victoria a avalé ses barbituriques, et si Claude est parti en août, c'est preuve qu'il n'était pas le bon ni le vrai et qu'il n'y avait aucune

57

place pour lui dans notre clan. Cette dernière théorie appartient à Annabelle, qui l'a exposée à Ninon avec beaucoup de sérieux. Et j'espère qu'elle a réussi à l'en convaincre. Depuis quelques jours, le chagrin d'amour semble s'atténuer. Il reste une immense colère dirigée contre tous les hommes, mais cela ne nous change pas. Ninon est depuis toujours en colère.

Pour faire un pied de nez à tant de souvenirs affligeants, Edwige nous a invitées chez elle. Elle nous prépare un thé de dames, façon élégante de ne pas y inclure Nicolas. Sinon, nous y serons toutes, même Victoria, même Andrée, même Maman et Alice, la cousine de Papa. Et, fait incroyable, Ninon est tout contente de passer l'après-midi avec nous.

Quand Edwige reçoit, elle le fait en grand. C'est si rare qu'elle nous ouvre sa porte. Son chez-soi est l'endroit où elle cultive le mieux son jardin secret et, s'il en va de même pour tout le monde, chez Edwige, cela prend des proportions surdimensionnées. Même, et surtout, ses amants de passage n'y mettent jamais les pieds. Edwige ne se donne plus à eux (ou plutôt ne les prend) qu'à l'hôtel. Elle ne veut pas que des poils étrangers traînent dans ses draps, que sa salle de bain en marbre soit profanée, que des pieds insouciants foulent ses tapis. Elle nous a dit et répété qu'aucun homme ne méritait cet honneur. Depuis le Polonais, qui a laissé de vilaines cicatrices dans le cœur d'Edwige, son appartement est devenu une forteresse imprenable.

Il était beau, le Polonais. Il avait un prénom plein de consonnes que nous n'avons jamais su bien prononcer. Il avait aussi un blouson en cuir et des cheveux cendrés qu'il portait longs – c'était l'époque qui le voulait –, un regard gris voilé de songes douteux, de cannabis ou de vodka, c'était selon, une voix profonde qui vous donnait des frissons. Il était beau, trop beau. Edwige fut si éprise de lui que ses poils dans ses draps et ses éclaboussures dans sa salle de bain lui semblaient un cadeau presque immérité. Elle s'est acharnée sur lui pendant presque deux ans. Que n'a-t-elle pas fait pour le ramener à la raison, à sa raison ? Même du camping sauvage dans les Laurentides, d'où elle nous est revenue dévorée par les mouches noires, qui se sont délectées de sa peau d'albâtre, fleurant bon le Chanel 19, brûlée par le soleil et complètement fourbue après sa nuit d'insomnie sur un matelas mousse. Interminable nuit à se gratter et à se morfondre, en espérant vainement que le Polonais finirait bien par cuver sa vodka pour passer enfin à l'acte. Quand elle nous l'a raconté, nous n'avons pas osé rire, tant elle était misérable.

Et ce n'est pas tout. Edwige, quand elle a quelque chose en tête, rien ne l'arrête. Elle a même fait à moto une virée en Gaspésie. Sinon, nous a-t-elle dit pour se justifier, il risquait de ne plus lui revenir. Trois jours d'enfer, accrochée au blouson en cuir, à se faire secouer de cahot en cahot, à mourir de peur, car le Polonais, bourré de vodka, slalomait à souhait. Trois nuits d'espoirs déçus. Edwige en jeans serré, santiags aux pieds et casque sur la tête, il fallait le voir pour le croire.

Tous ces efforts pour le convaincre qu'elle valait plus que tous ces types avec lesquels il préférait passer ses nuits dans les bars du Village Gai, qu'elle pouvait, elle, le décider à virer sa cuti. Vanité, vanité ! Au bout de ces mois infernaux de probation, elle a découvert que ce qu'il appelait son boulot consistait à s'envoyer en l'air avec une petite frappe qui magouillait dans la came. Elle a enfin compris que sa patience avait assez duré, que le Polonais était irrémédiablement homosexuel et qu'il n'y avait rien à en tirer. La mort dans l'âme, Edwige a déclaré alors forfait.

Malgré le grand amour qu'il jurait nourrir pour elle, malgré le petit sursis qu'il quémandait, elle a ramassé la brosse à dents du Polonais, la robe de chambre Hermès qu'elle lui avait offerte, les boutons de manchette en or qu'il n'avait jamais pu utiliser faute de chemise adéquate, et elle l'a poussé dehors avec son petit baluchon.

Elle a rangé le verre vide qui traînait sur le lavabo, mais a gardé le crochet sur lequel pendait sa robe de chambre et une rancune féroce, pour qu'ils lui servent de leçon. « *Never again, never ever* », nous a-t-elle déclaré.

Annabelle lui a sorti sa rengaine de « Ça te passera avant que ça ne me reprenne » et « Un de perdu, dix de retrouvés », mais Edwige s'est contentée de lui jeter un regard noir et de siffler « *Shut up, will you?* », car, surtout quand elle est en colère, Edwige est d'humeur anglophone, et elle a classé le Polonais dans les pertes et profits, côté pertes, bien entendu. Cependant, elle est restée à jamais meurtrie, même si elle essaie de l'oublier dans d'autres bras. Mais à l'hôtel.

Depuis, sa maison de Westmount s'apparente davantage à un musée qu'à un logement. Elle regorge d'objets de prix, de meubles signés, de tapis persans, de tableaux de peintres qui montent. « Ordre et beauté. Luxe, calme et … » Les rares fois où elle nous invite chez elle, j'écarquille les yeux tant que je peux, pour m'imprégner du bon goût qui m'entoure. Oui, je sais que j'ai tronqué un peu la citation du poète. Mais c'est volontairement que j'ai omis la volupté. Rien, chez Edwige, ne l'évoque. La volupté est sortie de la maison en même temps que le Polonais. On sent que, dans ses murs, Edwige enferme ses peurs, ses incertitudes, ses hésitations. Pour mieux opposer au monde extérieur un visage lisse et remonté, un front serein, et rien que des certitudes.

Chez Annabelle, par contre, se confirme un dicton de mon cru, mais dont je ne suis pas peu fière. «Laisse-moi entrer chez toi et je te dirai qui tu es.» Annabelle occupe en haut du mont Royal, vue imprenable sur le fleuve, cent vingt mètres carrés remplis d'un joyeux tohu-bohu d'objets, certains pas mal du tout, d'autres carrément kitch, mais, pour elle, tous précieux, qu'elle éparpille au gré de sa fantaisie. Annabelle est une collectionneuse invétérée. À son impressionnante collection d'hommes s'ajoute celle de boîtes d'allumettes, de salières, de poupées anciennes et de peluches qui encombrent son lit lorsque les mecs lui font défaut. Sa chambre à coucher ressemble à un champ dévasté par le passage des Huns et sa salle de bain, au laboratoire du Dr Jekyll, piétiné par Mr Hyde. Que la fidèle Maria vienne encore lui faire le ménage depuis tant d'années tient du miracle! Depuis longtemps, n'importe qui d'autre se serait avoué vaincu. Mais Maria est une battante, que rien ne peut décourager. Plus le défi est grand, et plus elle se frotte les mains. Deux fois par semaine, sans défaillir, elle essaie de contenir la pagaille, de l'enfermer dans des placards, armoires, tiroirs. Vains efforts, elle déborde et engloutit tout, dès que Maria tourne les talons. Mais la fois suivante, avec encore plus de détermination, Maria recommence son travail de Sisyphe.

Le studio de Victoria ressemble – s'en étonnerait-on? – à sa vie. Comme elle, il est triste et fonctionnel. Aristote, Platon et confrères refuseraient autrement de lui tenir compagnie. Quant à Nathalie, aucun meuble, aucun tapis, quelle qu'en soit la valeur, ne pourra de toute façon jamais la remplacer. Mais Victoria ne cherche surtout pas à la remplacer. Et si aucune photo de Nathalie ne se trouve dans le studio, c'est que Victoria veut la garder vivante dans sa mémoire et non figée dans un cadre. La cuisine de Victoria, pièce pour elle complètement inutile, sent encore le neuf après toutes ces années et, comme notre philosophe ne se maquille pas, ne se parfume pas, ne se vernit pas les ongles, il lui est facile de tenir sa salle de bain dans un ordre monacal. Son seul vrai meuble est la bibliothèque qui croule sous les livres, qui jonchent aussi le plancher, envahissent la table du salon qui de toute façon ne sert à rien d'autre, et toutes les chaises. Victoria ne reçoit pas, sous prétexte qu'il fait trop froid chez elle.

Il fait toujours froid chez Victoria, même si le chauffage, qu'Edwige a fait plusieurs fois vérifier, fonctionne très bien. Il faut croire que le bloc de glace qui fige notre amie résiste à toute tentative de réchauffement.

Dans mon haut de duplex, par contre, c'est n'importe quoi. Quand nous nous sommes mariés, nous étions jeunes, amoureux et pauvres. Si nous avions choisi la rue Drolet, ce n'est pas parce que dans ces temps-là le Plateau était à la mode, mais justement parce que personne ne trouvait qu'il était chic d'y habiter. Nous pouvions donc nous loger à bon marché.

C'était bon de vivre en bohèmes puisque nous étions heureux. Nous nous suffisions à nous-mêmes et que des caisses remplacent les tables de nuit, une vieille porte sur des tréteaux, la table de salle à manger et quelques planches soutenues par des briques, la bibliothèque, cela n'avait aucune importance. Nous nous meublions du piano de Nicolas et de mes espoirs, qui se mariaient si bien à ses rêves. Le reste, nous nous étions dit, allait nous être donné par surcroît.

Le piano est toujours là. Quelques rêves restent aussi, mais si banals, si petits, si terre à terre. Des espoirs, si j'en garde encore deux ou trois, malgré tout, ils n'ont plus l'étoffe d'excuser notre intérieur qui, lui, de bohème est devenu miteux. Pendant longtemps, j'ai essayé de cacher la misère sous les tapis – ô combien râpés! – et la mouise sous une nouvelle nappe, un couvre-lit en piqué, un coussin brodé. J'ai toutefois dû me rendre à l'évidence. Mon chez-moi est désolant, et ne sachant plus comment remédier à la situation, je me suis habituée à ne plus regarder autour de moi.

Tout le monde, Maman en tête, s'obstine à croire que je m'en fiche. Que Nicolas et moi ne nous préoccupons pas de biens matériels. Que nous sommes restés fantaisistes et adeptes du «au jour le jour». Et puisque cela sonne mieux à mes oreilles que vieux et élimé, je ne les contredis pas. C'est juste devant Ninon que je me sens parfois honteuse. J'aimerais pouvoir l'asseoir sur un beau canapé moelleux et non sur cette vieille chose fatiguée qui grince de partout, lui préparer une jolie table qui croule sous l'argenterie et la porcelaine fine, au lieu de la servir dans nos vieilles assiettes ébréchées, avec des couverts dépareillés. Montrer à ma fille que je sais y faire, non pas pour l'épater, mais pour qu'elle ne se mette pas à s'inquiéter pour nous. Je ne veux pas qu'elle s'aperçoive que pendant que nous tirons le diable par la queue, nous guettent le grand âge et la décrépitude. Je ne veux pas qu'elle tremble pour nous, comme je tremble pour Maman, ni que nous commencions à lui peser si lourd qu'elle ploie sous notre poids. Je veux qu'elle garde encore l'illusion, ne serait-ce que lorsqu'elle se réfugie chez nous pour soigner une grippe stratégique, que nous sommes toujours dans la force de l'âge et elle, au sortir de l'enfance. Que nous sommes à nos postes et que, lorsqu'elle est dans nos murs, rien ne peut l'atteindre. Qu'elle croie encore que pour nous et pour elle tout est encore possible et que le meilleur reste à venir, alors que tout ce que nous sommes en droit d'espérer est la vieillesse et la mort qui, tapies dans un coin, n'attendent qu'un moment d'inattention pour nous anéantir. Et elle, l'attend l'horreur de nous voir succomber, nous éteindre et partir.

Mais je m'égare encore, alors qu'il y a tant à dire de ce *high-tea* auquel Edwige nous conviait. Tout y était : théière en argent, fines tasses de porcelaine, nappe en dentelle, serviettes en batiste, musique de chambre, plateaux de sandwichs, confitures, marmelades, double crème, gâteau aux fruits, petits-fours et *scones* que personne n'aime, mais a-t-on vu un *high-tea* sans *scones* ?

Elle a allumé des bougies partout, Edwige, car c'est à leur flamme vacillante que disparaissent les ravages du temps et, avec eux, le quotidien et son lot de soucis. Elle a voulu que ce soit la fête, et elle a pleinement réussi.

Annabelle nous a ensuite préparé du café turc et, pour rigoler, a fait mine de lire l'avenir dans nos tasses.

— C'est de la frime, s'est moquée d'elle Edwige, en apportant des châtaignes rôties, ce que tu nous racontes, c'est le passé. Nous ne le connaissons que trop sans être obligées de boire cette décoction infecte. Allez, les filles, prenez plutôt une coupe de champagne avec les châtaignes.

Et ce furent ces châtaignes qui ont tout déclenché.

— Saviez-vous qu'en Bretagne, on appelle novembre le Mois Noir, et décembre, le Mois Très Noir ? lance Annabelle. Dans le patelin de ma grand-mère, autrefois, avant la télévision, pour traverser les ténèbres, on se réunissait tous les soirs près de la cheminée, on mangeait des châtaignes rôties et chacun racontait une histoire. Parfois vraie, parfois inventée. Faute d'histoire, on racontait des rêves, des cauchemars. Ce qui comptait, c'était de passer un bon moment et de captiver l'auditoire. Voilà quelque chose qui nous va comme un gant. Depuis le temps que nous nous côtoyons, nous pensons connaître toutes, toutes nos histoires. Pendant ce Mois Noir, il serait amusant de perpétuer la tradition et de nous redécouvrir. Qui a envie de trouver une bonne histoire que nous ne connaissons pas et qui puisse nous faire oublier ce temps de chien?

— J'en ai une, annonce Ninon. Je vous préviens que c'est une histoire vraie. Je ne l'ai jamais racontée à personne, même pas à Maman. En plus, c'est une histoire de novembre, une histoire où il y a une sorcière, où il y a des tarots, où il y a de la magie.

— Je n'aime pas ça! s'écrie Maman.

En catho assidue qui ne rate jamais la messe du dimanche, bonne occasion de sortir ses plus beaux atours, elle a une peur bleue de tout ce qui pourrait faire chanceler sa foi.

— C'est de la magie blanche, Mamie, la rassure Ninon. Écoute-moi, pour une fois, ça te changera. Vous la voulez ou non, mon histoire? Si oui, femmes, arrêtez de mastiquer, sirotez votre champagne et ouvrez bien vos oreilles!

Victoria avance son fauteuil. Tiens, qui aurait pensé que Victoria s'intéresse à ce genre d'histoires? Des cigarettes s'allument, même moi j'en prends une, oubliant que je ne fume plus depuis un an. Annabelle s'assoit aux pieds de Ninon, et Alice se colle à elle. Pour qu'on ne perde pas un seul mot, Edwige baisse la musique. Nous sommes toutes pendues aux lèvres de ma fille.

«Eh bien, voilà, commence-t-elle. J'ai une amie sorcière. Une bonne sorcière, Mamie, rassure-toi. Elle s'appelle Carmelina et c'est une grande copine. Elle est mexicaine, de Guadalajara, et ne vit à Montréal que depuis quelques années.

— Encore une qu'on doit nourrir à ne rien faire, s'esclaffe Andrée. Elle est sûrement sur l'aide sociale et fait au noir sa blanche sorcellerie.

— N'abandonne surtout pas ta teinturerie pour te consacrer aux arts divinatoires, Andrée, rétorque Ninon aussi sec. Tu n'y es pas du tout. Carmelina est pharmacienne. La sorcellerie, c'est pour les amis. Mais, elle est foutument calée. Quand mes déboires avec Claude ont commencé, dans mon désespoir, je lui ai demandé de me faire un tarot. Sans faire ni une ni deux, Carmelina m'a annoncé que Claude prendrait bientôt le large. Je me suis fâchée, je l'ai traitée de nulle. Je trouvais qu'elle n'avait pas le droit de faire peur aux gens. Nous nous sommes disputées, et j'étais décidée à ne plus jamais la revoir. L'autre jour, je suis pourtant allée m'excuser, car, comme vous le savez, hélas, elle ne s'était pas trompée. Elle m'a refait un tarot et, selon sa lecture, à la belle saison, je commence une nouvelle vie. Difficile, mais passionnante. Elle voit même un bébé à l'horizon, mais pas d'homme. Voilà une équation difficile à résoudre, d'autant que je ne voudrais surtout pas me cloner. Un exemplaire de moi, c'est déjà amplement suffisant. Quoi qu'il en soit, m'a-t-elle prévenue, l'année prochaine, je dois attacher ma ceinture. Il paraît que ça va brasser pas mal autour de moi. Mais je serai d'attaque. J'ai tiré la Force. Carmelina m'a filé en plus une lotion miracle de sa fabrication, qui sent la bergamote et la coriandre, et dont je dois m'enduire les tempes tous les matins, une chandelle en pure cire d'abeille, dont je dois regarder la flamme tous les soirs, car dans sa fumée se dessine mon avenir, et un galet que je porte toujours sur moi. Tenez, regardez-le. Il est beau, n'est-ce pas ?

— Et ce grigri t'a coûté la peau des fesses, je parie, lui dit Andrée, qui trouve que tout coûte toujours trop cher. Comment peux-tu faire confiance à une sorcière mexicaine ?

— Parce qu'à une sorcière québécoise, tu aurais fait davantage confiance ? Figure-toi que ça ne m'a rien coûté, cet attirail. Carmelina ne prend pas un sou pour ses divinations. Elle sait qu'elle n'a ses pouvoirs que si elle pratique gratuitement. Tout ce qu'elle accepte, si ses prédictions se réalisent, ce sont des fleurs. Des œillets rouges.

— Mais les œillets portent malheur, s'affole Maman, et je suis sûre qu'elle est en train de faire plein de signes de croix dans son for intérieur.

— Pas au Mexique, Mamie, pas au Mexique. Carmelina m'a aussi dit qu'il fallait que je m'entoure de fleurs et de beaux objets.

Voilà donc pourquoi Ninon a apporté des fleurs l'autre jour. Elle en a fleuri toute la maison, peut-être pour oublier que pour les beaux objets ce n'était pas vraiment ça. Elle en a aussi mis plein sa chambre où, d'ailleurs, je l'ai surprise l'autre soir à fixer la flamme d'une chandelle sentant le patchouli. Je pensais qu'elle rêvassait alors qu'elle était en pleine séance de magie. Je n'ai rien compris. Finalement, on connaît si mal ceux qu'on aime.

— Il y a aussi autre chose. D'après Carmelina, je suis très protégée.

— Il ne faut pas être sorcière pour voir cela, ricane Andrée. Tout le monde sait combien ta mère te couve. À ton âge, cela en devient grotesque.

Parfois, Andrée m'irrite au point où je pourrais devenir soricide sans ciller ou, au moins, exercer mon droit d'aînesse et lui coller une paire de baffes pour qu'elle la ferme. Même si je n'aime pas beaucoup cette histoire de la bonne sorcière et encore moins ses prophéties, pour une fois que Ninon nous ouvre grand la porte de son cœur, il ne faudrait surtout pas que ma sœur l'en empêche. Mais c'est mal juger ma fille. Il lui en faut bien plus pour se laisser intimider. Sans même jeter un regard à sa tante, elle continue comme si de rien n'était :

— Protégée, ici et ailleurs. Vous avez probablement entendu parler des anges gardiens. On dit que ceux qui nous ont beaucoup aimés, ici-bas, mais qui nous ont quittés, veillent sur nous.

— Peut-être bien, chérie, murmure Alice, rêveuse, mais qui peut nous le prouver ?

— C'est vrai, rien ne le prouve, renchérit Edwige.

— Vous et vos preuves, vous n'êtes vraiment pas brillantes, chuchote Annabelle. Si cela peut aider la petite dans ses moments difficiles…

— Pas la peine de chuchoter, Annabelle, je t'ai entendue, rigole Ninon. Vous voulez des preuves, eh bien, en voilà. Je sais qui est mon ange gardien. Je le connais et je sens souvent sa présence. Tu le connais, Mamie, mieux que tout le monde, et toi aussi, Alice, et que vous le sentiez ou non, il veille sur vous également.

Maman blêmit et cette fois-ci elle se signe au vu et au su de tout le monde.

— Veux-tu arrêter de troubler ces vieilles dames avec tes bêtises, la gronde Andrée. Regarde-les un peu. Ce n'est pas bien de raconter des choses pareilles, tu sais qu'elles ont le cœur fragile.

— Oh, ne vous en faites pas pour moi, je vous en prie, je trouve cette histoire passionnante, murmure Alice et, honteuse d'avoir attiré l'attention sur elle, elle cache son visage dans ses mains.

— Tu parles d'une histoire passionnante ! continue Andrée sans se laisser démonter. Elle est à vous faire dresser les cheveux sur la tête. Arrête, Ninon, tes scénarios de série B.

— Essaie donc de me zapper, si tu n'aimes pas le film, Andrée. Ou plutôt change de pièce, lui répond Ninon d'une voix calme et mesurée qui ne rappelle que trop celle de sa tante dans ses moments les plus redoutables. Je ne me tairai que si c'est ma grand-mère qui l'exige. Alors, Mamie, je continue ou non ?

— Je ne sais pas, bredouille ma mère et, pour la première fois de ma vie, je la vois ébranlée dans ses certitudes.

Finalement, en prenant une grande respiration, elle murmure :

— Vas-y, petite ensuquée !

— Tu vois que tu as tout compris ! Autrement tu ne m'aurais jamais appelée ensuquée. Oui, c'est Papy, mon ange gardien. Je sens sa présence continuellement, et une fois il m'a même parlé. Je ne vous l'ai jamais racontée, celle-là, car jusqu'à aujourd'hui je croyais qu'elle ne concernait que moi. Mais, ce soir, allez savoir pourquoi, Annabelle nous propose ces contes du Mois Noir. Le pur hasard, peut-être, dirait Andrée. Pourquoi pas ? Mais j'ai soudainement la certitude que je dois vous la confier. On dirait qu'on m'y pousse, qu'on l'exige. C'était, il y a bien longtemps, du temps où Papa nous a quittées. Très provisoirement, mais qui aurait pu le dire à ce moment-là ? Maman était certaine que c'était pour toujours et, même si elle essayait de faire devant moi bonne figure, je savais qu'elle pleurait toutes les larmes de son corps. C'était un soir, j'étais couchée dans ma chambre et j'entendais Maman sangloter à la cuisine. Il y avait continuellement des messes basses autour de moi, mais personne ne me disait rien. Il ne fallait pas être très futée pour comprendre qu'il se passait des choses très graves et très tristes. « Papa est parti faire un long voyage », m'avait-on rassurée. C'était la même chose qu'on avait dite à mes cousins, mot à mot, quand oncle Charles est mort. Donc, me répétais-je, mon papa est mort, lui aussi. Cependant, je n'osais poser aucune question, tant j'avais peur de la réponse. J'étais terrifiée et, sous ma couette, je claquais des dents. Tout d'un coup, une bonne chaleur m'enveloppa, comme une première petite brise d'avril, qui vient nous annoncer que l'hiver sera bientôt fini, et j'ai entendu la voix de Papy.

J'étais sidérée. Comment était-ce possible ? À la mort de Papa, Ninon savait à peine marcher. Il était pratiquement impossible qu'elle puisse reconnaître sa voix. À moins que… J'ai presque envie de faire, comme Maman, un signe de croix.

— Tu as dû avoir très peur, pauvre bichette, lui dit Alice, cherchant à dissimuler son émoi.

— Pas du tout. Je fus, au contraire, rassurée. Papy, je sais que je l'avais énormément aimé, même si je l'avais peu connu de son vivant. Je me souviens parfaitement de sa tête de père Noël et de toute cette chaleur qui émanait de ses mains. Une fois quand j'ai eu très mal au ventre, il a suffi qu'il pose dessus ses mains à plat pour que je me sente mieux. Ce soir-là, j'ai éprouvé la même sensation d'apaisement, et je l'ai reconnu tout de suite, Papy, comme j'ai aussi reconnu sa voix. C'était la sienne, j'en suis certaine, chuintante et jamais totalement débarrassée de l'accent de Marseille, malgré toutes ces années passées à Montréal. «Pitchounette, m'a-t-il dit, il ne faut pas que tu t'inquiètes. Ton papa reviendra. C'est un gamin, ton papa, qui n'a pas plus de cervelle que les moineaux auxquels nous jetions des miettes au parc, autrefois. Un gamin qui est en train de faire une petite évasion qu'il regrettera toute sa vie. Cela peut arriver aux meilleurs d'entre nous.»

Alice soupire, Andrée regarde ses souliers, moi, je frémis. Il est vrai que Papa appelait Ninon «pitchounette». C'était le seul qui l'appelait ainsi.

— Mais moi, se désole ma mère, pourquoi n'est-il jamais venu me voir? Après toutes ces années, jamais.

— Enfin, Maman, la rabroue Andrée, tu ne vas pas te mettre à croire toutes ces bêtises!

— Veux-tu me ficher la paix, une fois pour toutes! l'apostrophe Maman sur le ton qui m'est habituellement réservé. Ne penses-tu pas que je suis assez grande pour décider de ce que je veux ou non entendre?

Et, en se tournant vers Ninon, elle répète d'une voix ferme:

— Pourquoi n'est-il jamais venu me voir? Et puis, qu'est-ce qu'il veut dire par «Cela peut arriver aux meilleurs d'entre nous»?

— Ça, Mamie, il faudrait le lui demander toi-même. Peut-être bien qu'il est venu, mais qu'à ce moment-là tu étais à la messe et tu ne pouvais le voir, occupée que tu étais à prier. En tout cas, moi, il m'a dit de chérir ma maman et de ne jamais vous laisser tomber, toi et Alice.

— Et de moi, est-ce qu'il t'a parlé? demande Andrée et elle rougit d'avoir été prise en flagrant délit de crédulité.

— Non, Andrée, lui répond Ninon qui paie toujours ses dettes rubis sur l'ongle et sans traîner, pas un seul mot. C'est comme si tu n'avais jamais existé.

— J'en étais sûre, chuchote Andrée fielleuse, moi, Papa ne m'a jamais beaucoup aimée. C'était Tina, sa préférée.

J'ai eu du mal à réprimer un sourire. Voilà ce qui nous fait reculer d'un demi-siècle au moins, pour nous ramener au temps des poupées, de la marelle, des secrets chuchotés à Alice et de nos mille petites rancunes. Ce n'est qu'une stupide peur du ridicule qui m'interdit d'aller embrasser ma sœur pour ce grand bain de jouvence. Et pour nous attarder encore un instant dans l'enfance, je lui réponds aussi sec :

— Moi, Papa, toi, Maman, nous sommes donc quittes.

— Ça suffit, vous deux ! Vous oubliez que vous avez passé l'âge de ces enfantillages, nous houspille Maman, comme dans le bon vieux temps, qui n'était pas bon du tout. Vous me faites honte, tiens !

Encore un peu et elle nous obligerait à venir lui demander pardon, comme autrefois. Décidément, elle aussi a envie de remonter le temps. Ninon pouffe et Maman l'embrasse.

— Merci, pitchounette, lui dit-elle d'une voix étonnamment douce, que personne ne lui connaissait. Merci beaucoup.

Et, en nous tournant le dos, elle s'essuie les yeux. Soudainement, j'ai envie de m'écrier : « Mais qui est donc cette femme ? » C'est bien la première fois au cours de ces cinquante et quelques années de mauvaise fréquentation que je la vois humaine, attachante. Ce n'est, une fois de plus, que cette peur du ridicule qui m'empêche d'aller me blottir contre elle. Ce n'est pas le ridicule qui tue, je vous le dis, c'est cette minable peur qu'il nous inspire.

— Puisque nous sommes parties dans les histoires, j'en ai une aussi, dans la même veine, déclare Annabelle pour alléger l'atmosphère. Personne ne la connaît, même pas Edwige, car jusqu'à ce soir je n'ai jamais eu l'occasion de la raconter. Ma grand-mère était rebouteuse, guérisseuse et un peu spirite. Dans son village, on l'appelait la vieille timbrée, mais elle était très respectée, car elle lavait aussi les morts et faisait la sage-femme. Quand je l'ai connue, elle était déjà presque centenaire, bien que robuste, et elle me fichait chaque fois la trouille. Ses yeux étaient exorbités, elle souffrait probablement d'hyperthyroïdie – mais qui savait cela au village ? – et elle portait sur le crâne une énorme tignasse blanche, jamais peignée. Une jambe bien plus courte que l'autre lui donnait une démarche chaloupée. Mais ce qui m'effrayait par-dessus tout était une énorme tache de vin qui lui faisait comme un masque autour des yeux. Elle portait un râtelier qu'elle trempait dans son verre de vin, car il la gênait pendant qu'elle mangeait. C'était horrible à voir. Rien qu'à y penser, j'ai encore la chair de poule. Comme elle était à tu et à toi avec les morts, elle connaissait tous leurs secrets. Elle prétendait qu'ils lui faisaient des confidences pendant qu'elle les lavait et, ensuite, qu'ils lui rendaient parfois visite, en la chargeant de divers messages pour les proches restés en vie. Lorsque son guéridon se mettait à tourner, elle sommait le destinataire du message de venir la voir et, même si tout le monde avait la frousse, personne n'a jamais osé se désister. Une fois, malgré ma trouille, je m'étais cachée sous son lit pour suivre une séance spirite. Je dois vous dire que j'en ai fait des cauchemars pendant longtemps. Elle était en transe et parlait à tort et à travers. Mais la personne assise en face d'elle, cette fois-là, le notaire auquel elle donnait des nouvelles de sa feue femme, l'écoutait le souffle coupé. À en croire la liasse d'argent qu'il lui a laissée, pour lui, tout ce charabia était lourd de sens. Elle avait de grosses rentrées d'argent, la vieille, car elle n'était nullement adepte de l'acte gratuit. Elle lisait aussi dans le marc de café. Où a-t-elle appris à faire le café turc, je ne le sais pas, mais tout ce qu'elle annonçait, de bon ou de mauvais, arrivait immanquablement. Qui sait, c'est peut-être d'elle que je tiens mes talents d'apprentie sorcière. Dès la Saint-Jean et jusqu'à la Saint-Martin, elle abandonnait le marc de café et donnait des vacances aux esprits des morts, pour aller la nuit dans les champs cueillir des simples. Elle en fabriquait des décoctions, infusions, emplâtres. Et même si, pour le spiritisme et les fonds de tasse, c'était peut-être des sornettes, avec ses remèdes, elle faisait de vrais miracles. L'acné la plus rebelle, les verrues les plus tenaces disparaissaient comme par enchantement. Ses infusions calmaient les crises de grand mal, la toux coquelucheuse, la fièvre scarlatine. Plusieurs patrons d'instituts de beauté et de laboratoires pharmaceutiques des États-Unis étaient venus la voir et lui avaient offert des sommes ahurissantes pour qu'elle leur donne ses recettes. Elle n'a jamais accepté de les dévoiler, elle qui tenait cependant à son bas de laine. Comme la sorcière blanche de Ninon, elle disait qu'elle n'en avait pas le droit et a préféré emporter ses secrets dans la tombe. Dommage. J'aurais pu être une très riche héritière, car elle m'aimait bien. Serait-elle mon ange gardien?

— Qui sait? soupire Victoria, rêveuse. En tout cas, ce sont des histoires troublantes.

— Mais tu n'en crois pas un traître mot, n'est-ce pas chérie? Ce ne sont pas des choses dont parlent tes philosophes, insinue Annabelle.

— Eh bien, détrompe-toi, lui répond Victoria, d'une voix hésitante. Il m'arrive d'y croire.

— Toi?

— Oui, moi. Je ne pensais jamais vous raconter cette histoire, mais il semblerait que la soirée s'y prête. Ce fut un moment très bref, peut-être même un rêve, mais plus le temps passe et plus je suis tentée de croire que c'était du vrai, du vécu, comme on dit. J'étais encore à l'hôpital, avec toute cette tuyauterie enfoncée dans la gorge, dans le nez, dans les bras, revenant péniblement et complètement désenchantée de mon incursion dans l'au-delà. Voyage navrant et raté s'il en fut. C'était en fin d'après-midi, je crois, puisqu'il faisait presque noir dans la chambre. La seule lueur était celle du moniteur cardiaque. Soudainement, tout a baigné dans une lumière dorée. Et j'ai entendu le rire de Nathalie aussi clairement que lorsqu'elle était en vie, et sa voix, tout près de moi. «Maman, m'a-t-elle dit, je suis bien, là où je suis. Tu n'as pas à te faire de souci pour moi. Je suis aussi légère que les bulles de savon avec lesquelles nous jouions, et je suis heureuse. J'ai dû te quitter, même si je savais que tu en pleurerais. Je n'avais pas le choix, crois-moi. Mais toi, tu n'as pas le droit de me suivre, pas encore. Et, s'il te plaît, laisse-moi partir tout à fait.» J'ai ensuite senti sur ma joue une caresse, légère, si légère, comme si un pétale de rose m'effleurait. Puis, rien. La chambre est redevenue obscure. Ce fut mon seul contact avec elle, et bien qu'elle me manque comme au premier jour, je n'ai jamais osé en souhaiter d'autres. Il paraît, à en croire certains écrits, qu'il ne faut pas les retenir, nos morts, ni par nos regrets ni par nos larmes. Et puis, ma toute petite m'avait assurée qu'elle était heureuse. Oui, bien sûr, je rêve souvent de Nathalie, mais je sais que ce sont de simples rêves. Rien à voir avec ce que j'avais vécu dans cette chambre d'hôpital. Voilà mon histoire, faites-en ce que vous voulez.

Victoria, qui avait gardé les yeux fermés pendant qu'elle racontait, les ouvrit difficilement, mais on aurait dit qu'elle ne nous voyait pas. Nous la regardions, interloquées, sans rien trouver à dire. C'est Andrée qui brisa enfin le silence :

— Un ange passe. Dis-nous, petite ensuquée, sur quelle épaule est-il en train de se percher? Nous avons l'air d'en avoir toutes bien besoin.

À ses heures, malheureusement si rares, ma sœur sait se montrer une chouette fille. Je me lève et vais l'embrasser, tant pis pour le ridicule. Elle se secoue et me repousse. La vie continue.

Chapitre 4

Si vis pacem para bellum

Noël approche à grands pas. Paix sur Terre aux hommes de bonne volonté! Et aux femmes? Elles, elles se font la guerre. Une guerre sourde, froide. Entre elles, elles ont bâti un vrai mur de Berlin, tout en demi-mots fielleux, en insinuations sournoises, en non-dits caustiques qui hurlent la rancune.

Je les connais suffisamment, mes belles amies, pour comprendre qu'il s'agit de vieux règlements de compte, ridés, que le temps aurait dû abolir, mais lesquels, à la faveur de nos rencontres, reprennent vaillamment souffle. Edwige et Annabelle croisent le fer aigrement, méchamment. Ciel plombé, nuages chargés de dépit. Comment nous en sortir?

Aussi figées que les nouilles qui refroidissent dans le glutamate monosodique, Victoria et moi, témoins impuissants de ce duel insensé, nous faisons toutes petites et n'osons rien dire ni échanger de regards. Nous clôturons la soirée péniblement, elle faisant semblant de finir son assiette, moi, essayant de manger le plus proprement possible et de ne commettre aucune maladresse, pour que la colère des deux belligérantes ne nous tombe pas dessus. Autant nous faire oublier, car elles n'attendent que ça, nos copines, nous asperger à qui mieux mieux de tout le venin

qu'elles n'osent pas se jeter en pleine figure. Elles se connaissent depuis bien trop longtemps pour savoir qu'un
mot, un geste de trop, risque, dans les circonstances, de les
brouiller définitivement. Et c'est un risque qu'elles ne
peuvent quand même pas prendre. Aussi enragées qu'elles
soient, elles savent bien qu'elles ne peuvent se passer pour
toujours l'une de l'autre, qu'elles n'ont pas le droit de
dynamiter notre amitié. Pas à notre âge, pas après tant
d'années. Alors, va pour la guerre froide, va pour le mur
de Berlin. Jeudis soirs lourds, mais qu'il faut traverser
vaille que vaille, pour sauver les meubles, pour garder les
liens.

C'est quand même une bonne copine, Victoria. Depuis
le début des hostilités, au lieu de se barricader chez elle,
comme elle le fait si souvent quand nous l'agaçons ou l'en-
nuyons, elle délaisse ses chers philosophes et fréquente
sans défaillir notre Vietnamien pour me soutenir dans
l'épreuve.

Si au moins nous savions pourquoi ces deux-là ont
déterré la hache de guerre! Tout ce que nous pouvons
déduire de leurs sous-entendus acrimonieux, des plaisan-
teries sarcastiques, c'est qu'une histoire d'amour a surgi
d'un temps révolu. De jadis, pas de naguère, hélas, et c'est
là le hic: hier comme aujourd'hui, de ce côté, pour les
deux c'est la mer étale, d'où mauvaise humeur, irascibilité
et tout le saint-frusquin. Mais de quel homme peut-il bien
s'agir, puisque, depuis qu'elles se connaissent, elles s'en
sont échangé plus d'un?

Edwige et Annabelle sont amies depuis la maternelle.
Avant que Victoria et moi n'entrions dans cette amitié,
elles ont eu le temps d'accumuler un passif impressionnant et c'est par bribes, lors des disputes plus ou moins
voilées, que nous avons appris certains de leurs exploits.

Leur amitié n'a jamais été tiède, tant elles se jalousent, convoitent la chance de l'autre, se font concurrence. À l'école, où l'uniforme était obligatoire, pour faire quand même mieux que la copine, si Annabelle portait des socquettes rouges, Edwige portait des bas trois-quarts, encore plus rouges. Si Annabelle nouait dans sa queue de cheval un ruban bleu, Edwige se faisait des nattes pour pouvoir en mettre deux.

Toujours l'une contre l'autre, mais aussi l'une pour l'autre. Si l'une faisait une bêtise, l'autre la couvrait. Si l'une était punie, l'autre la défendait envers et contre tous. Si l'une avait une tablette de chocolat, non seulement la partageait-elle avec l'autre, mais elle lui donnait de bon cœur le plus gros morceau. Et gare à celui qui osait se moquer de la copine ou lui faire un croche-pied dans la cour. Vite, il maudissait le moment où cette singulière idée lui était venue.

Comme Edwige était bonne élève et Annabelle, un cancre fini, pour ne pas perdre trop de temps à des tâches oiseuses, elle lui faisait les devoirs, la laissait copier sur elle, l'aidait à écrire sur ses cuisses et avant-bras les bonnes réponses. La réussite scolaire a été le seul domaine où Annabelle n'a jamais jalousé Edwige, au contraire même, car elle profitait bien de cette excellente collaboration. Elles avaient ainsi amplement le temps de se chamailler pour le reste. Avec les années, le reste s'est résumé aux garçons.

On les appelait les amandes philippines et elles se disaient effectivement jumelles, même si, physiquement, elles ne se ressemblaient guère.

Belles, elles l'étaient toutes les deux, les photos en témoignent. Edwige, déjà toute en rondeurs, Annabelle, élancée, mais les deux avaient du chien et beaucoup de panache. Elles étaient les reines des piscines, des patinoires, des courts de tennis, des surprises-parties, de tous les endroits où elles pouvaient se mettre en valeur et pratiquer leur sport favori, le flirt à gogo. Il consistait à rendre fous le plus grand nombre possible de garçons auxquels il ne fallait rien céder, sauf un baiser volé. Les premiers baisers étaient chastes, et les faisaient rougir aux heures des confidences, lorsque la nuit elles comparaient les conquêtes en étouffant leurs rires dans les oreillers. Les parents d'Edwige, mal avisés, avaient confié leur fille et sa vertu à la tantine d'Annabelle, qui ne lésinait pas sur les bons conseils en la matière.

Comme le diable sait s'insinuer par la moindre fissure de l'âme, dès que l'une s'enhardissait, l'autre se faisait un devoir de doubler la mise. Les temps avaient aussi changé dans l'intervalle. Si, au mariage, vous n'apportiez pas en dot votre virginité, on ne vous traitait plus forcément de femme de mauvaises mœurs, parole de tantine, preuves à l'appui. Il leur fallait donc la perdre au plus vite, et c'était à qui la perdrait la première.

Mais n'allez pas croire que n'importe quel quidam aurait pu faire l'affaire. Les deux plaçaient la barre très haut, et l'élu devait posséder, sinon des qualités morales extraordinaires, du moins un corps d'Apollon, des yeux à vous faire chavirer le cœur et une voiture sport. Comme elles avaient le même cercle d'amis, les deux avaient jeté leur dévolu sur le seul candidat valable, Martin Rocher.

Pauvre Martin Rocher! Il a été le pigeon qu'elles ont croqué tout cru et, dans ce frichti, il y a laissé toutes ses plumes. Elles se sont tant déchirées sur lui qu'il en est sorti en lambeaux. Je peux l'attester, car je l'ai connu, bien des années plus tard. Il en tremblait encore de rage, de frustration, d'impuissance. Lorsqu'il a appris que j'étais l'amie des amandes philippines, et la bienséance m'interdit de rapporter ici toutes les épithètes dont il les a affublées, il a refusé de me serrer la main.

C'est qu'elles lui en ont fait voir de toutes les couleurs, les amandes philippines, et le beau Martin Rocher, heureux propriétaire d'une Mustang rouge, champion interscolaire de ski, espoir du tennis junior, lanceur émérite au base-ball, est devenu, par leurs œuvres conjuguées, un misogyne obèse, grincheux et claudiquant, qui n'a toujours pas fini de digérer sa colère. Et qui ne conduit plus.

Pourtant, avec quel bonheur ne s'était-il pas prêté à leur jeu ! Les deux plus belles filles du collège s'offraient à lui. Beau seigneur, il ne pouvait refuser l'offrande, il les a prises toutes les deux, mais ce geste lui fut fatal. Elles l'ont tant exaspéré avec des scènes de jalousie, des menaces, des crises de nerfs, qu'un soir, n'y pouvant plus, il s'est méchamment saoulé et a bousillé son beau bazou. Lors de l'accident, il a perdu trois dents, deux orteils et toute illusion en ce qui concerne la gent féminine.

Les amandes philippines ont gagné un dépucelage, emporté haut la main, et la conviction qu'elles avaient sur les hommes un pouvoir qu'elles n'avaient jamais soupçonné, mais peu de sagesse. Dûment réconciliées à la porte de la chambre d'hôpital où gisait ce qui restait de Martin Rocher (qui avait refusé de recevoir aussi bien l'une que l'autre), elles se sont mutuellement offert les bouquets de myosotis qu'elles lui avaient apportés et, souriantes, main dans la main, elles sont parties vers de nouvelles conquêtes.

Les réconciliations sont devenues plus difficiles lorsque, d'agace-pissette, elles sont devenues jeunes femmes amoureuses. Entre-temps, elles s'étaient encore partagé, rien que pour rigoler, quelques éphèbes, un prof de yoga, un joueur de guitare et un étudiant en médecine (mais, étrangement, de celui-là elles ne faisaient pas grand cas) et deux hommes mariés. Cependant, puisque Martin Rocher pesait encore un peu sur leur conscience, elles n'ont pas poussé trop loin le bouchon, et bien qu'on ne sache pas ce que ces mâles-là sont devenus, j'ose croire qu'ils ont mieux survécu au forcing.

Mais Cupidon n'aime pas trop qu'on emmêle ses cartes, et le petit fourbe s'est vengé comme lui seul sait le faire. Voilà donc Edwige et Annabelle amoureuses pour la première fois de leur vie. Si amoureuses qu'elles arrêtent de se chuchoter à l'oreille des confidences, de comparer en ricanant les faits et gestes de leur conquête commune. Bien au contraire, la conquête du jour, il fallait bien la cacher, car elles ne savaient que trop ce dont la rivale était capable. Ça tombait bien, puisque, à l'époque, Annabelle était partie faire les Beaux-Arts, à Paris, et Edwige était retournée étudier à Vancouver. À tant de fuseaux horaires de distance, quoi de plus simple que de taire l'essentiel au téléphone, dans les lettres? L'essentiel, pour toutes les deux, s'appelait G. G., soit Gordon Gray, mais il est resté à jamais G. G. dans le souvenir de mes amies et dans les histoires qu'elles nous ont racontées à ce sujet, tant de fois que, par moments, cela en devenait lassant. Pas pour elles, qui, l'autre jour encore, s'en délectaient. L'excellent G. G., il nous a souvent fait bien rire.

Un comble, il n'était pas très beau, ni très grand, ni très sportif. Il ne conduisait pas de voiture sport, il ne conduisait même rien du tout. Son secret? Il ne demandait rien. Il était gentil, affable, souriant, disponible. Mais il tenait à sa vie. Il a donc refusé de défaillir d'amour ou de devenir la proie de l'une comme de l'autre.

Or, comme je vous le disais, Cupidon, quand il veut se venger, n'y va pas de main morte. Cette fois-ci, sa réussite avait été grandiose, d'autant plus que, pour bien monter son coup, il s'était pris comme acolyte le coquin de sort. Ça ne s'invente pas : G. G. était originaire de Vancouver et étudiait l'architecture à Paris. Il fréquentait Annabelle pendant le trimestre, Edwige, pendant les vacances. Il se baladait avec l'une sur les quais de la Seine, visitait avec elle tous les musées, la promenait en bateau-mouche et, pour lui prouver sa tendresse, montait à pied la Butte. Avec l'autre, il sillonnait les Rocheuses (Edwige conduisait, G. G. adorait se faire conduire, adorait faire plaisir), admirait les couchers de soleil dans le Pacifique, prenait le *high-tea* dans les salons de thé victoriens – on comprend maintenant mieux d'où notre amie tenait ce goût «exotique».

À Annabelle, puisqu'il trouvait qu'elle avait des yeux de chat, il lisait les *Practical Cats* de T. S. Eliot. Elle l'écoutait émerveillée et miaulait d'impatience, en attendant l'heure de passer aux choses sérieuses. À Edwige, il récitait du Byron dans les jardins Butchart et, rose parmi les roses, elle était prête à se laisser cueillir, en rentrant toutes ses épines. Mais G. G. ne voulait pas jouer à ce jeu-là. À aucun jeu d'ailleurs. Quelque part, il avait senti qu'il n'était pas de taille et, comme il savait tenir son rang, il n'essaya pas de se mesurer à ces fausses ingénues. Il voulait garder toutes ses plumes, lui, et, surtout, voulait finir peinard ses études. C'était un garçon un rien romantique, mais extrêmement sérieux, qui aimait beaucoup se promener en compagnie d'une superbe jeune fille, et même de deux, mais qui ne cherchait pas d'embrouille. En plus, il était très discret. Il ne parlait pas de ses promenades parisiennes à Vancouver, ni des plages océanes à Paris. Voilà pourquoi les amandes philippines ne surent rien de ce semblant de double vie. D'autant que, comme je vous l'ai dit, elles se gardaient bien de jeter dans les conversations main dans la main des phrases banales du genre : « Tiens, j'ai une bonne amie à Vancouver ! Ne voudrais-tu pas lui porter ce flacon de parfum ? » Ou alors : « Si tu te sens un peu dépaysé à Paris, va voir ma meilleure amie, Annabelle. Elle saura te remonter le moral comme personne. » Il ne fallait surtout pas tenter le diable.

Cette histoire, torride pour mes copines et équivoque pour G. G., a duré deux ans. Chacune jure ses grands dieux qu'elle a connu G. G. bibliquement, bien que Victoria émette quelques doutes à ce sujet. Car, autrement, dit-elle, pourquoi se seraient-elles battu froid pendant un bon moment après que le jeune homme a convolé avec une fermière d'Alberta pour se payer le trip retour à la nature, beurre baratté sur les lieux et pain maison ? Au demeurant, les deux tiennent mordicus à l'inscrire sur leur liste de conquêtes abouties.

Toujours est-il que ce n'est qu'une fois réunies à Montréal qu'elles ont appris que, sans même s'en douter, elles avaient été plaquées par le même homme. Celui-ci, trop distrait par ses préparatifs de mariage, a signé son arrêt de mort par un acte manqué qui pourrait faire le sujet d'une thèse de doctorat en psychologie (à moins que ce ne fût un fait d'armes de Cupidon) : homme d'honneur, il a tenu à annoncer la bonne nouvelle à ses deux *sugar candies*, mais c'est dans l'enveloppe d'Edwige qu'il a glissé, par inadvertance, la lettre adressée à « *My sweet Annabelle* » et dans celle d'Annabelle, celle qu'il écrivait à « *My dearest Edwige* ». Le clou de l'histoire est que si G. G. finit par devenir un très bon souvenir pour les deux, ni l'une ni l'autre ne peut pardonner à la rivale cette trahison qui n'en a pas été une. « Rien de plus normal », décrète

Victoria, quelques philosophes à l'appui, mais, moi, qui n'y connais rien, je ne comprends toujours pas.

Elles finirent par se réconcilier et le temps passa. Passèrent aussi quelques hommes, un certain nombre communs, mais point trop n'en faut. Quelques mariages, divorces ou séparations plus loin, et après le passage tumultueux du Polonais au nom plein de consonnes que nous n'arrivâmes jamais à prononcer, entra en scène Jean-Michel Lamier.

C'était un P.D.G. extra sous tous rapports, qui savait si bien se vendre qu'Annabelle, qui en avait pourtant vu d'autres, est tombée dans le panneau. Elle en était si amoureuse qu'elle était convaincue qu'il était le bon, le seul, le dernier. Pendant nos dîners du jeudi, elle ne tenait plus en place, tant elle était impatiente d'aller le retrouver. Elle ne rêvait que de soirées en tête-à-tête, de week-ends d'amoureux et même, ce qui ne lui ressemblait pas, d'une vieillesse partagée jusqu'à ce que la mort les sépare.

Ce fut Edwige qui les sépara. Non pas par méchanceté, mais par maladresse. Je dois ajouter à sa défense qu'au sortir de son aventure polonaise, elle n'était vraiment pas en forme. Peut-être était-elle aussi ulcérée que ça aille si bien pour Annabelle alors qu'elle était dévastée ? Et Jean-Michel Lamier était un sacré dragueur. Il a même essayé de flirter avec moi, c'est dire !

Annabelle était partie en Europe pour monter sa nouvelle collection de prêt-à-porter. Un voyage qui, pour une fois, ne lui disait rien, elle qui adorait fouiner dans les boutiques de luxe, piquer les idées des autres, trimbaler sa valise de ville en ville, d'hôtel en hôtel. Mais à l'époque, ce n'est que Jean-Michel qu'elle aurait voulu trimbaler, et Jean-Michel prétendait qu'il ne pouvait quitter sa boîte. Les adieux furent déchirants, côté Annabelle tout au moins. De l'autre côté, il faut croire qu'ils l'avaient été moins, car, dès le lendemain, le brave homme faisait au Ritz un souper arrosé de champagne en très bonne et très jolie compagnie.

Edwige le vit. L'entendit aussi demander une chambre pour la nuit. Abandonnant sa conquête de la soirée, qui ne servait d'ailleurs qu'à lui faire passer ses souvenirs polonais, elle se dépêcha de rentrer pour faire à Annabelle, au téléphone, un rapport circonstancié. Qui refusa de la croire. Qui la traita de menteuse, de jalouse, d'empêcheuse de tourner en rond. Mais Edwige n'est pas femme à renoncer si facilement. Comme dans les mauvais romans, elle engagea un détective, fit suivre l'infidèle et, lorsque Annabelle rentra, elle lui présenta des preuves en béton, photos à l'appui.

Le plus triste de l'affaire, c'est qu'Annabelle n'eut même pas la satisfaction de renvoyer le traître. Il était parti de lui-même, sans demander son reste. Il fut d'ailleurs assez vite remplacé, car Annabelle ne sait pas se morfondre éternellement, mais plus jamais nous ne l'entendîmes rêver de vieillesse partagée au coin du feu. Cependant, c'est dingue ce qu'elle a pu en vouloir à Edwige. «Ce n'est que normal», répéta Victoria et, cette fois-là, je comprenais ce qu'elle voulait dire. Il est difficile de pardonner à celle qui tue dans l'œuf vos plus beaux rêves, même si ce n'est pas la bonne personne qui vous les fait rêver.

La vengeance est un plat qui se mange froid, et Annabelle prit le temps de le mijoter. Entre-temps, à l'amie qui lui avait voulu du bien, elle ne manquait pas de raconter, en passant, qu'elle avait encore croisé le Polonais accompagné d'un minet, dans tel ou tel restaurant, dans tel ou tel bar. Et je suis prête à parier ma paie que, même si elle ne l'avait pas croisé, elle aurait fait tout comme.

Il y a quelques années, Edwige rencontra, elle aussi, un monsieur bien sous tous rapports, même s'il n'était que vice-président d'une PME. Ce n'était pas la passion, bien sûr, car chat échaudé craint l'eau froide, mais elle était suffisamment intéressée par lui pour se radoucir un peu, pour devenir moins cassante. Elle alla jusqu'à nous le présenter, et nous l'avons trouvé toutes, même Victoria, tout à fait charmant. Nous fûmes d'autant plus étonnées qu'il disparaisse soudainement du décor et qu'Edwige ne prononce plus jamais son nom.

Nous apprîmes plus tard qu'Annabelle avait engagé le même détective pour le faire suivre, dans l'espoir de rendre à Edwige la monnaie de sa pièce. Mais le monsieur était irréprochable, ou le détective moins performant, toujours est-il qu'il n'avait rien pu signaler. Annabelle fricota quand même avec lui avant de le congédier, car elle le trouvait mignon, mais ne se laissa pas abattre et continua à tisser patiemment sa toile d'épeire. Et le monsieur tomba dedans à pieds joints. Elle l'assomma de questions, s'intéressa beaucoup à sa PME, fit enquête sur enquête et finit par apprendre que l'homme irréprochable côté cœur avait de grosses lacunes côté finances. Elle pouvait dès lors émettre quelques doutes sur son irréprochabilité, se demander à haute voix si Edwige ne servirait pas, des fois, à éponger certaines dettes, susurrer en passant quelques insinuations perverses qui ne tombèrent pas dans les oreilles d'une sourde. Annabelle connaissait suffisamment Edwige pour savoir que, en affaires, elle est intraitable, et entretenir un homme, elle ne l'aurait jamais accepté, d'autant plus que le Polonais lui avait coûté cher.

En fin de compte, nous ne connûmes jamais les intentions de ce brave monsieur. Peu après, Edwige nous annonçait qu'elle partait faire le tour du monde. Éhonté euphémisme pour nous cacher qu'elle avait une tumeur au sein. Après, toutes les ardoises ont été forcément effacées. Nous passions à des choses autrement plus sérieuses.

C'est ce que je croyais tout au moins, or les voilà de nouveau ébouriffées, toutes prêtes à se mettre en charpie, à se crêper le chignon. Et ce ne sont plus les innocentes algarades, les prises de bec socio-politiques qui agrémentent habituellement nos soirées. Oh, que non! Nous assistons depuis quelques jeudis à un déballage dans les règles, à un ressentiment bien gras. Nous n'en connaissons pas la raison, nous ne savons même pas qui en veut à qui. Ce soir, c'est le paroxysme! L'ambiance est à couper au couteau.

Soudainement, Victoria repousse son assiette d'un geste si vif que la sauce éclabousse la nappe et mon pull. Bien que la situation soit cocasse, personne n'a le cœur à rire. Moi, je gèle. Va-t-elle se lever et partir, me laissant seule avec ces deux tigresses qui sont prêtes à se bouffer le nez? Elle ne peut pas me faire ça, quand même. Non, elle ne me le fait pas. Au contraire, elle se met à les engueuler (d'où lui vient ce courage?):

— Ça va bientôt finir, ce cinéma? leur crie-t-elle, alors que d'habitude elle ne lève jamais la voix. Ça fait trois jeudis que vous vous lancez des piques. Vous ne vous rendez même pas compte combien c'est pénible pour Tina et pour moi. Ou bien vous nous dites de quoi il s'agit ou alors réglez vos comptes les yeux dans les yeux, et épargnez-nous ce triste spectacle. C'est insupportable à la fin. Allez, videz votre sac! Annabelle?

Wow!!! Je trouve Victoria un peu directive dans la maïeutique, mais je lui tire mon chapeau. Elle a réellement tous les courages. Moi aucun, donc je m'aplatis. J'aimerais pouvoir me cacher sous la table.

– Je n'ai rien à dire, se défend Annabelle. Ce n'est pas moi qui ai commencé.

– *Neither did I*, siffle Edwige.

– *Yes, you did* !

– Menteuse !

– Vous êtes sinistres, soupire Victoria. Et puériles. On se croirait dans une cour de récré, ce qui à notre âge est pathétique. Non, mais vous êtes-vous regardées ? Vous avez l'air de deux vieilles chipies.

– Merci, tu es bien aimable. C'est une trop vieille histoire, ce n'est pas la peine d'en parler, lance Edwige d'une moue dégoûtée.

– Alors pourquoi est-ce que tu me pompes l'air avec elle ? se rebiffe Annabelle. Tu fais pitié.

– On se doute bien qu'il s'agit d'une très vieille histoire, dit Victoria. Les très nouvelles et les moins vieilles, on les connaît toutes, et je n'en vois pas une qui vaille cette conduite scandaleuse.

– De quoi je me mêle ? Tu vois, Tina, cela n'a pas l'air de la déranger. Elle ne pipe pas, lui fait remarquer Annabelle candidement, en m'adressant un clin d'œil complice.

Je ne sais pas quoi dire. Je m'embrouille dans quelques onomatopées et suis si mal à l'aise que je sens des larmes me monter aux yeux. Alors que ce n'est vraiment pas le moment. C'est encore Victoria qui me sauve du naufrage.

– Tu es de mauvaise foi, Annabelle. Fiche la paix à Tina, ce n'est pas elle qui pose problème. C'est vous deux. Parle, plutôt. D'habitude, tu n'es pas si avare de mots.

– Non, Annabelle, l'arrête Edwige. Je t'en prie, pas devant Victoria.

– Et pourquoi pas devant moi ? Je suis assez grande pour entendre n'importe quelle histoire, et même la plus salace.

— Ce n'est pas une histoire salace, Victoria, c'est une histoire ignoble que tu n'as pas besoin d'entendre. Pourquoi retourner le fer dans la plaie ?

— Arrête de jouer à la mère poule, Edwige. Ma plaie, je m'y suis si bien habituée que je ne la sens plus. Par contre, nos soirées me donnent dernièrement des migraines. Je n'en vois vraiment pas l'intérêt.

— Bon, ben, voilà ! Si vous voulez tout savoir, c'est à cause de Paquito que tout a commencé, annonce Annabelle d'un ton amer, après quoi elle s'enferme dans un silence buté.

De Paquito ? Je me disais bien qu'il s'agissait d'une histoire de mec, mais je n'aurais jamais cru que la pomme de discorde soit un gamin de six ans. Paquito est un petit Bolivien orphelin, dont Annabelle était devenue la marraine par UNICEF. C'était après une mémorable engueulade avec Edwige, qui trouvait que les vieux protégés dont s'occupait Annabelle la démoralisaient trop, et qu'il lui ferait le plus grand des biens de s'intéresser plutôt aux enfants du Tiers-Monde. Pour une fois, effectivement troublée par la perspective d'une vieillesse solitaire, Annabelle se rendit à ses raisons. Depuis, elle s'occupe de Paquito, bien qu'elle n'ait pas eu le cœur de laisser tomber pour autant ses vieux amis.

Elle lui envoie de l'argent, des vêtements, de temps en temps des jouets. Lui, il lui fait de jolis dessins, lui tresse des bracelets en cuir qu'Annabelle porte fièrement avant de les égarer. Elle garde aussi sa photo dans son sac : on y voit un gamin noiraud, tout maigre, les genoux cagneux, qui n'a pas l'air de tenir en place.

— Comment, à cause de Paquito ? s'impatiente Victoria.

— J'ai fait la bêtise d'annoncer à Edwige que je voulais l'inviter ici à Noël. Et que, s'il se plaisait à Montréal et s'il ne mettait pas trop ma vie à l'envers, je pourrais peut-être le garder un certain temps, l'envoyer dans une bonne école. J'ai proposé à Edwige que nous l'adoptions, que nous l'élevions toutes les deux. Il serait notre bâton de vieillesse. Ça l'a mise en colère.

— Pourquoi, chérie ? demande Victoria d'une voix étonnamment douce.

— Ça me regarde, se braque Edwige.

— Détrompe-toi, Edwige, ça nous regarde, toutes. Sinon, que vaut notre amitié ? Pourquoi passons-nous ensemble tous nos jeudis soirs ? Pour échanger des banalités, pour nous préoccuper des baleines, pour embêter Tina, pour absorber des nouilles immondes ? Et pourquoi es-tu venue me repêcher lorsque je suis partie à la dérive ? Si c'est pour me faire entendre ça, ce n'était vraiment pas la peine. Tu enfouis tes secrets, comme les chats leurs étrons. Nous faisons toutes la même chose d'une certaine façon. Et c'est notre droit le plus strict. Mais là, vous êtes en train de pulvériser notre amitié. Ou tu en prends la responsabilité, ou tu réponds à ma question, et je ne la poserai pas une nouvelle fois. Pourquoi l'idée d'Annabelle t'a-t-elle mise en colère ?

— Parce que je n'ai jamais voulu adopter d'enfant, j'ai toujours voulu le mien, avoue Edwige d'une petite voix misérable que nous ne lui connaissions pas.

— Ce n'est pas un peu tard pour ce genre de regrets ? l'interroge Victoria, en la regardant droit dans les yeux. C'est bien avant que tu aurais dû y penser.

— Bien sûr, grosse dinde, s'emporte Annabelle, que c'est avant qu'elle aurait dû y penser. Elle y pense depuis toujours, figure-toi, mais elle ne peut pas en avoir, et elle m'en rend responsable.

— Hein ? Toi ? Qu'est-ce que tu racontes ?

J'étais si stupéfaite que j'oubliais de me taire.

— Oui, moi. Mais je vous jure que je ne voulais que son bien. Elle ne m'a jamais crue et ne me le pardonne pas.

— Bien sûr que je ne te crois pas. Tu as toujours marché sur mes plates-bandes.

— Et toi, sur les miennes. On n'a rien à se reprocher à cet égard, rétorque Annabelle d'un air pincé.

— Voilà que ça recommence ! explose Victoria. Arrêtez ce duel sibyllin et expliquez-nous, nom de nom.

— Comme vous savez, Edwige et moi avons toujours tout partagé et, dans cet esprit, il nous est parfois arrivé de dormir, à tour de rôle, dans le lit du même homme, se met à raconter Annabelle d'une voix faussement détachée. C'était un jeu, pas toujours du meilleur goût, mais qui a rarement porté à conséquence. Il se trouve qu'une fois, il a mal tourné. Nous étions très jeunes et encore peu aguerries aux choses de la vie, bien que nous couchaillions sans vergogne à droite et à gauche. Entre autres, nous avons partagé pendant un moment un étudiant en médecine, je crois que nous vous l'avons raconté. C'était avant la pilule et, tous les mois, nous attendions nos règles la peur au ventre. Une grossesse aurait été catastrophique. L'étudiant en médecine, David Mizrachi qu'il s'appelait, prétendait tout connaître en matière de contraception. Il prenait notre température du matin, chaussait dûment des préservatifs et pratiquait, pour plus de sécurité, la descente en marche. Nous n'avions donc rien à craindre, nous rassurait-il. Pourtant, Edwige tomba enceinte, allez savoir comment !

— Une fois, le préservatif s'était un peu déchiré, avoue celle-ci en rougissant.

— Et c'est maintenant que tu me le dis, espèce d'hypocrite ! Toujours est-il que nous étions terrifiées. Les parents d'Edwige étaient cathos pratiquants. Il était impensable de le leur dire, ils l'auraient déshéritée. Une fille-mère, dans ces temps-là, déshonorait une famille à jamais et, chez Edwige, on ne rigolait pas avec ces choses-là. Elle était bonne, Edwige, pour le couvent, en tout cas pour la porte. Pas question de mariage, non plus. David était juif et, de toute façon, absolument pas prêt à se laisser passer la corde au cou. Nous cherchions désespérément une solution. La seule était l'avortement, mais personne n'osait prononcer ce mot. Ce fut finalement moi qui le prononçai, Edwige était trop malade, elle vomissait sans arrêt. David, quant à lui, mourait de peur, et le temps pressait. Mais qui pouvait nous aider? Vous vous rappelez qu'à l'époque, trouver une faiseuse d'anges tenait du prodige. Nous ne savions pas vers qui nous tourner. David non plus. Je décrétai donc qu'il était la personne tout indiquée. Il refusa, voulut se débiner, mais je passai aux menaces. S'il ne s'exécutait pas, j'allais tout raconter à ses parents, que les coucheries de leur fils avec deux *shiekseh* auraient tués, à ses profs à l'université, j'allais l'anéantir, détruire sa carrière. Il accepta donc, très à contrecœur.

— Et il m'a charcutée dans les règles de l'art, m'a saignée comme un veau, soupire Edwige. Après c'en était fait de mes rêves de maternité. Il est vrai que David n'était qu'en première année et que, de toute façon, il ne se vouait pas à la chirurgie. Il était trop nerveux, ses mains tremblaient sans arrêt. Voilà où l'excellente idée d'Annabelle m'a menée.

— Et quel autre choix avais-tu, peux-tu me le dire? s'insurge celle-ci.

— Je ne sais pas. Mais rien ne m'enlèvera de la tête que ta solution n'était pas sans malice.

— Et pour quelle raison?

— J'ai toujours pensé que tu étais jalouse parce que toi, il ne t'avait pas engrossée.

— Ah, ça non, par exemple ! On aura tout entendu. Mais tu es complètement fêlée. J'étais à cent pour cent à tes côtés, je n'en dormais pas la nuit, j'ai rompu avec lui, je tremblais pour toi. Je t'ai accompagnée dans cet horrible chalet des Cantons-de-l'Est où il t'a opérée. J'ai menti à tes parents, en leur disant qu'il m'était arrivé à moi, ce pépin, et que toi, tu devais me soigner. Souviens-toi, le savon qu'ils m'ont passé. Souviens-toi qu'ils n'ont plus jamais voulu me recevoir chez eux.

— Tout ça est à ton honneur, mais c'est moi qui n'ai jamais pu avoir d'enfant par la suite.

— Et moi, t'es-tu demandé pourquoi je n'ai jamais fait d'enfant ?

— Parce que Jean-Michel a été une ordure.

— Ah oui ? Et avant lui ? Et après lui ?

— Parce que tu ne voulais pas te lester d'un tel poids. Parce que tu aimes trop ta liberté, tes boutiques, tes voyages et parce que tu es incapable de te dévouer à quiconque.

— Quelle salope tu fais, Edwige, dit Annabelle en fondant en larmes. Est-ce que l'idée t'a au moins une fois effleurée que je n'ai jamais eu d'enfant pour ne pas te faire de peine ? Nous avons toujours tout partagé, comment aurais-je pu te faire ce coup-là ? Paquito, si je te l'ai proposé, c'était encore pour partager quelque chose avec toi. C'était mon cadeau de Noël.

Maintenant, elles pleuraient toutes les deux, et moi, bien sûr, je pleurais avec elles. Même Victoria avait les yeux humides. Heureusement, il était tard et le restaurant était vide, sinon nous aurions donné un spectacle bien affligeant. Pour ne pas se l'imposer, le garçon s'était stratégiquement replié à la cuisine. Quelques kleenex plus loin, il fallait quand même penser à rentrer. Mais qu'en serait-il de nos jeudis après celui-là ? Personne n'osait se lever et dire « à jeudi prochain ».

Ce fut finalement Edwige qui se leva la première. Elle tendit à Annabelle un kleenex propre et lui dit :

— Tu es toute barbouillée de rimmel. Mais tu te démaquilleras chez moi. À moins que tu veuilles que moi je vienne dormir chez toi, dans ton foutoir. Bonjour, Philippine. Ha, ha, je t'ai eue ! J'ai gagné !

Annabelle haussa les épaules, mais le sourire n'était plus loin.

— Ce que tu peux m'embêter quelques fois ! Mais tu sais bien, Philippine, que tu peux m'avoir à tous les coups. J'accepte tes excuses et veux bien dormir chez toi, mais à trois conditions : tu me prêtes ta robe de chambre en cachemire, tu mets le chauffage au max parce qu'on se gèle les fesses dans ta chambre depuis que tu as tes bouffées de chaleur, et demain matin tu me fais des œufs à la coque avec des mouillettes.

— Accordé pour les trois, mais je te reconnais bien là, tu profites bougrement de ma gentillesse, surtout pour la robe de chambre. Allez, les filles, au dodo, à jeudi prochain, nous dit Edwige en nous faisant la bise.

Elles partirent bras dessus, bras dessous, se chuchotant à l'oreille Dieu seul sait quel autre souvenir de la maternelle. Une fois de plus, nous pouvions tourner la page.

Chapitre 5

Lueurs d'espoir

Fin février. L'hiver dans toute son horreur, avec la gamme complète d'intempéries. «Un temps à ne pas mettre un chien dehors», constate Nicolas, en me voyant superposer des couches de vêtements divers. «Fais gaffe, on nous annonce la tempête du siècle», poursuit-il, bien qu'il sache que ce n'est pas une tempête de neige, fût-elle du siècle, qui m'empêcherait de sortir un jeudi soir. Avec les vacances de Noël, j'ai peu vu les copines et je suis en manque. Rien au monde ne me ferait annuler la soirée. Et elles non plus, il faut le croire, puisqu'elles ont dit toutes les trois qu'elles seraient là, tempête ou pas. «Promets-moi de rentrer en taxi, au moins», conclut Nicolas, pendant que je m'emmitoufle dans mon grand châle.

Ce châle est une toile de Pénélope qu'Andrée a tricotée pendant les longues soirées d'un hiver lointain où, malgré toutes les évidences, elle espérait que son Ulysse lui reviendrait. Bien évidemment, il ne revint pas. La mort n'est qu'un aller simple. Le châle, maintenant bien entamé par les mites, est une relique repêchée dans la tombe des fous espoirs, mais je le conserverai même lorsque les bestioles l'auront dévoré au point où il n'en restera que quelques lambeaux que seules les larmes de ma petite sœur tiendront encore ensemble.

Depuis, Andrée n'a plus rien tricoté, car tout espoir s'est évanoui. Ses longues soirées d'hiver, elle les passe morose et obstinée, refusant catégoriquement de refaire sa vie. Les occasions n'ont pas manqué, mais la volonté, elle, farouchement. Andrée ne croit plus au bonheur. Pour elle, le seul bonheur possible a été Charles. Puisque la vie a eu la très mauvaise idée de le lui enlever, elle se venge sur elle, en prenant plaisir à souffrir. Et elle souffre sans aucun doute. Mais elle s'y est si bien habituée qu'elle ne s'en rend même plus compte. Elle avance, mue par son inertie. Visage fermé, muscles tendus, bouche mauvaise. Selon tous les dictionnaires, c'est la description d'une femme frustrée. Elle me déchire le cœur, parfois, ma petite sœur.

Est-ce le vent qui fait pleurer mes yeux ou Andrée? D'habitude, penser à elle m'enrage, mais quand je dis «ma petite sœur», je fonds. Tiens donc, voilà une contradiction de plus qui me saute en pleine figure un soir de tempête de neige.

Une petite sœur n'est affaire ni simple ni évidente. On vous la colle dans les bras, insouciante, sûre de son bon droit, alors que vous pensez régner sans partage sur le cœur de votre papa. Depuis, comme l'âne de Buridan, j'hésiterai jusqu'à ma mort entre sororité et égoïsme, tendresse et jalousie, amour et franche envie de l'étrangler. Ma petite sœur, mon alliée (rarement), Andrée, ma rivale (toujours)! Alors que je suis restée à la vie à la mort la petite fille de notre papa, c'est elle qui est sans conteste la grande et bonne fille de notre maman, trouvant avec elle une complicité qui m'a toujours été inaccessible. Avec Andrée, depuis la nuit des temps, il me faut tout partager, mais ne rien lâcher. Contre elle, il me faut sans cesse me battre comme lorsque nous nous battions sur la banquette arrière de la Plymouth, lors des départs en vacances, pour chaque centimètre gagné en territoire ennemi, pour chaque bonbon, pour chaque gorgée de limonade, mais aussi pour chaque bise de Papa, pour chaque mot gentil de Maman.

Andrée est bien la seule qui pense avoir sur moi tous les droits, qui veuille me faire adhérer à ses principes, me faire entrer dans les rangs, comme elle veut me faire entrer dans ses jeans, bien qu'ils soient trop courts et trop serrés à la taille. Comparées à elle, Edwige et Annabelle sont des monuments d'indulgence.

Les voilà, justement, luttant vaillamment contre le vent qui refuse de les laisser ouvrir la porte du restaurant. Je les rejoins, à trois nous sommes plus fortes. Une fois que nous sommes entrées, nos lunettes s'embuent aussitôt. Sommes-nous en proie à un mirage, sommes-nous en hypothermie ? Le froid nous joue-t-il de mauvais tours ? Toujours est-il que nous n'en croyons pas nos yeux.

Victoria, déjà assise à notre table, nous accueille avec un grand sourire. Elle est allée chez le coiffeur. Elle s'est fait faire des mèches ! Et elle a troqué son châle noir contre un magnifique col roulé bleu électrique. Ça lui va bien. Ses yeux brillent, elle est rajeunie. Presque belle. Que dis-je ? Superbe !

« Je rêve, murmure Annabelle, pincez-moi. Elle s'est même mis du rouge et du vernis à ongles. »

Victoria joue le ni vu ni connu :

— Allez, asseyez-vous ! Vous avez l'air transies. Un peu de thé chaud vous fera le plus grand des biens.

— Arrête tes simagrées ! l'apostrophe Annabelle, enlevant son pashmina vert émeraude. Dis-nous plutôt ce qu'il t'arrive.

— Rien du tout, se défend Victoria. Que veux-tu qu'il m'arrive ? Je suis partie un peu plus tôt de chez moi. J'avais envie de marcher dans la neige. C'est magique.

— Tu sais très bien ce qu'Annabelle veut dire, ne joue pas à la plus maligne avec nous, rétorque Edwige. Depuis quand trouves-tu l'hiver magique ? Depuis quand as-tu envie de marcher dans la neige, alors que tu as toujours froid ? Et depuis quand vas-tu chez le coiffeur ? Surtout un soir de tempête.

— Mais je n'y suis pas allée ce soir, voyons !

— Ce soir, ce matin ou hier, quelle importance, ma douce chérie, susurre Annabelle. L'important est que tu y sois allée, que tu te sois même fait faire une manucure. Nous voulons savoir en quel honneur.

— Vous y allez, vous deux, toutes les semaines, et je ne vous demande pas en quel honneur, se défend Victoria.

— Mais toi, tu n'y vas jamais. C'est la raison pour laquelle on te pose la question, explique Edwige patiemment. Allez, déballe ta marchandise, s'il te plaît. Il t'arrive tout de même quelque chose de pas banal si tu portes du bleu électrique. C'est un très chouette col roulé.

— Oh, ça ? Une vieillerie que j'ai pêchée au fond d'un tiroir.

— Une vieillerie, en effet, s'esclaffe Annabelle. Une vieillerie que j'ai vue l'autre jour chez Ogilvy. Apprends d'abord à mentir, ma chère. Je devrais te donner quelques cours privés.

— Si on commandait d'abord ? propose Victoria. Tina semble si glacée qu'elle ne dit mot.

— Tu sais bien que Tina ne dit jamais un mot, surtout quand l'heure est grave, corrige Annabelle. Tu te débines et tu n'es pas sympa. D'habitude, c'est toi qui nous serines qu'entre amies les cachotteries ne sont pas de rigueur. Ou tu parles, ou je m'en vais. Je n'ai pas envie de passer une soirée fade, alors que, plus tard, trouver un taxi, ce sera l'enfer.

– Tu exagères, Annabelle. Avant de me voir coiffée et en bleu électrique, tu étais tout à fait consentante pour passer une soirée fade, comme tu dis, ce qui n'est pas très gentil pour les copines.

Victoria est méconnaissable. Elle badine, elle s'amuse à se montrer de mauvaise foi et à piquer notre curiosité. Annabelle lui jette un regard chargé de reproches, Edwige commande le repas et moi, je continue, incrédule, à dévisager Victoria. Mais quelle métamorphose!!!

Une fois les bols de soupe devant nous, Victoria toussote et, d'une voix embarrassée, annonce:

– Bon, voilà! J'ai rencontré quelqu'un.

De stupeur, la cuillère me tombe des mains. Heureusement que je n'ai éclaboussé personne et que je n'ai pas créé, malgré moi, une diversion.

– Qui? s'écrient en chœur Annabelle et Edwige.

– Un homme, quoi. Une semaine avant Noël, mais rien d'important, parole d'honneur.

– À d'autres, ces fadaises, réplique Annabelle. Pour rien d'important, tu ne te serais pas donné la peine d'aller chez le coiffeur ni de te faire faire les ongles. Des détails, veux-tu? Regarde Edwige, elle en oublie même de manger. Et Tina ne s'est pas encore tachée. Viens-en aux faits!

– C'est une histoire d'informatique.

– Mais encore? trépigne Edwige. Assez d'énigmes, enchaîne, veux-tu!

– Demande donc à Annabelle. Elle te renseignera.

– Qu'est-ce qu'Annabelle a à voir là-dedans?

Annabelle joue avec son briquet, allume une cigarette et, sans se gêner, envoie la fumée dans le nez de Victoria.

– Non! Ça a donc marché! Je comprends maintenant mieux les gentils vœux de Noël et les remerciements empressés. Bah, dis donc, je ne le croyais pas si entreprenant ! Félicitations, ma vieille.

— Ça va continuer longtemps, ces minauderies ? se fâche Edwige. Tina, ne reste pas comme une statue de sel et dis, toi aussi, quelque chose !

Bon, bon. Pour voler à mon secours, car je suis si ahurie que j'ai perdu l'usage de la parole, Victoria se décide, enfin.

— Vous vous souvenez peut-être du dénommé Gyuro, la conquête informatique d'Annabelle. Non contente de me passer son adresse courriel, voyant que je n'en faisais rien, elle lui a refilé, sans me prévenir, la mienne. Ce qui, conviens-en, chère amie, est contraire aux bons usages.

— Mais qui, selon toutes les apparences, s'avère en fin de compte très utile, précise Annabelle sans manifester le moindre repentir.

— Et alors ?

Je n'en reviens pas. J'ai osé parler.

— Et alors, Gyuro m'a écrit. D'abord, un courriel très bref, très poli. Il me demandait tout simplement si je voulais l'orienter dans ses lectures. Il commence à s'intéresser sérieusement à la philosophie, et Annabelle lui a assuré que j'étais pro en la matière – tu y vas un peu fort, ma vieille, tout ce que je sais, c'est que je ne sais rien, mais c'est gentil de ta part de me faire de la publicité. Ma première réaction a été de ne rien répondre, mais de prendre plutôt le téléphone pour dire à Annabelle qu'elle cesse ses manigances. J'étais vraiment fâchée, tu sais ! Je t'ai mille fois demandé de ne pas te mêler de ma vie.

— La barbe ! s'écrie Annabelle. Tu charries dans les bégonias, tu sais ? Je lui offre sur un plateau d'argent un mec cultivé avec lequel elle peut enfin causer de trucs rasoirs, qui font bâiller tout le monde, et Madame se paie le luxe de m'en vouloir. On aura tout vu !

— Je ne t'avais rien demandé, Annabelle, s'emporte Victoria. Si je te fatigue avec mes trucs rasoirs, je te prie de m'excuser. Je ne voudrais surtout pas te charger l'esprit avec quelques paroles sensées, dont tu ne saurais que faire. C'est bien plus palpitant de t'écouter déblatérer sur ton coiffeur qui te saute entre deux mises en plis.

— Merde, Victoria ! C'est d'électrochocs que tu as besoin, pas d'une bonne copine, dévouée comme moi. Ton histoire a l'air de marcher, et au lieu de me dire « Merci, ma petite Annabelle, tu es un ange », tu m'envoies paître. Allez, salut la compagnie, je me tire !

— En voilà assez, se fâche Edwige, en donnant un grand coup sur la table, qui renverse mon verre de vin. Nous sommes toutes prises de fou rire. Même Victoria. Ouf ! Une fois de plus, la soirée est sauvée. Annabelle, *shut up !* Victoria, continue ! ordonne-t-elle.

— Je me suis morfondue deux jours, en pesant le pour et le contre. Réponds, réponds pas. Finalement, je lui fais une réponse succincte et glaciale, en lui expliquant que je suis très occupée à corriger les travaux de mes étudiants, mais que je veux bien l'aider, si ça ne prend pas trop de mon temps. Il me répond par retour du courriel, on aurait cru qu'il était vissé à son ordi, précise Victoria avec un sourire coquet, que nous ne lui avions plus vu depuis des lunes. On continue ainsi pendant une semaine, dix jours, après quoi il propose qu'on se rencontre pour mieux se connaître. J'hésite beaucoup. Finalement, j'accepte. Nous nous rencontrons. Tu as tort, Annabelle, il n'est pas si mal de sa personne. OK, chauve, rondouillard, étriqué dans ses habits, mais non pas dans son esprit. Nous avons passé une bonne petite soirée.

— Où êtes-vous allés ? demande Annabelle, que l'histoire a tellement mise en appétit qu'elle s'attaque à la platée de nouilles qu'Edwige n'a pas encore touchée.

— Chez un Grec, sur Parc. Il a dit que la cuisine grecque lui rappelait un peu celle de son enfance. C'est un déraciné, qui ne sait pas d'où il vient ni dans quelle terre il devrait s'ancrer.

— Tu n'as quand même pas mangé de la viande ?

— Non, du poisson, je crois. Je ne me souviens plus lequel. On a tellement parlé que je pense que je n'ai presque rien mangé. Il s'intéresse beaucoup à la transmigration de l'âme et à la réincarnation. C'est un platonicien.

— Tu m'en diras tant, se marre Annabelle. Moi qui pensais qu'il était bêtement réceptionniste dans un hôtel de passe. Quelle soirée captivante tu as dû passer, ma vieille ! Raconte-nous-en les autres points saillants.

— J'ai goûté à l'ouzo. Ce n'est pas mauvais, vous savez. On s'y fait.

— Tu as mangé du poisson, bu de l'alcool ? s'étonne Edwige, en écarquillant les yeux. Tu oublies d'être végétalienne. De mieux en mieux.

— Tu sais, une fois n'est pas coutume.

— Bon, puis après ?

Je suis tellement contente pour Victoria que je ne tiens plus en place.

— Puis après, nous nous sommes revus. Il m'a invitée à passer l'Épiphanie avec lui et sa fille. Il est orthodoxe, et selon le calendrier orthodoxe, Noël tombe à l'Épiphanie. Le petit sapin fraîchement décoré, c'était franchement anachronique. Chez nous, du temps où Maman était vivante, c'était à l'Épiphanie qu'on le dépouillait. Moi, je n'avais apporté qu'une galette des Rois, je n'ai pas pensé à des cadeaux de Noël. Gyuro m'a offert les *Essais* de Camus dans la Pléiade. Je ne connaissais pas, je dois l'avouer à ma grande honte. C'est passionnant, je vous assure ! Quelle intelligence, quel engagement. Ça se lit comme un roman.

— On s'en fout de Camus, si ça ne te fait rien, s'impatiente Annabelle. Raconte plutôt comment c'est chez lui. Comment est sa fille ?

— Tania, elle s'appelle. C'est une ado farouche et malheureuse. Elle ne veut plus étudier, elle fait des fugues. Elle serait mignonne si elle n'était pas si grosse et si elle se tenait droite. Elle est bourrée de complexes, ça se voit tout de suite. Sa maman est morte, il y a plusieurs années, son papa se donne beaucoup de mal avec elle, mais il est trop strict et la petite est très solitaire. Elle se sent aussi déracinée que son père. Ils n'ont pas d'amis, pas de famille. Et puis, ajoute-t-elle avec un soupir désolé, Tania ne m'a pas aimée du tout, j'en suis certaine. Pourtant, je m'étais arrangée pour qu'elle tire la fève. Elle m'a regardée de travers toute la soirée. Gyuro en était même gêné. Personne n'était d'ailleurs à l'aise. Nous étions tous les trois moroses, la conversation ne prenait pas. Nous n'avons pu discuter un peu que lorsque Tania a enfin décidé d'aller se coucher. Mais je suis sûre qu'elle ne dormait pas. Elle était aux aguets, la pauvre gamine. Chez Gyuro c'est aussi triste que chez moi, aussi froid. Cette soirée m'a laissé un goût amer. Pour moi non plus, ce n'est pas simple, vous le savez mieux que quiconque. Je suis très troublée, j'ai l'impression bizarre de trahir Nathalie chaque fois que je parle à un enfant. Sauf à Ninon, bien sûr, mais avec Ninon, tu le sais, Tina, c'est différent. Je l'ai connue avant Nathalie. Alors que la petite Tania…

La voix de Victoria tremble. L'heure n'est plus au badinage. Le souvenir de Nathalie s'assoit à notre table, prend toute la place et, résignées, nous nous poussons un peu, nous replions sur nous-mêmes et baissons les yeux. Les mèches de Victoria, ses ongles vernis, son rouge à lèvres, nous semblent soudain incongrus. Les romans à l'eau de rose ne lui conviennent peut-être pas, aussi injuste que cela puisse paraître. On ne s'en sortira pas. Victoria est-elle condamnée à perpétuité à la tristesse et à la solitude ? Je ronge les miens, d'ongles, et cherche vainement dans ma tête une phrase, un mot, un mensonge pour essayer de réconforter, de rassurer ma sombre amie. Bien sûr, rien ne me vient que des banalités à faire hurler. Je me tords les mains et, comme d'habitude dans ce genre de situations, j'ai envie de pleurer, seule chose qui me soit absolument interdite en ce moment précis.

Assise à côté de Victoria, Edwige l'entoure de ses bras et dit d'une voix si tendre que je frissonne :

— Arrête, chou ! Tu n'as pas le droit de te faire ça. Essaie, au moins. Ne pars pas perdante. Personne ne te demande de remplacer Nathalie. Elle-même te l'aurait défendu. Il ne s'agit pas de remplacer ton enfant. Elle est, bien sûr, irremplaçable. Il s'agit d'essayer quelque chose d'autre. Cette petite Tania, tu peux probablement l'amadouer. Elle doit avoir besoin d'une présence féminine, de temps en temps. Pourvu que tu acceptes de t'engager juste un peu. Ça t'aidera aussi. Donne-toi au moins une minuscule chance.

— Bien vu, Edwige, renchérit Annabelle. Fais-toi un peu de bien, tu le mérites plus que quiconque et, là-haut, dans le ciel, je vois Nathalie t'y encourager. Crois-moi, Victoria. Tu sais bien que je suis un peu sorcière comme mon aïeule, et que je sens parfois des choses que vous ne sentez pas. Fais-moi confiance, pour une fois.

Merci, bon Dieu ! Edwige, Annabelle, que vos noms soient loués ! Comme vous savez bien vous y prendre !

Que vous êtes merveilleuses ! J'ai envie de vous embrasser. Victoria soupire, se redresse. Elle nous sourit. C'est un sourire minuscule, vraiment pitoyable, mais c'est un sourire quand même. Le souvenir de Nathalie quitte notre table furtivement. Nous revenons dans le présent, qui est quand même teinté d'un peu d'espoir.

— Je vais essayer, murmure Victoria, mais sa voix n'est pas très assurée.

— Tu ne vas pas te contenter d'essayer, la semonce Edwige, redevenue elle-même, maîtresse-femme, dotée d'un solide pragmatisme. Tu vas le faire. Établissons un plan d'action, veux-tu ? Voilà ce que je propose. On organise un repas et on y invite Gyuro et sa fille. Pas chez moi, ça risque de les mettre mal à l'aise. Chez Annabelle, c'est trop bordélique. On n'a même pas une chaise libre pour poser nos derrières. C'est chez Tina que ça va se faire. Chez elle, c'est chaleureux, convivial. On se sent bien. On n'a pas envie de partir. Ça te va, Tina ?

Je n'en reviens pas, Edwige se plaît chez moi, elle trouve que mon appartement délabré est convivial, qu'on y est bien. Que je l'aime, Edwige !

— Tu m'écoutes, Tina, ou tu t'évades encore dans ton petit monde ? me régente-t-elle.

— Oui, oui, c'est sûr que ça me va. Je ne m'y…

— Bon, parfait, me coupe-t-elle, impatiente. Tu y convoques Ninon, et bien sûr Nicolas. Pas Andrée, pour une fois, s'il te plaît. Nous l'aimons bien, mais c'est le genre de fille qui peut te gâcher royalement une soirée, d'autant plus qu'il s'agit d'étrangers et ta xénophobe de sœur ne les porte pas dans son cœur. Elle tiquera sur leur accent, sur leur façon de manger, de se tenir à table, et elle viendra encore leur dire qu'ils ôtent le pain de la bouche des Québécois et qu'ils lui ont fait perdre le referendum avec leur vote «ethnique». Des fois, si elle n'était pas ta sœur, je lui dirais son fait. Alors, pas d'Andrée, cette fois-ci, s'il te plaît. Tu nous mijoteras des plats serbes, Tina, ou tout au moins balkaniques, genre moussaka, tarama, des choses qui finissent en «a».

— Je n'y connais rien, à la cuisine des Balkans, Edwige !

Je m'affole, je suis au désespoir. Dire que le bonheur de Victoria dépend de moi et que je ne saurai jamais relever ce défi.

— Arrête donc de t'inquiéter, petite sotte, me jette Edwige. Dès demain je vais te trouver un livre de recettes. Tu n'as qu'à nous faire ton bœuf bourguignon avec une quelconque épice de là-bas, et ce sera délicieux.

— Oh, que non ! Le bœuf bourguignon de Tina est la perfection même. Il ne faut surtout pas qu'elle change sa recette, la reprend Annabelle. Il nous faudra trouver autre chose, avec du fromage feta, par exemple, ils en mettent dans tous les plats.

— Au fait, Annabelle, lui dit Edwige, qui prend très au sérieux la distribution des rôles, fais gaffe ! Tu feras un effort, ce soir-là. Sois charmante, enjouée, marrante, mais il t'est interdit de flirter avec Gyuro, tu m'entends ?

— Mais évidemment, ma grosse, que je ne flirterai pas avec lui. Il ne me branche vraiment pas.

— Tous les mecs te branchent dès que tu bois un verre. Ce qui me fait penser qu'à l'apéro, il nous faudrait de l'ouzo, d'autant plus que Victoria semble y prendre goût. Ça la décontractera. Au repas, par contre, un bon vin français. Je m'en occupe. Je me méfie des crus serbes, va savoir même s'il en existe. Annabelle, tu nous feras du café turc, grec, que sais-je, celui dans lequel il y a autant à boire qu'à manger. Et tu nous liras l'avenir dans les tasses. Si tu ne vois rien de prometteur pour Victoria et Gyuro, tu inventes, comme d'habitude. Je te fais confiance là-dessus, ma chérie. Nicolas, pour se rendre utile, pour une fois, va nous jouer des trucs serbes au piano.

— Mais, je ne pense pas qu'il en connaisse, Edwige. (Je suis vraiment au supplice.) C'est comme pour les crus serbes, je ne sais même pas s'il en existe.

— Ça doit bien exister, qu'il se renseigne ! Sinon, quelques danses hongroises feront l'affaire. Tout ce qui est à l'Est de Vienne, ça sonne pareil. Ninon, nous allons la briefer. Elle causera avec la petite. Elle est *cool*, Ninon, elle sait comment parler aux mômes. Puis, le décrochage scolaire, elle en connaît un rayon. Nous passerons une soirée folklorique charmante, ou je ne m'appelle pas Edwige. Nous serons toutes adorables, nous ferons l'éloge de la cuisine de Tina, nous ne la taquinerons pas, pour une fois. Je promets que nous ne chercherons même pas noise à Nicolas. D'accord, Annabelle ?

— Promis, juré, minaude celle-ci. Mais j'aurai du mal, je t'assure.

— On s'en fiche. Tu feras ton effort de guerre. Nous serons tout miel, tout sucre, comme ces gâteaux des Balkans qui réveillent les caries. J'en apporterai, il y a une pâtisserie sur Jean-Talon qui en fait d'exquis. On va racheter cette soirée d'Épiphanie, vous verrez. Qu'en dis-tu, Victoria ?

— Dans quel but, dites-moi ? Je ne comprends pas, s'exclame-t-elle. Tu me donnes le vertige, Edwige. Je n'ai rien à prouver.

— Rien à prouver ? Tu as tout à prouver, à toi, à Gyuro, à sa petite, s'enflamme Annabelle. On soûlera le père s'il le faut pour égayer un peu cette enfant. Elle semble mener une vie misérable, aussi étriquée que les costards de son papa, aussi ennuyeuse que doit être pour elle une

conversation sur Camus. On l'amadouera, on lui mon-
trera que tu es entourée de gens normaux, qui savent faire
la fête.

— Attendez un peu. Qui vous dit qu'ils ont envie de
faire la fête et de manger tous vos trucs en «a»? s'impatiente Victoria.

— C'est évident qu'ils en ont envie, la rassure Edwige.
Si Gyuro n'en avait pas envie, pourquoi t'aurait-il invitée?
Réfléchis une seconde. Tu dis qu'ils n'ont pas d'amis, pas
de famille. Nous sommes ta famille et, tous ensemble, nous
leur ouvrirons les bras, à ces déracinés sans feu ni lieu.

— Comme tu y vas, Edwige. Déracinés, sans feu ni
lieu! Tu t'investis dans cette affaire comme s'il s'agissait de
tes baleines ou de tes sans-abri. Et si, en fin de compte, je
ne veux pas, moi, que ça marche? s'esquive Victoria d'une
voix altérée par l'appréhension. C'est trop compliqué,
trop laborieux, et finalement peut-être inutile.

— En tout cas, tu ne veux pas que ça ne marche pas, la
rassure Annabelle. Sinon tu ne serais pas allée chez le coiffeur. Tu ne me feras pas croire que tes cheveux tiennent
comme ça depuis l'Épiphanie. Tu fais quand même, toi
aussi, ton petit effort de guerre. Tu dis que c'est laborieux.
Ne me fais pas rire, un écrit de ce cher Socrate doit l'être
tout autant.

— Socrate n'a rien écrit, Annabelle, c'est Platon, dans
ses Dialogues…

— Prof un jour, prof toujours. Mais, on s'en balance,
vieille branche, de savoir qui a écrit quoi! Là n'est pas la
question à cet instant précis. Tu oses dire que c'est inutile.
Ce ne l'est sûrement pas. Je ne connais aucun remède qui
te soit plus utile.

— Bon, admettons, consent Victoria, pas très convaincue. Mais je ne suis pas si sûre que Gyuro veuille

vraiment que ça marche. Tania ne m'aime pas, et s'il doit choisir entre moi et Tania, c'est elle qu'il choisira, ce n'est que moral, et de toutes façons je n'accepterais rien d'autre de sa part.

— Ce qui est tout à ton honneur, la rassure Edwige qui commence à perdre patience. Pourquoi doit-il choisir? Il cherche incontestablement une amie, une complice, sinon il n'enverrait pas ses courriels aux quatre vents. Tu peux tout aussi bien charmer le père avec tes lectures savantes, qu'apprivoiser la fille avec ta gentillesse. Il suffit juste que tu t'en donnes un tout petit peu la peine.

— Ça s'appelle de la manipulation, Edwige, et je ne joue pas à ça, tu le sais bien.

— Non, ça s'appelle faire preuve d'un peu d'intelligence, corrige Annabelle, et tu n'en manques pas. Que s'est-il passé après cette soirée d'Épiphanie?

— Nous nous sommes revus, deux fois. Chez le Grec, encore. Mais je n'ai plus bu d'ouzo, et je n'ai mangé qu'une salade de tomates, précise Victoria en ricanant. Je n'avais envie de rien d'autre. Je suis redevenue platement végétalienne. Nous nous regardions, désolés, et n'avons parlé de presque rien. Du temps, de la conjoncture. Gyuro m'a dit que Tania était jalouse de moi. Il m'a suppliée d'être patiente. De laisser à la gamine le temps de s'habituer. Jusque-là, il est vrai qu'elle l'a toujours empêché de refaire sa vie. Alors, je crois que c'est un peu râpé. Je ne vois pas pourquoi cela marcherait mieux avec moi.

— Parce que tu es géniale, parce que, si tu t'en donnes la peine, tu es une chouette fille. Parce que coiffée, manucurée et habillée de cette vieillerie qui a dû te coûter une petite fortune, tu en jettes, parce que, parce que… Et aussi parce que la petite Tania a au moins besoin de l'aide d'un prof, sinon de la complicité d'une femme.

— Edwige a raison, avancé-je timidement. Tu pourrais la faire travailler comme tu l'as fait avec Ninon. Tu pourrais lui faire manger des légumes, cela l'aiderait peut-être à maigrir. Tu pourrais, peut-être, la sortir. Emmène-la au musée, au Biodôme, au cinéma voir un film drôle. Il y a des millions de choses que tu pourrais faire avec elle. Des trucs de femme, de ces trucs qu'elle ne fait pas avec son père. Elle doit en avoir drôlement envie, la pauvre petite.

— Tina, tu ouvres rarement la bouche, et c'est dommage. Tu as un parler d'or, tu sais, quand tu t'y mets. Au fait, Victoria, est-ce que tu as déjà couché avec lui ? demande Annabelle, incapable de tenir plus longtemps.

— Enfin, Annabelle ! la rabroue Victoria, franchement scandalisée. Mais nous nous connaissons à peine ! Et puis, ce n'est pas le genre de relation que je cherche. Ça ne cadre pas, voyons !

— Avec toi ça ne cadre jamais, espèce d'anachorète ! se moque d'elle Edwige. Pour qui gardes-tu ta vertu ? À qui consentirais-tu de déverrouiller ta ceinture de chasteté ? Parfois, Victoria, j'ai l'impression que tu es une extra-terrestre.

— À partir d'un certain âge, ça ne se fait plus, se défend Victoria.

— Demande-moi si ça ne se fait plus, dit Annabelle, rêveuse. Ce n'est pas parce que je suis à la ménopause que je n'ai pas envie de me coller à une peau d'homme, bien velue, bien râpeuse. J'en bave d'envie, ma fille. Mon petit coiffeur peut à peine fournir. Tina, toi la si mariée, raconte-nous un peu. Vous devez encore vous adonner de temps en temps, toi et ton cher Nicolas, à ce genre d'activités, malgré votre âge, non ? insinue-t-elle d'une voix taquine.

Je me sens rougir, mes mains tremblent et, du coup, c'était immanquable, toute la tasse de thé brûlant se retrouve sur ma jupe. Edwige a du mal à garder son sérieux et Annabelle rit à gorge déployée. Pourvu que je ne me mette pas à pleurer ! Victoria est réellement en colère :

— Cesse tes enfantillages, Annabelle. Ce ne sont pas des questions qu'on pose.

— D'autant plus qu'elles sont inutiles.

Annabelle rit tant qu'elle en a le hoquet.

— N'avez-vous pas remarqué que malgré ses cernes, les yeux de notre petite Tina brillent étrangement ce soir ? Je suis prête à parier que pas plus tard qu'hier… insiste-t-elle.

Il est vrai qu'elle est parfois sorcière, celle-là. Il faudrait s'en méfier sérieusement. Elle a tout compris : pas plus tard qu'hier au soir, après *Le Point*, Nicolas m'a prise dans ses bras, m'a murmuré à l'oreille plein de ces petits mots qui me font fondre, et attendu que je finisse ma toilette, au lieu de s'endormir, comme d'habitude, dès qu'il est à l'horizontale. En me voyant arriver au lit, il m'a souri comme lui seul sait le faire et nous avons fait l'amour, tout doux, tout tendre.

Si les frissons viennent plus tardivement, si la passion est moins torride qu'autrefois – n'est-ce pas normal que ces choses s'effritent un peu au finish ? – il reste encore tant d'affection, que des bouffées d'amour pour lui, de reconnaissance envers le ciel, m'ont gardée éveillée une bonne partie de la nuit, alors que mon fougueux amant, mon vieux mari, l'homme de ma vie, le seul que j'aie aimé, le seul que j'aimerai toujours, dormait à poings fermés, ses cuisses collées aux miennes, son nez dans mon cou, ses coudes enfoncés dans mes côtes. Et même si j'avais du mal à respirer et que des fourmis couraient dans tout mon corps, je n'aurais pas bougé pour tout l'or du monde. Ce matin, content de lui, de nous, il m'a fait un clin d'œil d'un goût très discutable, avant de me demander de passer un coup de fer sur sa chemise bleue. Bleue comme son regard, qui me charmera toujours.

Il doit se faire tard, car notre serveur vietnamien commence à donner des signes d'impatience. Une fois de plus, nous sommes les dernières clientes. Dehors, la tempête, que nous avons oubliée pendant ces quelques heures, se déchaîne. Il a hâte, le pauvre, de retrouver son lit. Pas nous, apparemment, mais il faut rentrer. Qu'on le veuille ou non, tout a une fin, même une soirée comme celle-ci, aussi riche que les autres.

Dans le taxi qui me ramène chez moi, je pense à mon lit à moi que mon homme m'a bien chauffé. Celui de mes copines est froid ou à peine tiédi par un coiffeur de passage. La vie est parfois si injuste. J'ai un peu honte d'être si chanceuse. En quoi l'ai-je mérité ? Selon les philosophes de Victoria, rien ne se mérite. Les choses arrivent, il faut les prendre comme elles viennent.

Elle oublie un détail, ma savante amie. Les choses arrivent, c'est vrai, mais il faut vite leur ouvrir la porte au lieu de la fermer à double tour. Il y a, comme ça, de ces cadeaux qui vous tombent du ciel. Même lorsque Noël tombe à l'Épiphanie. Il faut se dépêcher de les cueillir, ne fût-ce qu'à la morte-saison, car c'est si bon, comme le dit la chanson que je fredonne, tout à coup, sans même m'en rendre compte.

Le chauffeur haïtien me sourit de toutes ses dents dans le rétroviseur et, par la vitre de la voiture, je regarde, émerveillée, la neige qui virevolte. «Mais oui, ma bonne Victoria, c'est magique. La vie est magique. Vas-y, fonce ! Mets des cols roulés bleu électrique et laisse-toi un peu vivre, au lieu de rester à l'écart et de t'étioler ! Es-tu sûre de lire les bons philosophes ? De bien les comprendre ? Reprends ta copie et potasse-moi ce travail. Tu peux faire mieux. » Voilà ce que j'aurais dû lui dire, moi, à Victoria. Zut de zut. Avec mon esprit d'escalier, mon parler d'or aura toujours quelques métros de retard.

Chapitre 6

De l'autre côté du miroir

Laquelle de mes trois amies j'aime le plus ? Impossible de le dire. Dans mon cœur, elles font bloc. Elles sont une et indivisibles. C'est dans le quatuor que je joue le mieux, c'est avec toutes les trois, ensemble, que je me sens le plus à l'aise. Dans la mesure où je peux me sentir à l'aise. Muette, gauche, engourdie.

Annabelle, oui, je l'aime, oui, je l'admire, mais elle m'intimide. Je suis à l'agonie si, d'aventure, nous sommes en tête-à-tête pendant plus de cinq minutes. Il est certain qu'elle me trouve banale. Et elle n'a pas tort. Quel fait digne d'intérêt pourrais-je lui raconter, avec quels mots ? Comment éviter les lieux communs ? Puisque mes histoires plates doivent inévitablement l'ennuyer, que ma maladresse la désespère, que mon petit ronron quotidien la fait bâiller, je choisis le silence. Rien à signaler sur une vie qui manque totalement de zeste.

Des questions du genre «Quoi de neuf ?» «Qu'est-ce que tu fais de beau ?» me glacent les sangs. Que lui répondre ? Que je pousse, à la bibliothèque, les heures de neuf à cinq, m'éparpillant dans des corvées de classement pour justifier ma paie et occuper mon esprit ? Dès que je reste oisive, il se met à battre la campagne et cueille en passant les pensées les plus sombres. De moi à moi, depuis le temps que je me pratique, je m'en accommode. En tête-à-tête avec ma lourdeur, je n'ai pas besoin de me cacher. Je peux aligner mes idées noires, hiérarchiser mes angoisses, me perdre dans les méandres de cogitations sans issue. Lovée dans ma bulle, enfermée dans un dialogue intérieur qui me déleste du stress que m'impose la vaine recherche de brillantes réparties, je peux enfin me laisser aller et devenir ce que je suis : platement banale. Résolument effacée.

Qu'on me comprenne bien ! Mon dialogue intérieur, plutôt morne monologue, à force de le réciter, ne m'ennuie pas. Ce qui m'ennuie, c'est d'en parler, puisque ce n'est pas un sujet de conversation à aborder. Quant aux autres…

Face à mes amies, et ce, depuis toujours, ma principale occupation est de leur faire oublier ma platitude. Qui est une vérité *sine qua non*. Une tare comme pourrait l'être une bosse ou un pied-bot, avec le seul avantage qu'elle est peut-être moins visible. Avec un peu de chance, elle ne leur sautera pas aux yeux dès le début de chacune de nos soirées. Si je fais adroitement la morte, mes amies, mon acquis le plus précieux après Ninon et Nicolas, continueront de me convier à nos jeudis. Tant que je peux voiler cette platitude, quitte à me couler dans le rôle d'une Bécassine plus vraie que nature, je serai des leurs, et je continuerai d'exister. Car exister seule, de moi à moi, rien qu'avec moi-même, devient un cul-de-sac. Une contradiction de plus, direz-vous ? Hélas, je n'en suis pas à une près. À moins qu'il ne s'agisse d'une équation, que j'ai résolue depuis longtemps : mal toute seule + mal avec les autres = mal dans ma peau.

Heureusement, quand on est avec Annabelle, à part Edwige qui arrive parfois à lui couper la parole, on n'a pas l'occasion de dire grand-chose. Alors que je jette sur la vie un regard myope et consterné, Annabelle se débrouille toujours pour lui trouver un côté cocasse. Dans sa bouche, n'importe quel fait anodin, que je n'aurais même pas l'idée de relever, devient une savoureuse anecdote. Elle vous la présente enveloppée dans du papier de soie, coquettement enrubannée, enjolivée de plein de parenthèses, digressions, détails amusants. Annabelle raconte comme elle mange, comme elle vit. Avec appétit.

Je l'écoute bouche bée, je pourrais l'écouter pendant des heures, mais je n'y prends vraiment plaisir qu'à l'abri d'Edwige et de Victoria. Il faut qu'elles soient également présentes. Ainsi je peux la savourer sans me creuser vainement les méninges pour chercher une phrase un peu intelligente, qui pourrait éventuellement lui donner le change. Sans me faire du mouron à l'idée qu'une fois de plus elle se moquerait de moi.

Annabelle, quelle femme, tout de même! Quelle vie passionnante que la sienne, minute après minute. Elle n'en laisse aucune filer sans but, se fondre dans l'autre, sans en tirer le maximum de profit. Ses idées ne la paralysent jamais, bien au contraire. Elle les saisit au vol, comme une sorcière son manche à balai et, propulsée par elles, à l'instar de son bolide, elle roule à deux cents à l'heure, sans jamais être à bout de souffle. Où puise-t-elle toute cette énergie? Comment fait-elle pour ne jamais se sentir éreintée?

Victoria dit qu'elle se brûle pour ne pas trop réfléchir aux choses essentielles. Qu'elle court après le temps sans accepter qu'il lui fuit entre les doigts! Victoria a de ces phrases! Elle m'intimide aussi, Victoria, souvent. Par ses silences. Contrairement à mes silences qui sont vides et gênés, ceux de Victoria sont meublés de pensées profondes, qu'elle garde le plus souvent pour elle. Parfois, Edwige la regarde longuement et lui dit: «Ça tourne là-dedans, hein?» Victoria se contente de hausser les épaules.

À force de tant penser, Victoria ne prononce jamais de mots insensés. Elle ne parle pas beaucoup, mais lorsqu'elle dit une seule phrase, elle vaut la peine d'être entendue. Et même si Annabelle l'envoie souvent sur les roses, je sais qu'elle l'écoute malgré tout. Sans toujours l'entendre, il est vrai. Mais, au moins, elle l'écoute.

Il va sans dire qu'Edwige m'intimide encore plus. Elle a tant de prestance, elle a tant de crâne, elle est si sûre de son bon droit d'exister. Je n'envie Edwige ni pour sa grande allure, ni pour sa situation, ni pour son argent. Seulement pour ce droit inaliénable qu'elle ne remet pas en question et, s'il est inné, qu'on ne vienne pas me dire qu'on naît tous avec des chances égales! Edwige n'est jamais ébranlée dans ses convictions. Elle ne revient jamais sur ses décisions, elle ne conçoit même pas qu'elle puisse avoir tort, et même s'il lui arrive de se tromper, avec beaucoup de sang-froid et une enviable mauvaise foi, elle retourne la situation à son avantage. Dans ces moments, Annabelle trépigne, Victoria se tait, mais sourit. Un sourire qui en dit long.

Maman, c'est Madame-je-sais-tout. En réalité, elle ne sait pas grand-chose, mais elle se croit souverainement calée. Ce qu'elle énonce lui semble parole d'Évangile et elle se donne le droit d'avoir une opinion sur tous les sujets, surtout sur ceux qu'elle ne possède pas, aucunement gênée que son opinion ne soit pas du tout éclairée. Comment le serait-elle, alors qu'elle vit dans un monde de plus en plus rétréci, dans sa maison qui vieillit aussi mal qu'elle, entourée de ses meubles lourds, faux anciens, faux acajou, qui ont assombri mon enfance. Depuis son mariage, rien n'a bougé, ni ses figurines en porcelaine, ni le plateau en argent plaqué avec sa théière, sa cafetière, son sucrier et son pot à lait, cadeau de mariage qui n'a jamais servi, ni les tentures en velours, autrefois vert olive, qui sont devenues grisâtres et presque transparentes. Les mêmes mauvaises croûtes pendent au mur : un morose coucher de soleil, un arbre battu par le vent, une nature morte avec lièvre ensanglanté qui nous a coupé l'appétit durant les interminables déjeuners du dimanche, après la messe. Pourvu qu'elle ne songe pas à les enlever, car il faudrait tout bouger pour repeindre et personne n'aurait la force morale de s'atteler à cette tâche.

Elle louvoie, Maman, entre sentiments faussement nobles, souvenirs remaniés et poncifs écrasants. Les histoires insipides qu'elle peut débiter d'une voix morne me hérissent. Et si je devenais comme elle, et si je l'étais déjà ?

Elle peut vous entretenir sans fin de ses nuits sans sommeil, de ses problèmes de selles, de ses rhumatismes. Sans se plaindre, fait-elle remarquer. Et avec quel luxe de détails peut-elle vous raconter comment elle a mis à sa place la caissière du supermarché qui a emballé ses fraises ou ses raisins, selon la saison, dans le même sac que sa bouteille de jus d'orange, comment elle a conseillé son médecin sur le traitement qu'il devait lui prescrire, et surtout comment elle a fait honte à Alice pas plus tard que tout à l'heure.

Après sa constipation chronique, ses articulations raides et ses insomnies, Alice reste le principal sujet de conversation de ma mère.

Alice est sa voisine depuis avant ma naissance. Et, en tant que cousine éloignée de Papa, notre patrimoine familial.

Alice est la douceur même, et Dieu l'a dotée des plus beaux yeux pervenche qu'Il ait pu trouver sur sa palette. Elle ressemble à une vieille poupée de porcelaine : menue, visage rose, à peine fripé, entouré d'une auréole de bouclettes argentées. Dans sa jeunesse, elle a dû être drôlement jolie. Quel dommage qu'on n'ait aucune photo d'elle à cette époque ! Elle affirme qu'elle les a toutes brûlées, tout comme elle a brûlé son passé qui ne lui servait à rien. Alice refuse de raconter ses souvenirs. Elle dit qu'ils n'en valent pas la peine, qu'elle les a effacés. D'ailleurs, elle parle peu et tout bas, car son cœur se fatigue vite. Depuis que je la connais, donc depuis toujours, elle est assise dans un coin, souriante et serviable, humble et modeste, comme si elle s'excusait d'exister. Lorsque Maman la critique ou se moque d'elle, Alice ne bronche pas, mais, signe qu'elle est blessée, son sourire se fige un peu aux commissures des lèvres. Elle baisse ses yeux pervenche et se recroqueville un peu plus, histoire de se faire oublier le plus vite possible.

Si Maman la tolère, c'est qu'Alice lui sert de parente pauvre, de faire-valoir, de bouc émissaire et de souffre-douleur. J'ai souvent demandé à Andrée en vertu de quels inavouables péchés Alice se plie aux attaques de Maman, à ses sarcasmes, à son air de supériorité, sans jamais s'insurger, même lorsque, avec son caractère de cochon, notre mère dépasse les bornes. Andrée, qui ne veut surtout pas trahir son alliée, me réduit au silence, d'un implacable «c'est leur petit jeu, ça les amuse, ne t'en mêle pas».

C'est Ninon qui a fini par me livrer la clé du mystère. Elle affirme qu'Alice a toujours été, et reste encore, amoureuse de Papa. Très amoureuse. D'après Ninon, Papa l'avait, lui aussi, aimée, autrefois. Suffisamment pour vouloir la couvrir «d'or et de diamants», pour lui promettre monts, merveilles et mariage. Je vois presque la scène : Alice rougissant, baissant ses yeux pervenche, le cœur en folie, écouter Papa, qui a toujours manié les mots avec adresse, lui raconter la vie extraordinaire qu'il allait lui offrir, mais quelque part, «aux Amériques». À Marseille, expliquait-il à Alice, un troupeau de créanciers voraces

voulaient sa peau, après une faillite légèrement fraudu-
leuse. Aux Amériques, lui disait-il encore, dès qu'il allait se
faire une situation, elle viendrait le rejoindre. Alice ne
demandait qu'à le croire. Elle lui prêta même des sous pour
la traversée, assez mémorable pour qu'il l'évoque souvent,
avec sa faconde habituelle, à l'heure du pastis.

Papa arriva à Montréal, pauvre comme Job, toute sa
fortune contenue dans une petite valise en carton bouilli,
mais gonflé à bloc et avec les meilleures intentions du
monde.

Malgré tous les projets qui lui tournaient en tête, pour
flairer l'air des Amériques, et surtout parce qu'il lui fallait
quand même manger, il se plaça, pour commencer, garçon
de courses dans une imprimerie. Maman était la fille du
patron. Comme toute jeune fille de bonne et riche famille
(bien qu'elle ne fût plus si jeune que ça), elle rêvait d'un
beau mariage, mais les prétendants ne se bousculaient pas à
sa porte. Elle était pourtant pieuse, savait broder et faire des
confitures, apportait en dot l'imprimerie et quelques
immeubles. Elle avait donc tout pour plaire, sauf l'essentiel : un peu de grâce, à défaut de beauté, un peu d'humour,
à défaut d'intelligence. Elle avait aussi une admiration sans
bornes pour la France et pensait que tous les Français
étaient, de par leur terre natale, de haute extraction. Idée
saugrenue, j'en conviens, mais je n'ai jamais voulu la
contredire à cet égard, puisque c'est la seule chose qu'elle ne
reproche pas à Nicolas.

Papa avait un rire dévastateur, le baratin dans le sang
et la morale flageolante. Et surtout, détail aggravant, pas
un sou vaillant. Pour le reste, je n'ai pas besoin de vous
faire un dessin. Il oublia, comme par miracle, les promesses
faites à Alice et se laissa mettre le grappin dessus avec une
facilité déconcertante.

À ce point du récit de Ninon, je commence à avoir le vertige. Elle est en train de piétiner mon idole, et cela me fait mal. Andrée se met à feuler comme un chat en colère :

— C'est scandaleux, ce que tu dis là. D'après toi, ton grand-père aurait été un vulgaire chasseur de dot, et ta grand-mère, une laideronne qui s'est mariée avec un vaurien.

— C'est une façon de voir les choses, Andrée. Je ne fais que résumer certains faits que nous connaissons tous, mais dont personne ne parle, lui réplique ma fille. Tu ne peux pas nier que dans la famille de Mamie, il y avait, autrefois, des sous, tout au moins avant que Papy n'ait pris la direction de l'imprimerie, et décidé de tout «moderniser». Ni que Mamie n'a pas dû avoir trop de mal à l'appâter. Et si la famille a fini par accepter ce mariage, qui était tout sauf beau, c'est qu'il n'y avait aucune autre perspective de noces. Alice, quant à elle, attendait à Marseille que Papy soit enfin dans la situation de la faire venir à Montréal pour l'épouser. La situation, il se l'était faite, assez enviable, ma foi, mais ce n'était pas Alice qui pouvait en profiter. Cependant, malgré cette trahison, elle continuait à l'aimer. Elle n'hésita donc pas un seul instant à venir le retrouver, lorsque Papy, en homme de parole, l'invita à le rejoindre, mais à des conditions que personne d'autre n'aurait acceptées. Il lui a proposé un contrat unilatéral, qui rendait Alice perdante sur tous les plans, mais qu'elle a signé sans broncher pour le bonheur de vivre près de lui. Elle s'est bien fait avoir, la pauvrette.

— Mais enfin, Ninon, s'écrie Andrée. Comment peux-tu le savoir ? Alice ne t'a quand même pas fait des confidences !

— Bien sûr que non, lui répond Ninon. Tu sais bien que, sur son passé, Alice est plus muette qu'une carpe.

Mais cela saute aux yeux. Chaque fois que Mamie parle de Papy, Alice se tend comme un arc. Elle pâlit, baisse les yeux et ses mains se mettent à trembler. Mais elle écoute avidement, bien que ce soient des histoires qu'elle a entendues des centaines de fois. D'après toi, elle a pratiquement failli tomber dans les pommes quand, chez Edwige, j'ai parlé de mon ange gardien.

— Quand même, ça ne prouve rien, s'entête Andrée.

— Réfléchis deux secondes. Nous traitons tous Alice comme une parente pauvre. Toujours reléguée au bout de la table, toujours deux pas en arrière, elle est, malgré tout, de tous les anniversaires, de toutes les fêtes, de toutes les sorties.

— C'est normal, c'est une cousine éloignée et sans ressources, que Papa a prise en charge.

— Il avait d'autres cousines, Papy, à Montréal, et même deux sœurs. Pourtant on ne les voyait jamais.

— Ta grand-mère ne les aimait pas.

— Parce que tu estimes qu'elle aime Alice ? Je dirais plutôt qu'elle est jalouse d'elle et malgré tout elle ne l'a jamais lâchée.

— Edwige et Annabelle sont tout aussi inséparables, alors qu'elles se chamaillent sans arrêt, corrigé-je mollement, pas sûre du tout de vouloir entendre la suite.

— Par leur propre choix, et elles sont de force égale. Alors qu'Alice est faible et ne peut tenir tête à Mamie. Ou alors n'a jamais eu les moyens de le faire, de peur de perdre mon grand-père. Tout le monde a bien profité de sa gentillesse, avouez-le. Surtout Papy. Vous non plus, vous ne vous en êtes pas privées, que je sache. C'est toujours Alice qui vous sortait du pétrin. C'était à elle que vous alliez confier vos mauvais tours, c'était elle qui vous consolait lorsque Mamie vous grondait à tout bout de champ, c'était chez elle que vous vous réfugiiez lorsque vous aviez peur de la punition qui immanquablement vous tomberait dessus. Ce qui me semble le plus bizarre dans cette affaire, c'est que personne n'ait cherché à savoir pourquoi, avare comme elle est, Mamie n'a jamais osé tenir tête à Papy quand il a acheté à Alice la maison d'à côté ni contester la rente qu'il lui léguait. Et que personne ne lui rit au nez quand elle dit la voix pleine de trémolos que Papy a toujours été trop généreux. Si elle n'avait rien à se reprocher, pensez-vous qu'elle n'aurait pas tout fait pour couper les vivres à Alice et lui interdire sa porte ?

— Voyons donc ! Qu'aurait-elle eu à se reprocher ? s'offusque Andrée, d'emblée sur la défensive, comme chaque fois qu'il s'agit de Maman.

— T'es-tu déjà demandé, Andrée, pourquoi Mamie ne rate jamais une occasion de raconter que ma mère est née prématurément ? Comme si elle voulait se justifier ! Qui vous dit qu'elle n'a pas un peu « fauté » avant son mariage pour obliger Papy à l'épouser, et surtout pour l'empêcher d'épouser Alice ?

— Maman ! C'est impossible, voyons ! Ça a toujours été la vertu faite femme.

— Ou elle l'est devenue parce que cela l'arrangeait. Ainsi, elle pouvait rester une épouse irréprochable pendant que Papy dilapidait sa fortune. Elle aurait pu crier et trépigner, au lieu de lever les yeux au plafond pour prendre son bon Dieu à témoin. Mais alors Papy aurait eu une bonne raison de la planter là, les hommes le font pour moins que cela, et de déménager définitivement chez la voisine, au lieu d'y passer une nuit ou deux par-ci, par-là.

— Tu dis n'importe quoi, ma petite, ricane Andrée, que l'histoire ne semble guère amuser.

— Il ne couchait là que lorsque nous étions malades ou que Maman avait ses migraines. En tout bien tout honneur. Il ne supportait simplement pas de voir souffrir ceux qu'il aimait, m'efforcé-je encore de l'excuser.

— Arrête de me faire rire, ma petite maman. Récapitulons ce que nous savons : Papy connaissait Alice avant de connaître Mamie. Tu me diras que c'est naturel, puisqu'ils étaient cousins. Il l'a invitée à venir à Montréal pour tenir la comptabilité de l'imprimerie, bien qu'il eût pu faire venir n'importe quel autre membre de sa famille, un de ses frères, par exemple. Admettons qu'il lui faisait confiance, que c'était une excellente comptable, bien que Mamie raconte à qui veut l'entendre, en prenant un air plus pincé que d'habitude, qu'Alice ne savait rien faire, que c'est Papy qui lui a montré comment tenir les registres, et qu'il a toujours fermé les yeux quand elle faisait des erreurs. Papy, par contre, disait, et je le tiens de Papa, que c'était Alice qui gérait en vérité l'imprimerie et qu'elle le houspillait quand il investissait à tort et à travers. Car vous ne pouvez pas nier que l'argent de Mamie, il l'a croqué avec un appétit d'ogre.

— Voyons, chérie, ne dis pas ça ! Il a eu des revers de fortune.

— Toi, quand tu parles de ton père, Maman, il te faudrait chausser tes lunettes pour voir clair. C'est dans les annales de la famille que c'était un homme charmant, adorable, mais un piètre homme d'affaires et un noceur comme pas deux. Remarque qu'avec la femme qu'il avait, il n'est vraiment pas à condamner.

— Ninon, tout de même, on ne parle pas comme ça des morts, lui dis-je, sérieusement ébranlée dans ma foi.

— Parlons alors des vivants. Peux-tu m'expliquer pourquoi, avant même ta naissance, il a installé Alice dans la maison d'à côté? Elle n'était même pas à vendre. Pour avoir cette bicoque, il l'a payée bien plus qu'elle ne valait sous prétexte que cette grossesse tardive avait trop fatigué sa femme et qu'elle n'avait aucunement la force de s'occuper d'un bébé. C'est Mamie qui raconte ça, tout attendrie de tant de prévenance. Elle est bien drôle, celle-là! Si Mamie n'avait rien à se reprocher, pensez-vous qu'elle aurait accepté ce voisinage, les repas en commun, l'emprise qu'Alice avait sur vous et sur Papy? C'est pourtant toi, Maman, qui me racontais que Papy ne contredisait jamais Mamie, sauf quand elle bavait sur Alice. Il prenait toujours sa défense, souvent même il lui arrivait de se fâcher, et alors il passait la nuit chez la voisine, en tout bien tout honneur, je veux bien le croire. Mais c'est parce qu'Alice ne l'aurait pas accepté autrement.

— Comment se fait-il, mon chaton, que tu saches des choses que nous ne supputions même pas?

— Vous ne posez pas de questions, moi si.

— Et que sais-tu d'autre, Miss fouille-merde? l'aiguillonne Andrée, en prenant un air aussi pincé que notre chère mère.

— Je sais que pour se marier avec Papy qui, malgré la grossesse de Mamie, hésitait toujours, celle-ci a demandé à une amie qui partait à Marseille de lui écrire une lettre dans laquelle elle annonçait qu'Alice s'était fiancée avec un instituteur. C'est donc bien plus par dépit que pour la sauver du déshonneur que Papy l'a finalement épousée. Lorsqu'il a appris la vérité, c'était trop tard, il avait la corde au cou et la bague au doigt.

— Mais enfin, de qui tiens-tu cette fable? lui demandé-je, incrédule.

— De Papa.

— De Nicolas?

— Oui, Maman.

— Et lui, de qui la tient-il ?

— De Papy. Il la lui a racontée, m'a-t-il dit, la veille de vos noces, pour le mettre en garde contre la fourberie des femmes. Ils avaient un peu bu.

— Il ne m'aurait jamais fait ça, voyons. C'est odieux de raconter des choses pareilles au futur mari de sa fille. Et Nicolas, pourquoi ne me l'a-t-il jamais dit ?

— Peut-être pour ne pas t'attrister. Nous sommes bien au courant de l'amour aveugle que tu portes à ton père.

— Ça ne tient pas debout, s'énerve Andrée en me jetant le plus noir des regards de son arsenal. Comment ose-t-il débiter des mensonges pareils, ce pauvre type ? Il est évident que Papa n'aurait jamais fait ça, voyons. Je ne te félicite vraiment pas pour ton mari. Trouve autre chose, Ninon, si tu peux.

— Bien. Savez-vous qu'Alice cache dans le tiroir de sa table de nuit une photo de Papy jeune et un paquet de lettres nouées d'un ruban doré ? Bien sûr que non, je ne fouille pas dans les tiroirs, si c'est ça que tu veux dire, Andrée. Quand je suis allée chez elle l'autre fois, elle était affalée sur une chaise, haletante. Elle faisait une crise d'angine et j'ai ouvert le tiroir où elle garde sa nitro. Voilà ce que je sais. Maintenant, faites-en ce que vous voulez.

Nous avons débattu les faits de long en large, et même Andrée a fini par admettre qu'il y avait peut-être là une parcelle de vérité, bien qu'elle ait eu du mal à accepter qu'une telle vérité puisse sortir de la bouche de mon enfant.

Mais là où Ninon a frappé juste, c'est que nous n'avons jamais posé de questions. Même si nous étions toutes les deux des petites bien incurieuses, en somme, tournées sur nous-mêmes et absentes à tout ce qui nous entourait, comment avons-nous pu tenir Alice à ce point pour acquise ? Comment avons-nous pu accepter sans remords ni questions qu'elle fût là, pour nous tous, inconditionnellement ?

C'est à elle que nous racontions ce que nous n'osions pas raconter à Maman, c'est-à-dire l'essentiel : les mauvaises notes, le manteau déchiré, les gants égarés, les petites déceptions, plus tard, lorsque nous avons commencé à regarder les garçons. Alice réparait tout, manteaux et cœurs brisés, courait acheter d'autres gants, signait avec un sourire coupable le carnet de notes, lorsqu'il était impensable de le présenter aux parents. Sans jamais faire de remontrances, sans jamais nous passer de savon.

C'est chez Alice qu'Andrée avait couru, affolée, lorsqu'elle avait vu pour la première fois du sang dans sa culotte. Bien évidemment, Maman ne nous avait jamais parlé des règles ; elle préférait nous entretenir des opérations du Saint-Esprit. Alice lava la culotte, rassura Andrée, la félicita, lui acheta des serviettes sanitaires. Elle nous convoqua ensuite chez elle pour nous expliquer avec un sourire amusé les choses de la vie. Elle m'épargna ainsi une grosse frayeur, bien que je fusse humiliée que ma cadette m'eût devancée, une fois de plus. C'est grâce à Alice, je crois, que j'ai ressenti beaucoup de fierté lorsque ma culotte s'est enfin, elle aussi, teintée de rouge, et que j'ai toujours accueilli mes règles avec tant d'amitié que, depuis qu'elles m'ont quittée, je me sens un peu abandonnée.

En somme, c'est grâce à Alice que je n'ai jamais regretté d'être femme. C'est elle encore qui a cousu ma robe de mariage, confectionné mon bouquet et perlé mon voile. C'est elle qui nous a payé notre petit voyage de noces. Maman ne voulait rien débourser, car, comme elle n'aimait pas Nicolas, elle trouvait que pour la bêtise d'épouser un musico sans le sou, je devais payer toute seule. Papa, comme d'habitude, ne se mêlait pas de ces affaires de femmes. Il se contenta de me faire un clin d'œil complice signifiant «tout arrive à point à celui qui sait attendre» et de nous remettre, à l'insu de Maman, un chèque «pour démarrer», une fois l'acte de mariage signé. C'est encore Alice qui nous a reçus chez elle pour le repas de noces. Elle était si contente pour moi, elle en avait les larmes aux yeux. «Rien n'est plus beau qu'un mariage d'amour», n'arrêtait-elle pas de répéter, alors que Maman lui jetait des regards furibonds et, prétextant une de ses fameuses migraines, refusa même de trinquer à notre bonheur. Papa, assis à côté d'elle, n'en avait que pour Alice, la félicitant pour tous les mets dont il se servait copieusement, des vins qu'elle avait choisis, de sa robe. Alice, comme une jeune fille, baissait ses yeux pervenche et rosissait de plaisir.

Et dire que je ne me suis jamais doutée de rien. Impardonnable. Je suis impardonnable. Me vient un désir soudain de savoir. De tout savoir.

— Et à qui veux-tu poser tes questions? demande Andrée, choquée.

— À Alice, bien sûr!

— Tu n'y penses pas! Après tant d'années! Cela ne se fait pas. Ce serait indiscret.

— Et ne pas poser de questions, garder le silence, maintenant que nous connaissons un petit bout de l'histoire, serait lâche et moche. Comme si nous voulions continuer de la trahir!

— Fais ce que tu veux, me dit Andrée, d'un ton sec. Moi, je ne marche pas là-dedans. Toi, tout ce que ta fille dit, tu le prends pour de l'argent comptant. Moi, j'ai mes doutes.

— Et tu préfères les conserver au lieu d'en avoir le cœur net ?

— Oui, figure-toi ! Ces histoires ne me concernent pas et je te conseille de les oublier aussi. Ça ne mène à rien, ce genre d'investigation. Tu risques de faire plus de mal que de bien.

Et voilà ! Pour Andrée, c'est une affaire classée. Mais pas pour moi. Je ne peux plus garder la tête enfoncée dans le sable. Ma décision est prise. J'irai demain, après le travail, chez Alice, et advienne que pourra....

Est advenu ce qu'il a pu. Alice s'est endormie pour toujours dans son sommeil, cette nuit. Comment a-t-elle pu nous faire ça, alors qu'on est en mars, même pas en novembre !

C'est Maman qui m'a téléphoné pour me l'annoncer d'une voix d'outre-tombe. Elle semblait, pour une fois, complètement dépassée par les événements. J'ai couru chez elle. Andrée y était déjà. Pour la première fois, j'ai vu pleurer ma vaillante mère. Pleurait-elle sur Alice ou sur elle-même ? Difficile à dire. Elle était soudainement voûtée, misérable. Et si vieille ! Mais je n'arrivais pas à avoir pitié d'elle. En lui tournant le dos, je suis allée à la fenêtre et je me suis perdue dans la contemplation de la petite maison d'à côté, celle que nous connaissions si bien, sans jamais avoir essayé d'en savoir plus long.

— Qui était Alice, en fin de compte ? Il serait peut-être temps qu'on en parle.

Andrée me foudroya du regard. Maman retrouva tout son aplomb :

— Qui était Alice, demandes-tu ? C'était, ma fille, mon dernier lien avec ce que je fus autrefois, avant d'être mère, grand-mère, pauvre vieille. La seule qui savait encore que j'avais été autrefois une femme jeune, la seule qui restait parmi ceux qui m'avaient connue ainsi. L'unique témoin d'une vie qui n'existe plus. Avez-vous pensé un seul instant que c'était la seule qui m'appelait encore Margot? Avec elle, Margot est morte à jamais. Ce qu'il en reste, Maman, Mamie, veuve Paul Costini, ne lui ressemble en rien. Ce n'est même pas son pâle reflet. Le reste, désormais, ne regarde que moi. Ni votre père ni Alice n'auraient souhaité que je vous en parle. Comme preuve, jamais ils ne l'ont fait. Arrête de fouiner dans nos pauvres secrets, Tina. Contente-toi de savoir que nous avons toujours voulu les garder ainsi, pour ce qu'ils valent, et ne t'en mêle pas!

Alice fut enterrée à la gauche de Papa. La place de droite était réservée à Maman. Nous apprîmes ainsi que cet arrangement faisait partie des dernières volontés de mon père : tous les trois ensemble, à la vie, à la mort. Dire que ni moi ni Andrée ne nous sommes jamais étonnées que cette tombe ait trois places, nous contentant de l'explication bidon de Maman : «On ne sait jamais pour qui sonne le glas.»

Jamais, non plus, à la Toussaint, en apportant à Papa nos regrets éternels et nos bouquets de chrysanthèmes, nous ne nous sommes demandé qui avait déposé sur la tombe un bouquet de roses blanches, que Maman se dépêchait de mettre à la poubelle, bien qu'elles ne fussent ni fanées ni gelées. Nous respections sa douleur et, de toute façon, à la Toussaint, nous avions toujours fort à faire, tant de morts à aller voir, tant de kleenex à mouiller, que personne ne songeait à s'arrêter à des questions oiseuses.

À l'enterrement de Papa, Alice était à l'hôpital. Elle faisait sa première crise d'angine. D'ailleurs, elle a failli y passer. Ensuite, bizarre coïncidence, elle faisait des crises d'angine chaque fois que nous nous apprêtions à partir au cimetière. Elle ne nous y accompagnait donc pas, mais personne, apparemment, n'a jamais pensé à faire de rapprochements.

— C'est bien d'un homme, ça, chuchote Ninon à mon oreille, pendant que la terre commence à tomber sur le cercueil d'Alice, se défiler toute sa vie, et se dire qu'en réparant post-mortem, il peut mourir la conscience tranquille. Ça lui fait une belle jambe maintenant, à Alice, de partager enfin un peu d'intimité avec Papy avant que Mamie ne vienne les rejoindre et leur casser encore la cabane.

Même si je trouve ses paroles inconvenantes, je ne peux que donner raison à ma fille.

Alice est partie comme elle a vécu. Sur la pointe des pieds. S'était-elle doutée que nous la regretterions tant ? Que c'est la gorge serrée que nous ouvririons ses placards, sortirions ses vêtements, fermerions sa maison ? Que nous chercherions tous les indices possibles pour essayer de comprendre le sens d'une telle vie ?

On dirait qu'elle savait qu'elle allait partir et qu'avant le moment fatidique, elle a voulu effacer toutes les traces, tous les indices qui auraient pu la trahir, pour ne pas trahir Papa. Mais elle n'a pas su pour autant alléger notre culpabilité. Nous nous sentions si fautives que nous osions à peine nous regarder. Oui, même Andrée. Maman, elle, opta pour un silence renfrogné. Elle n'a participé ni à l'emballage du barda d'Alice ni au déballage des regrets. Nous fermant au nez la porte de sa chambre, elle s'est isolée avec sa migraine pour n'avoir à partager avec nous ni culpabilité ni affliction, mais surtout pour trier ses souvenirs, les apprêter à sa sauce, sans se laisser déranger par les pauvres affaires sans vie qu'Alice laissait derrière elle.

– Pourquoi, Nicolas, ne m'as-tu jamais rien dit ? Pourquoi ne m'as-tu jamais poussée à poser des questions, à essayer de réparer cette injustice ? Tu savais, toi, combien je l'aimais, Alice.

– À quoi cela aurait-il servi que je joue au redresseur de torts ? soupire-t-il. À me faire détester un peu plus par Andrée, par ta mère ? À me faire traiter de l'homme par qui le scandale arrive ? De toute façon, tu as toujours refusé de voir quel genre d'homme était ton père. Pour toi, il n'avait que des vertus, le pauvre vieux. Tout le monde semblait content de sacrifier Alice et elle-même semblait ravie de se laisser manger la laine sur le dos ; elle en redemandait même. Pourquoi me serais-je donc immiscé dans les édifiantes histoires de ta sainte famille ? Nous avons assez de problèmes comme ça !

Et voilà, il nous a réglé notre compte à moi, à Papa, à toute ma sainte famille.

Comme d'habitude, nos histoires ne le concernent pas. C'est bien d'un homme, ça, comme dirait Ninon, de se défiler de la sorte. Je suffoque de colère contre Nicolas. J'en bégaye et, tout à fait hors de propos, je m'en vais en claquant la porte pour ruminer, une fois de plus, la boulette dénommée Fleur.

– Mais non, me corrige Victoria. Tu es en colère contre toi-même, mais tu essaies de te trouver une parade. Tu te fâches contre Nicolas pour te délester de ta culpabilité. C'est inutile. Elle te rattrapera. Alors épargne-toi au moins les scènes de ménage. Si tu me parlais plutôt d'Alice ?

C'est à Victoria seule que je peux me confier, un jeudi soir où nous dînons toutes les deux en tête-à-tête. Edwige rend visite à ses baleines suicidaires, Annabelle à Paquito que, finalement, elle a renoncé à faire venir à Montréal. Cette soirée me fait du bien. À Victoria, je peux déballer mes pitoyables histoires de famille. C'est bien la seule personne devant laquelle je peux m'adonner à une telle extravagance. Je sais qu'elle ne se moquera pas de mes remords tardifs ni ne jugera Nicolas. Les deux autres s'en seraient donné à cœur joie. La belle occasion qu'elles auraient eue de dire et de redire de lui pis que pendre, de le passer par toutes leurs armes ! De me mettre une fois de plus le nez dans mon petit caca ménager. Et moi, de me mettre dans la fausse situation de vouloir défendre à tout prix mon mari, de lui trouver toutes les excuses, même les plus mauvaises, au lieu de mariner dans ma colère.

Soit dit en passant, à la soirée donnée en l'honneur de Gyuro et de Tania, Edwige et Annabelle n'ont pas pu s'empêcher, malgré leurs bonnes résolutions, d'envoyer à Nicolas quelques flèches bien acérées. Elles sont ainsi faites, et c'est ainsi que je les aime. Cependant, cette soirée ne s'est pas trop mal passée. J'ai reçu plein d'éloges pour ma moussaka d'aubergines, alors qu'honnêtement je l'ai trouvée quelconque. Tout le monde a été de bonne humeur, et Ninon a même réussi à arracher un sourire à Tania en lui racontant ses déboires scolaires. Dure tâche, on voyait bien que la petite n'en avait pas l'habitude. Cependant, elle n'a pas adressé une seule parole à Victoria, se contentant de la regarder par en dessous. La relation continue de piétiner. Un pas en avant, deux en arrière. Côté échanges philosophiques, tout baigne, comme dirait Ninon. Mais pour le reste, la sauce a du mal à prendre.

Du coup, ce jeudi soir, en tête-à-tête, nous n'abordons pas le sujet. Je n'ai pas besoin d'avoir les dons de voyante extralucide de la sorcière particulière de ma fille pour comprendre que Victoria n'en a pas envie. Je lui raconte plutôt Alice, victime d'un amour plus fort qu'elle. Sa vie, qui n'en fut pas une. La malveillance de Maman, qui lui glissait de mauvaise grâce quelques miettes de notre vie de famille, et nous, Andrée et moi, complices de la loi du silence. Ma colère contre Nicolas, mon aveuglement, cette culpabilité dont je n'arrive pas à me défaire. Tout d'un coup, elle m'interrompt :

— Nicolas a raison, Tina. Dans cette histoire, le seul que tu continues de trouver irréprochable, le seul auquel tu te refuses à en vouloir, c'est ton père. Pourtant, penses-y bien, c'est lui, le méchant manitou.

— Je ne comprends pas, lui dis-je, ahurie.

— Souviens-toi des paroles de Ninon. « C'est bien d'un homme, ça. » Il n'a pas hésité à imposer la présence d'Alice à ta mère, la présence de ta mère à Alice, les forçant à voisiner, à se fréquenter, selon sa fantaisie. Elles l'ont accepté, d'accord, mais cela a dû leur en coûter autant à l'une qu'à l'autre. Ton père a eu le meilleur des deux mondes et il en a amplement profité, quitte à rendre la vie de ces deux femmes infernale. Il me semble que ta mère est à plaindre autant qu'Alice.

La pilule a du mal à passer, pourtant Victoria a raison. Moi, qui ai toujours porté Papa au pinacle, je le vois soudain sous un éclairage bien moins avantageux pour lui. Il me fait un peu honte. Je me sens trahie et je lui en veux. Surtout, je m'en veux. J'ai honte d'avoir été aveugle à ce point. En souvenir de l'image pieuse que je gardais de lui jusqu'à ce soir, j'aimerais pourtant pouvoir plaider sa cause, lui trouver des excuses, alors qu'il n'en a, en vérité, aucune. C'est Victoria qui lui en a trouvé malgré tout.

— Tu sais, Tina, contrairement à toi, qui as vénéré ton père, j'ai méprisé le mien. Ses salons de massage, en fait des bordels déguisés, où les masseuses, avant d'être engagées, devaient faire leurs preuves sur sa carcasse obèse et velue, me scandalisaient. Rien ne me dégoûtait plus que les airs de petit *boss* qu'il se donnait, cigare fiché au bec, grosse chevalière lui mangeant les chairs de l'auriculaire. Il se moquait de ces pauvres femmes qui n'avaient pas d'autre gagne-pain, les traitait mal, les exploitait, et il en était fier. Sa sœur et lui, ils ont fait leur fortune sur leur dos, si j'ose dire, mon père avec les masseuses, ma tante avec les danseuses nues. Mes histoires familiales ne sont pas pitoyables, elles sont plutôt sordides. Après la mort de ma tante, mon père a essayé de m'embarquer dans le business familial. Il me cédait, bon prince, les bars de sa sœur. J'avais dix-sept ans. Je suis partie en claquant la porte et je ne l'ai jamais revu. Je ne suis même pas allée à son enterrement, je ne sais même pas où se trouve sa tombe. L'argent qu'il me laissait, je l'ai légué à des associations de femmes battues et je me suis dit : « Que Dieu lui pardonne, s'il le peut ! Moi, je ne peux pas. Tout au moins pour le moment. Je dois laisser du temps au temps. » Puis, avec les années, je me suis raisonnée : en fin de compte, tout péché est rémissible, ce n'était qu'un pauvre homme qui a fait ce qu'il a pu, avec le peu de moyens qu'il avait. Si je ne peux pas encore lui pardonner, j'essaie au moins de ne plus le renier. Tu vois, j'arrive même à en parler, chose dont j'étais incapable jusqu'à il n'y a pas si longtemps.

— J'aimerais pouvoir en dire autant, mais je crois que je n'y arriverai jamais. Ce que Papa a fait est impardonnable, et nous sommes tous coupables autant que lui.

— Patience, mon petit. Tu es en état de choc, pour le moment. Toi aussi, tu dois laisser du temps au temps. Si tu as vraiment aimé ton père, continue de l'aimer malgré ses erreurs. Tu en es bien capable. De nous quatre, tu es la seule, ma grande, qui saches aimer sans condition. C'est toi, avec ta façon silencieuse, réservée, qui noues l'action, qui cimentes notre amitié.

— Moi ?

Je n'en reviens pas. Je me sens rougir, une violente bouffée de chaleur me monte au visage, me voilà encore toute remuée.

— Mais oui, Tina ! Toi ! Tu ne dis rien, mais, comme Alice, tu es toujours présente à l'appel. Sans Alice, finalement, le mariage de tes parents serait sûrement parti à la dérive. Ta mère le sait bien, et c'est probablement la raison pour laquelle elle a toléré ce ménage à trois, la vie à trois, la tombe à trois. Sans toi, qui te contentes du rôle de Bécassine, notre show risquerait souvent de faire un four. C'est un rôle ingrat que tu joues avec beaucoup de talent, tu mériterais un oscar. Même si nous ne te le disons pas, depuis longtemps nous te l'avons décerné à l'unanimité.

Je me mets à rire. Je suis heureuse. Il me plaît, ce rôle, il me va comme un gant. Dans notre quatuor, je suis prête à le tenir avec brio, sans prétendre à aucun autre. Qui oserait affirmer que dans un spectacle bien rodé, les utilités n'ont pas, elles aussi, une utilité ?

Chapitre 7

Récidive

Je ne devrais pas faire de sieste, ça ne me réussit jamais, surtout quand je m'endors l'estomac plein. Mais que faire d'autre un dimanche d'avril, lorsque la pluie tombe sans discontinuer ? Nicolas joue à un mariage, Ninon se languit chez elle et m'a prévenue qu'elle ne répondrait pas au téléphone. Au ton de sa voix, j'ai compris que ce n'était pas le moment de poser des questions. Peut-être délibère-t-elle à huis clos avec sa sorcière mexicaine, joue avec ses grigris ou psalmodie des incantations. Claude n'a toujours pas trouvé de remplaçant et la mauvaise humeur de Ninon ne finit pas de finir.

Les copines, la fin de semaine, c'est chacune pour soi. Règle sacrée à laquelle nous ne dérogeons qu'en cas de crise majeure. Autrement, respect de la vie privée, on n'appelle pas pour un petit vague à l'âme.

Andrée, comme tous les dimanches, s'enterre dans les papiers de sa teinturerie et Maman souffre d'une de ces fameuses crises de migraine qui la mettent de fort mauvaise humeur, d'autant plus qu'elle n'a même pas pu assister à la messe. Pour une raison qui m'échappe, elle m'en a rendue responsable et m'a raccroché au nez. Depuis qu'elle n'a plus Alice, c'est de plus en plus souvent sur moi qu'elle passe sa colère, c'est à moi qu'elle raccroche au nez.

Du coup, je suis restée toute la journée en robe de chambre et j'ai soigné mon ennui en ratissant le frigo. Des nouilles au ketchup, un bout de rôti racorni, mangé à même le plat, du pain rassis à la margarine, que j'ai fait passer avec un reste de café qui aigrissait depuis le matin dans la cafetière et toute une boîte de biscuits au chocolat, voilà mes agapes dominicales.

Ensuite, le ventre plus gonflé qu'à la fin de ma grossesse, je me suis mise à épousseter mon coin de trésors pour tromper mon désœuvrement et pour faire une petite incursion côté souvenirs. Que sont mes trésors ? Les cadeaux d'anniversaire que mes trois amies m'ont offerts tout au long de ces années.

Les anniversaires, c'est un rituel que nous suivons religieusement. Plusieurs mois avant, commencent les conciliabules. Quoi offrir ? Victoria, c'est simple, un livre de philosophie qui vient de paraître la comble. («Interdit de nous en faire le résumé», la prévient Annabelle, avant même que Victoria ne déballe son cadeau.) La seule précaution à prendre, c'est de nous souvenir des auteurs dont elle nous parle, et de noter soigneusement tous les livres que nous lui avons déjà offerts. C'est ma tâche, et je m'en acquitte très honorablement.

Quand c'est le tour d'Edwige ou d'Annabelle, cela se complique. Elles ont tout. Moi, je n'ose pas entrer dans les boutiques qu'elles fréquentent, tant les vendeuses me snobent, et Victoria, à l'instar de son vénéré Socrate, déteste magasiner. Habituellement, nous les chargeons donc l'une ou l'autre, chacune à son tour, de faire l'emplette. Elles se connaissent si bien que nous avons toutes les chances que le cadeau tape dans le mille.

Il a aussi été décidé à l'unanimité, sauf une abstention (la mienne), que le prix du cadeau doit être modique, ce qui rend, ont déclaré mes amies, cette chasse au trésor encore plus palpitante. Car, ont-elles argué, il serait indécent de se faire des cadeaux somptueux alors que plus de la moitié de l'humanité meurt de faim. Je me suis bornée à acquiescer, confuse, mais reconnaissante, sachant très bien que cette clause a été ajoutée par délicatesse, eu égard à ma piteuse situation financière. L'engagement, une fois pris, a toujours été respecté au sou près.

L'emballage du cadeau et la rédaction de la carte de vœux incombent à Victoria, dont le savoir-faire dans le domaine m'étonne chaque fois. Pour le cadeau de Victoria, la tâche me revient de plein droit et si, pour l'emballage, je me débrouille assez bien, pour le texte sur la carte, le résultat est bien moins heureux. Mais Victoria semble toujours très contente, sûrement pour me faire plaisir. La dernière clause du contrat-cadeau est qu'il doit être accompagné d'une seule rose : blanche pour Edwige, couleur thé pour Victoria, rouge pour Annabelle et rose pour moi.

Les cadeaux que j'ai reçus de mes amies trônent bien en vue dans ma chambre. Il y a, entre autres, un flacon ancien, un fume-cigarette en argent que je n'ai jamais osé utiliser, un éventail espagnol peint à la main, qu'elles m'ont offert l'année où j'ai commencé à souffrir de bouffées de chaleur, un brûle-parfum, une boîte à bijoux florentine, un cadre en argent avec la photo de Ninon, prise à son premier jour d'école, autant d'objets de luxe, tous inutiles, mais n'est-ce pas, par définition, les seuls qui fassent plaisir ? À part mes amies, qui d'autre pourrait me les offrir ?

Maman et Andrée se limitent invariablement à un chèque-cadeau de La Baie, me recommandant de m'acheter quelque chose de pratique, dont j'ai besoin, moi (ce qui sous-entend que Nicolas ne doit surtout pas pouvoir en profiter). En effet, j'ai besoin de beaucoup de choses, mais quel plaisir trouver dans un cadeau que je me choisis toute seule ? Ninon m'achète mon parfum, qui doit me durer jusqu'à l'année suivante. Elle sait, elle, que je ne m'en achèterais jamais. C'est un cadeau magnifique, j'en conviens, mais sans surprise. Nicolas, quant à lui, m'implore tous les ans de lui dire ce que je veux, car il est à court d'idées (ce qui est charmant, mais trop facile). Je lui réponds, raisonnable, qu'à notre âge, les cadeaux d'anniversaire, c'est puéril. Il ne me contredit pas, et m'apporte un bouquet de fleurs de chez le dépanneur.

Une fois mon époussetage terminé, il n'est que seize heures et, ne sachant plus que faire de moi, je m'étends sur le canapé du salon pour essayer de regarder pour la dixième fois *La Dolce Vita*. Ce grand classique a sur moi un effet soporifique. Pour la dixième fois, je m'endors dès qu'Anita Ekberg saute dans la fontaine de Trevi.

La sonnerie du téléphone me sort d'un rêve gluant, plein de limaces et de grenouilles mortes qui flottent ventre blanc en l'air dans un marécage. Voilà le genre de perches que vous tend l'inconscient lorsqu'on s'endort le ventre plein. Je cherche le téléphone à tâtons. Il fait presque noir, le soir tombe encore vite en cette saison. Entre chien et loup, où le jour cède à contrecœur sa place à la nuit, je suis toujours saisie d'une terrible angoisse, mais cette fois-ci plus que d'habitude, cette sonnerie stridente me semble le présage d'une catastrophe imminente.

Je n'entends que des sanglots, des hoquets, des sons inarticulés. Je n'y comprends rien. Sainte Vierge, mère de Dieu, c'est Annabelle !

— Edwige vient de m'annoncer qu'elle s'en va faire le tour du monde, finit-elle par articuler. C'est ce qu'elle prétend, mais je n'en crois pas un traître mot. Je lui trouve une petite mine depuis des mois, mais tu sais bien qu'avec elle on ne peut aborder ce sujet.

Inutile d'ajouter quoi que ce soit. J'ai tout compris et je me réveille tout à fait. Je réussis à balbutier, foudroyée par la nouvelle :

— Qu'allons-nous faire ?

— Rendez-vous chez elle. Victoria doit déjà y être.

— Mais elle refusera d'ouvrir, tu la connais.

— Nous ferons le siège devant sa porte, nous y passerons la nuit, s'il le faut.

— Entendu. J'arrive.

Victoria nous ouvre. Edwige, assise dans un fauteuil, décoiffée, défaite, est méconnaissable. Elle semble avoir pris dix ans et elle n'est pas contente de nous voir, c'est le moins qu'on puisse dire. Victoria reprend place en face d'elle et nous fait signe de nous installer. Personne ne dit mot, la partie se jouera serré.

— Je vais faire du thé, dis-je pour casser le silence, qui pèse des tonnes.

— Je n'en ai pas, bougonne Edwige.

— J'en ai dans mon sac, va le chercher, supplie Victoria. J'ai trop froid pour bouger.

— À quoi dois-je le plaisir de votre visite ? demande finalement Edwige. Vous savez que je déteste qu'on débarque chez moi à l'improviste. C'est valable pour tout le monde, même pour vous.

— Si on s'était annoncées, tu nous aurais interdit de venir, Edwige, fait remarquer Victoria d'une voix faussement détachée. Annabelle, arrête de renifler s'il te plaît. Prends un kleenex et mouche-toi. Essayons de garder notre calme. Tu pars donc faire le tour du monde ?

— Oui, en quatre-vingts jours, comme ce brave Jules Verne. J'en ai bien le droit, non ? Je pense que j'ai passé l'âge de demander une autorisation.

— Tout à fait. Sauf que, vois-tu, la deuxième fois, tu ne nous la fais plus. C'est le même genre de voyage que celui d'avant, n'est-ce pas ? Un tour du monde dans une chambre privée au Royal Vic avec infirmière privée vingt-quatre heures sur vingt-quatre pour ne pas déranger les copines ?

— Je fais les voyages qui me plaisent, et ils ne regardent que moi.

Quand Edwige monte sur ses grands chevaux, il est inutile de lui tenir tête. Il faut prendre des voies détournées, faire diversion, y aller par quatre chemins, et même par huit. C'est épuisant. Je suis épuisée. Je m'engouffre dans la cuisine avec soulagement. En faisant du thé, je me rends au moins utile. Victoria saura se débrouiller sans moi. Sur Annabelle, on ne peut pas compter pour l'instant. Les larmes la rendent tout à fait inopérante.

Du salon me parviennent des bribes d'explications, départ de New York, plein d'escales, toutes les îles des Caraïbes d'abord, ensuite Rio, Buenos Aires, le Cap, les Indes, la Chine et toute la muraille, assure Edwige s'empêtrant dans la géographie et dans les guides touristiques. Tu mens, sanglote Annabelle, *leave me alone, I am fed up !*, s'insurge Edwige, arrêtez, supplie Victoria. Tout cela entrecoupé de longs silences. Je sers le thé.

— Passe-moi une cigarette, Annabelle, la supplié-je. J'en ai vraiment besoin.

Elle me tend sans un mot le paquet, après en avoir allumé une. Edwige en prend une, elle aussi.

— Tu ne devrais pas, lui dit Annabelle.

— La barbe, Annabelle ! Au point où j'en suis.

— Justement, si tu nous disais où tu en es, cela nous aiderait toutes. Victoria parle avec une telle douceur, sa voix est si basse, si triste, que j'ai du mal à garder mon sang-froid.

— Tu sais bien que je n'aime pas parler de ça. De toute manière, vous ne pouvez pas m'aider.

— C'est entendu, mais nous pouvons au moins t'écouter. Qu'est-ce qui t'arrive ?

Comme à l'accoutumée, Victoria ne lâche pas prise.

— Pas grand-chose. Une bosse à l'autre sein. Grosse comme une noisette, mais bien présente, même si j'essaie de l'ignorer depuis trois mois. Il faut que je passe des tests. Notez que je me sens un peu rassurée. Depuis plus de cinq ans, avant chaque rendez-vous chez le médecin, je tremble à l'idée qu'il va de nouveau me trouver quelque chose, je crains toujours le pire. Après, c'est un petit répit de six mois, jusqu'au rendez-vous suivant. Mais cette épée de Damoclès, suspendue au-dessus de ma tête, me tue plus sûrement que le cancer. Alors là, au moins, je respire. Le pire est arrivé, je n'ai plus à le craindre. Un tiens vaut mieux que deux tu l'auras, comme on dit, conclut-elle avec un éclat de rire sardonique, mais qui ressemble bien plus à un sanglot.

— Mais c'est impossible, s'entête Annabelle, tu étais guérie.

— Non, j'étais en rémission, la corrige Edwige. Du cancer, on n'est jamais guéri, tous les médecins vous le diront.

— Oui, mais après cinq ans, c'est fini, ça ne revient plus, je me suis renseignée.

— Tu t'es mal renseignée, ma pauvre Annabelle. La rémission peut durer plus ou moins longtemps. Même très longtemps, si on est chanceux, mais on reste toujours un condamné. Le cancer peut toujours récidiver. Je suis une récidiviste ni plus ni moins. On m'avait pourtant assurée qu'on m'avait retiré toutes les cellules malignes. Il a bien dû en rester une, cachée quelque part, qui, malgré toutes les précautions, a grossi tranquillement au nez et à la barbe des médecins, a proliféré sans vergogne et, alors qu'ils s'y attendaient le moins, en bonne entente avec ses congénères, elle s'est rappelée à mon bon souvenir. Elles sont comme ça, les coquines, elles se mettent à vous ronger un petit bout de chair, par-ci, par-là. Qui un sein, qui un testicule, qui un rein, qui un ovaire, ensuite les poumons ou le foie, pour parachever leur œuvre. Le médecin dit qu'il espère qu'il n'y a pas de métastases ailleurs, mais qu'il faut m'enlever le sein droit sans faute. Bah, pour ce qu'il compte ! dit-elle avec une résignation qui nous saisit aux tripes.

— C'est toi qui comptes, mon chou. Je te connais, tu t'en sortiras. Promets-moi que tu t'en sortiras, l'implore Annabelle.

Elle aussi a pris entre-temps au moins dix ans et, pour une fois, accuse pleinement son âge. Quelles effroyables métamorphoses !

— Je ferai de mon mieux, ma chérie, rien que pour te faire plaisir. Ce qui m'emmerde, voyez-vous, c'est qu'après, c'est encore une chimio de six semaines, sinon deux ou trois. Nausées et vomissements garantis, comme l'autre fois. Dieu que j'étais malade, je pensais que j'y laisserais ma peau. En prime, à ce coup-ci, je perdrai tous mes cheveux. Avec la nouvelle thérapie qu'on me propose, cela ne ratera pas. L'été s'en vient, et je vais crever de chaleur sous une perruque ridicule.

Elle veut se montrer désinvolte, Edwige, mais cela ne prend pas. Nous la regardons, sidérées. Elle s'allume une nouvelle cigarette et se met à marcher en long et en large en réfléchissant à voix haute :

— Je laisse tomber, c'est décidé. Je n'ai pas du tout envie de repasser sur le billard, ni de vomir mes boyaux, ni d'être chauve. Je redoute le matin où, en me réveillant, je vais me retrouver sans un poil sur la tête. Quelle horreur, toute ma chevelure s'étalera sur l'oreiller, et moi, j'aurai la boule à zéro. D'après le médecin, cela arrive immanquablement, trois semaines après le début du traitement. Je n'ai pas le courage, les filles. Demain matin, première chose, j'annule mon rendez-vous. Je préfère attendre tranquillement la mort, avec tous mes cheveux sur le caillou.

— Et nous, qu'est-ce qu'on devient, y as-tu pensé? demande Victoria.

— Excuse-moi, mais pour le moment, je ne peux penser qu'à moi. Tu le sais mieux que nous toutes, toi qui n'as pas hésité à te foutre en l'air. Vous survivrez, probablement, à cette grosse perte.

Edwige essaie courageusement de cacher ses larmes derrière une grimace ironique qui me donne froid dans le dos.

— Ah, ça non! s'écrie soudain Annabelle, en se mouchant bruyamment. Tu iras à tes chimios, même si nous devons t'y emmener de force. S'il faut t'enlever l'autre sein, ils te l'enlèveront. Nous serons là à t'attendre quand tu sortiras de la salle de réveil, et nous resterons avec toi à l'hôpital, jour et nuit. Ils t'arrangeront les seins, j'en suis sûre. Déjà ton sein gauche ce n'était pas si mal que ça. Depuis, la chirurgie plastique a fait des progrès immenses. Tu redeviendras un 32 B, comme autrefois. Imagine un peu, tu seras plate comme une limande. Tout l'été, tu pourras te balader en t-shirt. Tu maigriras, bien malgré toi, je te l'accorde, mais tu l'auras, enfin, ta taille de guêpe, à vomir à longueur de journée. Quelle importance, puisque nous serons là pour essuyer les dégâts. Et nous irons avec toi te commander une perruque. Je pense qu'une petite coupe coquine t'ira à merveille. Après, tes cheveux ne repousseront que plus beaux.

— Et blancs.

— Tu les teindras. En vert, si tu veux. On s'en fout. Quoi qu'il arrive, tu seras belle. Tu ne peux être autrement que belle. Tu n'as pas le droit d'abandonner la partie, Edwige, cela ne te ressemble pas. Nous lutterons avec toi, chaque heure, chaque minute. Avec nous, tu vaincras.

— Pas de ça, Annabelle, s'il te plaît ! Ça ne prend pas. Tu parles comme dans ces dépliants qu'on distribue dans les services d'oncologie. Je vois déjà le titre : *Le Cancer, on peut le vaincre*, ou alors, encore mieux, *Cent trucs pour vivre heureuse avec son petit cancer tout mignon*. J'ai horreur de ce langage. Tu veux m'aider, c'est entendu, mais je connais trop la chanson. Je ne crois plus au père Noël. Je suis fatiguée de lutter. Je baisse les bras. Et je crève de peur. J'ai les jetons, je suis terrifiée et je ne veux plus rien entendre sur le sujet. S'il vous plaît, rentrez chez vous !

— Attends, Edwige, supplie Victoria, ne nous renvoie pas encore. Annabelle ne tient pas le langage de ces dépliants qui te rebutent, elle parle de tout cœur, avec tout l'amour qu'elle a pour toi. Si elle a été maladroite, il faut lui pardonner. Elle est affolée, nous le sommes toutes, mais nous pensons comme elle.

— C'est gentil, merci, mais vous n'avez rien à voir dans cette affaire. C'est *mon* histoire, *mon* cancer et *mon* combat. C'est entre le cancer et moi. Sauf que de ce combat-là, je n'en veux plus ! C'est bien mon droit, le seul qui me reste. Ne pas me faire opérer, ne pas suivre de traitement, c'est donc *ma* décision.

— Bien sûr. Mais nous sommes à tes côtés, avec toi. Naturellement, tu es affolée, découragée, à bout. Cela aussi est *ton* droit. Le nôtre est d'agir en ton nom. Prendre la relève, lorsque tes forces t'ont abandonnée. Malheureusement, aussi fort que nous t'aimions, nous ne pouvons ni sauver ton sein, ni être opérées à ta place, ni subir la chimio. Mais nous pouvons t'accompagner à tes rendez-vous, te tenir la main, rester avec toi. Accepte-le pour nous, au nom de notre amitié, même si tu as l'impression que cela ne t'apporte rien.

— Je vais y penser, Victoria, je vous le promets. Mais maintenant, s'il vous plaît, allez-vous-en. Je suis lessivée. Je vais me coucher.

— Oui, va te coucher, chérie, dit Annabelle. Mais moi, je reste. Je dors sur le canapé.

— Je reste aussi, murmuré-je, si je ne dérange pas.

— Bien sûr que nous dérangeons, déclare Victoria, mais nous restons toutes. Allez, Edwige, au lit !

Une fois Edwige couchée, nous sommes demeurées assises, prostrées, incapables du moindre mot. Edwige, dans sa chambre, pleurait. Probablement, la tête sous le duvet pour étouffer ses sanglots, mais nos nerfs étaient si tendus, nos oreilles tellement aux aguets que nous entendions chacun de ses soupirs. Annabelle se leva d'un bond toute prête à entrer dans la chambre d'Edwige.

— Assise, Annabelle ! lui ordonna Victoria d'un ton qui n'admettait aucune réplique. Laisse-la pleurer ! Elle en a besoin.

— Mais je ne peux pas, elle me crève le cœur.

— Le mien aussi, mais là ce n'est pas de nos pauvres cœurs dont il s'agit, mais d'Edwige. Si tu y vas, elle arrêtera de pleurer. Tu sais bien qu'elle s'empêche de pleurer devant témoins. Les larmes lui font du bien.

— Si nous ne pouvons pas aller la consoler, pourquoi restons-nous ici ? s'insurgea Annabelle. Nous disions que nous restions auprès d'elle, pas de l'autre côté d'une porte fermée.

— Toi-même, tu as dit que tu dormirais sur le canapé et pas dans son lit, comme tu le fais d'habitude. Nous restons ici pour qu'elle nous trouve de l'autre côté de la porte, si elle a envie de l'ouvrir et de nous parler. Nous restons ici, surtout, pour l'empêcher de faire une bêtise, si le désespoir devient insupportable. Quoi que nous essayions de faire, il ne faut pas oublier que c'est, comme elle l'a dit, de *son* cancer qu'il s'agit, et que, face à lui, elle est seule.

— Ce n'est pas compliqué, je ne peux pas l'accepter. Nous devons faire quelque chose.

— Oui, un autre thé, si Tina veut bien. Tu pourras aussi t'allumer une autre cigarette et en passer une à Tina, puisqu'elle semble avoir abandonné toutes ses bonnes résolutions. Et à moi aussi, tant qu'à faire. Cette nuit sera longue, et nos lendemains ne chanteront plus pour un bon bout de temps. Il nous faudra du courage. Et beaucoup de tact.

La nuit a été longue. Nous avons bu beaucoup de thé, ensuite, quand il n'en restait plus, des tasses d'eau chaude. Nous fumions en guettant chaque bruit qui venait de la chambre d'Edwige. Par moments, nous entendions de petits cris étouffés, des soupirs contenus avec peine, des sanglots. Par moments, nous nous assoupissions ou alors, lorsque nous nous sentions trop agitées, nous faisions les cent pas dans le salon.

C'est ainsi que, pour la première fois, j'ai pu admirer à loisir tous les beaux objets qu'Edwige avait ramassés. Et c'est ainsi que j'ai découvert dans un coin, près de la fenêtre, un guéridon surmonté d'une petite vitrine que je n'avais jamais remarquée, n'ayant jamais eu l'occasion de faire une inspection des lieux en bonne et due forme.

C'est là qu'Edwige gardait tous les cadeaux d'anniversaire que nous lui avions offerts. Non seulement eux, mais aussi, séchés, les pétales de toutes les roses qui les avaient accompagnés, et dans une corbeille d'argent les papiers d'emballage, joliment pliés, les nœuds qui les ornaient, une liasse de cartes de vœux, les dessins que Ninon lui faisait autrefois. Au milieu trônait la photo surexposée de nous quatre, hilares, prise par notre petit serveur vietnamien à l'un de nos jeudis du début. Il y a des siècles. Du temps où il nous était encore permis d'être hilares.

Il me semble, en effet, qu'il est très loin, comme un rêve à moitié effacé, l'été où j'ai connu mes amies. C'était du temps où Victoria achevait son post-doc. Elle travaillait souvent à la bibliothèque, puisqu'il lui était plus facile de faire ses recherches sur place. C'est à moi qu'elle s'adressait toujours pour consulter les microfiches et, de fil en aiguille, nous avons commencé à bavarder. Deux ou trois fois, à midi, nous sommes sorties manger nos sand-wichs sur un banc, au soleil. Et, puis, un soir, à la ferme-ture, elle eut l'idée de m'inviter à venir prendre un verre avec deux amies. «Elles s'appellent Edwige et Annabelle, me dit-elle. Je tiens absolument à vous les présenter, Tina. Je suis sûre qu'elles vous plairont.»

Victoria avait rencontré Edwige, quelques années aupa-ravant, en avion. C'était du temps où elle enseignait le français à Vancouver et où Edwige terminait ses études. Le vol avait été terriblement agité à cause d'orages électriques sur les Prairies et Edwige, comme la plupart des voyageurs, était terrassée par le mal de l'air. Les hôtesses ne savaient plus où donner de la tête. Victoria, qui était assise à côté d'Edwige, s'est occupée d'elle. Pour la remercier, celle-ci l'a invitée le lendemain à prendre le thé. Comme G. G. faisait à ce moment-là sa saison à Paris, Edwige avait beaucoup de temps devant elle. Victoria, quant à elle, ne connaissait personne sur la côte Ouest. Elles sont ainsi devenues amies. Par la suite, elles ont continué à s'écrire, à se téléphoner, une fois Edwige revenue à Montréal. Sans elle, Victoria s'ennuyait tellement qu'elle rentra, elle aussi, bien plus vite qu'elle ne le pensait. Annabelle s'y trouvait déjà. Les amandes philippines étaient d'ailleurs en pleine crise post-G. G. et si elles se sont finalement réconciliées, c'est en grande partie à la patience de Victoria qu'elles le doivent.

Je ne sais pas où j'ai trouvé le courage d'accompagner Victoria ce soir-là. Probablement qu'étant bien plus jeune, j'étais un peu plus audacieuse. Il va sans dire que ces deux femmes formidables m'ont inhibée à tel point que j'ai renversé dès le départ tout mon *Bloody Mary* sur mon corsage. Je prenais d'emblée le rôle de Bécassine. Cela les a beaucoup amusées. C'est vraisemblablement l'une des raisons pour lesquelles elles ont insisté pour qu'on se tutoie immédiatement, et aussi qu'on se revoie toutes les quatre. Je devais leur paraître une espèce rare, en voie de disparition : une femme pieds et poings liés par le saint nœud du mariage et contente de son sort. Une femme ravie d'être sous joug, ne cherchant aucunement à s'en secouer. À moins que ce ne fût mon air égaré, qui me classait aussitôt parmi leurs œuvres de bienfaisance. Toujours est-il que, de verre en verre, le rituel des jeudis fut vite adopté, et ce n'est pas moi qui m'en plaindrai.

Sur cette photo, nous étions si jeunes. Eh oui ! Jeunes et bien moins altérées par les soucis, nous pouvions donc rire toutes les quatre aux éclats. Même moi, malgré ma frousse de commettre un impair, même Victoria, car c'était des années avant que Nathalie ne s'envole.

Pour une découverte, c'était une découverte. Edwige à tel point fleur bleue, personne ne l'aurait cru. J'ai fait signe aux deux autres d'approcher. Nous avons longuement regardé la photo et l'avons abondamment arrosée de nos larmes.

Ensuite, nous nous sommes recroquevillées, chacune dans son coin, sans parler. Que pouvions-nous dire d'ailleurs? Chacune d'entre nous essayait, sans trop de succès, d'apprivoiser sa propre angoisse. Nous étions bien sûr inquiètes pour Edwige, mais aussi – pourquoi se le cacher? – pour nous-mêmes. À un certain moment, j'ai surpris Annabelle qui se palpait furtivement les seins sous le pull. Victoria devait sûrement penser à sa mère, emportée par le cancer du sein, et calculer ses facteurs de risque. Quant à moi, je me voyais déjà chauve, ahanant de douleur sur mon lit de mort. Qui me regrettera le plus, Nicolas ou Ninon? Est-ce bien elle ou lui qui aura le courage de supplier les médecins d'arrêter de s'acharner sur mon corps émacié et de m'administrer des tonnes de morphine, s'il le faut, pour que je parte au plus vite?

À l'aube – qu'est-ce que le jour se lève tard en cette saison! – un coup vigoureux de sonnette nous a fait sursauter. Nous nous sommes regardées, interdites, en émergeant non sans mal de cette nuit de cauchemar. C'était Ninon, dépêchée par Nicolas. Sachant que sa présence, dans les circonstances, était peu désirable, il nous l'envoyait en émissaire avec des croissants et des cafés chauds. Tiens, tiens, à lui, elle a répondu au téléphone, à moins qu'il ne soit allé en personne la tirer du lit. Béni soit-il, bénie soit-elle!

D'un regard circulaire, Ninon a saisi notre état de zombis délabrés et les cendriers pleins de mégots, et a jeté sur la table des paquets de cigarettes.

— Papa a dit que vous en aurez sûrement besoin. Vous avez dû finir depuis longtemps toutes vos réserves.

D'autant plus qu'il était certain que Maman avait craqué. Victoria aussi, d'après ce que je vois, à la bonne heure !

Puis, sans nous demander ce que nous en pensions, sans même frapper à la porte, elle s'est engouffrée dans la chambre d'Edwige portant sur un plateau cafés, croissants, cigarettes. Et elle a bien fermé la porte derrière elle.

Nous nous attendions à de vives protestations, à une Ninon renvoyée sur-le-champ, sans ménagements. Qui d'entre nous aurait osé franchir la porte du sanctuaire sans frapper ? Cinq minutes, dix minutes ont passé, quinze, vingt, et Ninon n'était toujours pas congédiée. Que fabriquaient-elles, toutes les deux ? C'en était inquiétant.

Tout à coup, un éclat de rire, celui de Ninon, suivi de celui d'Edwige. Quel miracle était en train de s'opérer de l'autre côté de la porte ? N'y tenant plus, sans nous consulter et sans frapper non plus – si Ninon a des passe-droits, pourquoi pas nous ? – nous nous sommes précipitées dans la chambre.

Les deux, bien calées dans les oreillers, fumaient en sirotant leur café. Je croyais rêver : Ninon, avec son jeans crotté et ses chaussettes trouées, se vautrait dans les draps de percale d'Edwige. Tous les croissants avaient disparu et Edwige, malgré une mine de déterrée, nous accueillit avec un sourire badin :

– Non, mais vous en avez une tête ! Vous êtes-vous vues ?

– La tienne ne vaut guère mieux, ma vieille. Bonjour Philippine, lui rétorqua Annabelle, comprenant que le vent avait changé de direction et qu'Edwige attendait que tout redevienne comme avant. Ha, ha, je t'ai eue, j'ai gagné et j'exige qu'on me dise immédiatement ce qui vous faisait tant vous marrer.

— Je ne sais pas si je peux, se défendit Edwige, c'est un secret entre Ninon et moi.

— Tu peux leur dire, vas-y, concéda Ninon, magnanime.

— Je n'oserais jamais. Ta mère va te tuer, et je ne veux pas en porter la responsabilité. À toi, l'honneur.

— OK. Une fois, quand j'ai séché l'école, Edwige m'a surprise en train de boire de la bière et de fumer des joints avec des copains au Belvédère. Il est vrai que ce n'était pas très brillant de me tenir dans son coin, mais comme j'étais complètement schlass, je ne me suis pas méfiée. Edwige était dans son bazou et elle a freiné tellement fort que ses pneus ont crissé d'effroi. Elle est sortie de la voiture, rouge de colère, et s'est mise à me crier dessus devant les copains, qui ont aussitôt pris la fuite, les salauds. Elle voulait que je retourne en classe illico. Je lui ai expliqué que l'école pour moi c'était fini, que je ne retournerais ni ce jour-là ni aucun autre. Et alors, elle m'a dit qu'elle m'y emmènerait par la peau du cou, s'il le fallait.

— Et avec des coups de pied au cul, ajouta Edwige en riant. Et c'est ce que Ninon m'a dit, tout à l'heure. Qu'elle m'emmènera ce matin à mon rendez-vous chez le médecin par la peau du cou et avec des coups de pied au cul ! Voilà. Ça nous a bien fait rigoler.

— Oui, c'est exactement ça. Mais Edwige est un bon petit soldat raisonnable, je n'aurai donc pas besoin de la porter, bien qu'il y ait des coups de pied au cul qui se perdent, précisa Ninon, avec nonchalance. Nous étions justement en train de planifier notre journée. Je l'accompagne chez le toubib, tout à l'heure. Je fais aujourd'hui l'école buissonnière, mais Edwige, pour une fois, est bien d'accord. Nous ferons ensuite quelques courses.

— Oui, Ninon tient à aller voir des perruques avec moi et prétend qu'il me faut aussi deux ou trois déshabillés affriolants pour l'hosto.

— Bien sûr qu'il lui en faut, nous expliqua Ninon. Je la vois mal se promener dans les couloirs, vêtue de ces abominables blouses bleues qui laissent le derrière nu. Ça fait mauvais genre. Et puis, pour la perruque, je sais mieux que vous ce qu'il lui faut. Vous êtes toutes trop conservatrices, même toi, Annabelle, tu m'excuseras.

— Tu m'en diras tant. Et nous, on fait quoi?

— Vous, les femmes, au boulot! Pas question de faire l'école buissonnière. Ce n'est vraiment pas le moment de chômer. Il nous faut du blé, beaucoup de blé. Nous avons décidé avec Edwige que, dès qu'elle se remettrait sur ses pattes, nous partirions toutes les cinq en croisière aux Antilles. Une vraie croisière, dans de vraies îles, cette fois-ci, sur un vrai paquebot. Histoire de faire des ravages avec sa nouvelle perruque. Elle m'a promis aussi que, si elle maigrissait réellement à gerber sans arrêt, elle se mettrait en maillot deux pièces. Je n'ai pas encore réussi à la persuader pour le bikini, mais j'y arriverai. Vous verrez. Elle ne saura plus où donner de la tête. Mais elle m'a juré qu'elle me passerait ses soupirants surnuméraires. J'y compte, hein? Je me débrouille comme un pied, toute seule, ces temps-ci.

Nous ne nous fîmes pas prier pour les rejoindre au lit. Et, comme sur la vieille photo, nous avons toutes ri aux éclats, même si le cœur n'y était pas tout à fait.

Le sort, on doit le conjurer, vaille que vaille : sur ce Radeau de la Méduse, même s'il nous fallait naviguer à vue sur une mer déchaînée, même s'il nous fallait y laisser des plumes, nous réussirions peut-être à atteindre l'île où nous serions toutes sauvées.

Chapitre 8

C'est la fête !

Il m'arrive une drôle de chose. Je me sens toute légère, j'ai des fourmis dans les jambes, j'ai envie de danser. C'est une radieuse journée, comme seul le mois de mai sait nous en offrir. Toute la ville sent le lilas et le muguet. Et les tilleuls vont bientôt fleurir. Grisée par tous ces parfums, il me prend des envies bizarres, même celui de m'acheter du rouge. N'importe quoi, une jupe, une veste, un débardeur, pourvu que ce soit rouge. À midi, c'est promis, je saute le déjeuner et je fais des courses. Je continuerai en sortant de la bibliothèque, si je n'ai pas terminé. Au diable l'avarice, les cartes de crédit ne sont pas faites pour les chiens et je peux quand même me permettre quelques coquetteries, malgré ma cinquantaine bien entamée. Mieux vaut tard que jamais.

Je ne porte jamais de rouge, je n'ose pas. C'est trop voyant, trop agressif ; mon teint terreux, mes cheveux couleur de queue de souris pelée n'en ressortiraient que davantage. Mais aujourd'hui, j'ai tous les courages. Et si je m'autorisais aussi quelques mèches auburn ? Et du vernis très rouge sur les ongles ? Quelle idée ! Je n'irai jamais jusque-là, pour des raisons que je connais bien, mais que je n'ai pas envie de cataloguer aujourd'hui. Aujourd'hui, le soleil brille et c'est la fête !

Edwige a fini son premier cycle de traitements. Hélas, le sein droit est parti, pour suivre le gauche à la poubelle, mais elle est partie aussi, la méchante tumeur maligne. Ouf!! Et le plasticien a fait un bon travail, nous rassure Annabelle, la seule qui a été autorisée à voir les vilaines cicatrices. Malheureusement, les nausées ne l'ont pas épargnée, notre amie a vomi tant et plus, elle est faible et amaigrie, elle doit se coltiner encore deux autres cycles de chimio, avec de nouvelles nausées et vomissements à la clé. Nous avons bien sûr tremblé, pleuré souvent, et la partie n'est pas tout à fait gagnée, mais son chirurgien nous a annoncé triomphant qu'il a pu enlever tous les ganglions atteints et qu'il n'a pas trouvé de métastases. Par-dessus le marché, la perruque qu'elle a choisie avec Ninon lui va drôlement bien.

Ce soir, chez notre petit Vietnamien, nous aurons beaucoup de victoires à fêter. Et planifierons aussi notre croisière. Je ne sais pas si, en fin de compte, nous la ferons. Jusqu'en septembre, beaucoup d'eau doit couler sous les ponts et des tas de malheurs peuvent encore faire chavirer notre radeau, mais, pour l'heure, nous sommes décidées à partir, et c'est le principal. Autant de raisons pour lesquelles il me faut du rouge, du très rouge, brillant et éclatant, et ce ne sera pas du luxe.

J'arrive essoufflée au restaurant. Mais en arborant du rouge. Bah, ce n'est pas grand-chose, me direz-vous, un foulard rouge à pois blancs (j'adore!) et des ballerines rouges, qui me blessent les pieds et qui ne font pas très bon genre. Je me dis que si j'ai le cran de les remettre, je finirai par les casser. Je suis aussi allée chez le coiffeur qui, sans réussir à m'embobiner suffisamment pour me faire des mèches contrastantes, m'a quand même fait un shampooing colorant et une permanente. Je ne reconnaissais pas ce visage anxieux, encadré de petites boucles châtaigne, qui m'a tiré la langue dans le miroir tout à l'heure, et je ne suis pas sûre qu'il me plaise. Finirai-je par m'y habituer ? Toujours est-il que je suis accueillie au restaurant avec des bravos et des applaudissements fournis. Même le serveur y va d'un joli compliment accompagné d'un discret clin d'œil de connaisseur et me fait un baisemain en me félicitant pour mes ongles vernis. De rose pâle.

Horriblement gênée, je distribue des bises et renverse un verre d'eau. Rires et exclamations ironiques fusent. Ça commence bien !

Toutes les copines se sont mises en frais. Annabelle est éblouissante en vert Nil, Victoria porte un chemisier crème qui l'avantage bien plus que les noirs et les gris auxquels elle s'était remise dernièrement. Edwige, quant à elle, un peu pâlotte, il est vrai, arbore sans retenue un grand sourire, sa perruque couleur de blé et un t-shirt blanc qui la rajeunit. Elle a l'air d'une gamine espiègle toute contente de nous avoir joué un mauvais tour. C'est vraiment la fête !

Comme toujours, c'est Annabelle qui donne le *la* de la soirée en commandant du champagne. Le serveur s'empresse de nous apporter du mousseux espagnol, nous assurant qu'il vaut le champagne, le restaurant, peu habitué à une clientèle si prodigue, ne tenant pas ce genre de consommations. Quelle importance, nous trinquons de bon cœur. Sous l'effet du mousseux, Edwige prend des couleurs à vue d'œil, elle fait plaisir à voir.

— Tes cheveux, Tina, ce n'est pas vraiment une réussite, mais c'est quand même un bel effort, admet Annabelle.

— Pas de coups bas, Annabelle, pas ce soir, s'il te plaît, la rabroue Victoria.

— Bien, Maman, minaude celle-ci. Raconte-nous plutôt comment vont tes amours slaves.

— Très mollement. Nous avons tous les deux beaucoup de bonne volonté, mais les dieux sont contre nous. Ou plutôt, Tania, qui vit sa crise d'adolescence en s'appliquant à nous gâcher la vie. En ce moment, elle est boulimique. Elle peut avaler deux litres de crème glacée et, ensuite, pleurer à longueur de journée en disant qu'elle est grosse et laide, que personne ne la regarde et qu'elle veut mourir. L'autre jour, elle s'est fait faire des tatouages sur le bras et du piercing sur la lèvre, le nez et le nombril. Gyuro a complètement déjanté. Il n'ose plus la quitter des yeux, de peur qu'elle n'ait d'autres initiatives du genre. Il n'y a donc pas beaucoup de place pour des effusions. Mais nous avançons à pas de géant dans nos discussions philosophiques. Celles-ci peuvent se faire par courriel, ajoute-t-elle, avec une petite moue qui m'attriste.

— C'est mieux que rien, la rassure Edwige. Tout n'est pas perdu, s'il est toujours dans le décor, n'est-ce pas ? Il te faut quand même une sacrée patience, pauvre chou.

— Mariez-la, la petite, cré nom de nom, s'esclaffe Annabelle.

— T'en as des idées, toi ! Trinquons plutôt à la santé d'Edwige, propose Victoria, qui a visiblement envie de changer de sujet. Mais, dis donc, Tina, Ninon ne devait pas venir, ce soir ?

— Je ne crois pas, me mets-je à bafouiller, mal à l'aise. Elle est prise, qu'elle dit, mais je ne sais pas ce qu'elle mijote. Elle m'évite, dernièrement, et je n'aime pas ça. À vrai dire, je suis inquiète.

— Ce qui ne te change pas ! s'écrie Annabelle. Elle va bien, ta fille, rassure-toi, mais rien ne l'oblige à te rapporter tous ses faits et gestes.

J'ai un coup au cœur. Annabelle a l'air de savoir quelque chose sur ma fille, chair de ma chair, sang de mon sang, que moi, j'ignore. Comme je n'ai pas Ninon sous la main pour lui passer un bon savon, je me mets à en vouloir à Annabelle. D'autant qu'elle arbore un méchant rictus que je ne lui connais pas. Il n'est pas beau à voir, il ne lui ressemble pas, il n'augure rien de bon. Mais je suis trop en colère pour m'y attarder. J'aimerais l'étriper, Annabelle. J'ai les mains qui tremblent et, dans mon désarroi, je renverse de la sauce soya sur mon joli petit foulard rouge. Il est foutu à jamais, tout comme est foutue ma soirée. Des larmes me montent aux yeux et, à la vue de ma déconfiture, personne n'a le cœur à rire. J'enlève mon foulard, dépitée, et le fourre dans mon sac. Si j'osais, je me lèverais et m'enfuirais. Brusquement, je n'ai qu'une envie : me coller contre Nicolas, sentir ses bras autour de moi, et pleurer tout mon soûl pour qu'il me console. Pour qu'il me console d'être gauche et empotée, d'avoir l'air ridicule avec mes bouclettes, d'avoir été trahie par ma fille. Lui seul comprendrait. Victoria, encore elle, vient à ma rescousse :

— Si tu nous racontais ce que tu sais, Annabelle, puisque tu sembles être dans le secret des dieux.

— Je ne sais pas si je peux, dit-elle. Ninon m'a demandé la plus grande discrétion.

— Je suis sa mère, tu dois me dire ce qu'il en est, si elle est en danger.

— Mère poule, va ! Rassure-toi, ta fille ne court aucun danger. Tu as le bonheur d'avoir un bijou de fille comme Ninon, et tu la traites en sale gamine qui a encore la morve au nez. Tu devrais lâcher du lest.

— Tu n'as pas le droit de me faire la leçon, tu ne sais pas ce que c'est comme souci d'avoir un enfant, m'écrié-je, regrettant immédiatement cette méchanceté gratuite.

— Non, tu as raison, je ne le sais pas, rétorque Annabelle, et le voilà encore, le rictus qui déforme son sourire. Je vois, par contre, poursuit-elle, que Ninon avait bien raison de ne pas vouloir t'en parler. Tu es tellement coincée, remplie de préjugés et de bons sentiments que si tu savais de quoi il retourne, tu te dépêcherais de mettre de l'ordre dans une aventure, somme toute, assez anodine.

— Que tu as manigancée, n'est-il pas vrai? demande Edwige. Je te connais suffisamment bien pour t'en savoir tout à fait capable.

— Ah, pas du tout, alors! se défend Annabelle avec véhémence. Je n'ai rien manigancé du tout, ma petite dame. Ninon est assez grande pour se fourrer dans le pétrin toute seule. Nous avons déjeuné ensemble, avant-hier. Puisque la sorcière mexicaine est partie voir ses parents, la petite, un peu désemparée, ne savait plus vers qui se tourner pour recevoir quelques conseils éclairés. Remarquez que pour les affaires de cœur, disons, pour ne pas froisser la susceptibilité de Tina, je suis la personne tout indiquée. Elle sait qu'à moi, plutôt qu'à sa mère, elle peut raconter des choses un peu piquantes puisque, dans le domaine, j'en ai vu d'autres.

Un voile noir s'abat sur mes yeux, une méchante bouf-fée de chaleur me submerge, j'ai chaud, j'ai froid, je frissonne:

— Qu'est-elle encore allée chercher comme ennuis? Si c'est une aventure anodine, pourquoi dis-tu qu'elle se fourre dans le pétrin? Parle, nom de Dieu!

— Du calme, la lionne. Arrête de rugir, il n'y a pas de quoi faire un fromage, mais je vois que Ninon te connaît bien. «Pas un mot à Maman, jure-le-moi», m'a-t-elle dit. Tant pis, je te le dis quand même: il s'agit d'un petit flirt, sans lendemain, j'espère, mais qui lui fait drôlement du bien pour le moment, à en juger par les petites étoiles qui scintillaient dans son regard pendant qu'elle m'en parlait.

Elle couche un peu, si tu veux tout savoir, ce qui vaut toujours mieux que d'essayer de faire revenir par les philtres de la sorcière mexicaine son amoureux à la noix.

— Elle couche un peu ! Comment peut-on coucher un peu, explique-le-nous, l'experte, lance Edwige.

— Bon, si vous y tenez ! Mais je vous préviens, c'est d'un banal ! Ça a commencé à l'hôpital, après ton opération, Edwige. Nous tournions en rond dans le couloir en attendant de nous asseoir à notre tour à ton chevet. Nos babillages, quand nous étions ensemble autour de toi, te fatiguaient. Dans un couloir d'hôpital, les bavardages vont bon train, car les heures sont longues. Les gens ont le temps de se connaître, les langues se délient. Chacun raconte ses malheurs, on échange des confidences, on se passe des kleenex, on va chercher des cafés. C'est ainsi que nous apprîmes que dans la chambre voisine de la tienne se trouvait une jeune femme, vraiment mal en point. Elle avait perdu son bébé, ne pouvait plus avoir d'enfant et son mari, tout à son désir de procréer, venait de se tirer avec une nana féconde qui était fin prête, elle, à lui donner un descendant. Grosse déprime chez ta voisine et, sur ces entrefaites, elle apprend en plus qu'elle a un cancer de l'utérus qu'il faut opérer sur-le-champ. Elle décide, la malheureuse, de se ficher en l'air, mais on la sauve *in extremis*. Tu t'en souviens, Tina, n'est-ce pas ?

— Oui, bien sûr. C'est terrible, mais que fait Ninon là-dedans ?

— Minute, j'y arrive. Comme Odette, c'est le nom de la jeune femme, était encore dans les brumes, mais qu'il fallait tout de même lui enlever l'utérus sans tarder, on a fait venir le mari pour qu'il signe les documents. Celui-ci, bien évidemment, tombait des nues. Il n'était au courant de rien, ayant déménagé quelques semaines plus tôt. Après l'opération, perclus de culpabilité, il ne quittait plus l'hôpital, mais n'osait pas entrer dans la chambre d'Odette, qui avait d'ailleurs déclaré qu'elle ne voulait plus jamais le revoir.

— Et j'ai dit alors, comme je le dis maintenant, que c'est bien fait pour lui, le salaud !

Je suis si enragée que je perds tous mes moyens. La grosse boulette de Nicolas me saute en pleine figure, bien que par comparaison avec les agissements de ce jeune homme, elle ne fût qu'une vétille. N'empêche, je lui en veux à Nicolas, au point que je ne souhaite plus du tout que ses bras m'entourent ni qu'il me console. Je lui en veux comme au premier jour, et je me sens solidaire de cette jeune femme, dont la souffrance ne me rappelle que trop les trois mois d'enfer qu'il m'a fait vivre. Tous les mêmes, dirait Ninon. Mais, au fait, quel rôle joue-t-elle dans cette sale histoire ? Je ne sais pas si je veux vraiment le savoir, tant j'ai de l'appréhension.

— Comme tu y vas, Tina, pourquoi le salaud ? chuchote Annabelle d'une voix fielleuse. Tu es mauvais juge dans les affaires de cœur, tu n'y connais rien, sortie de ton Nicolas adoré qui a osé jeter sa gourme une seule petite fois, pour mieux regagner ses pénates la queue entre les jambes. Depuis, tu es devenue tellement prêchi-prêcha qu'on va finir par te canoniser de ton vivant. Je n'ai encore rien dit, et tu rends déjà un verdict de culpabilité. Pourtant, tu étais avec nous à l'hôpital, mais comme d'habitude, tête en l'air comme tu es, tu n'as rien vu venir, n'est-ce pas ?

— Mais non, je n'ai rien vu venir. Qu'y avait-il à voir ? Ninon est sociable, elle parle à tout le monde, elle parlait à ce garçon aussi. Puis après ! Il n'y a que toi qui vois des histoires salaces partout.

– Puisque c'est comme ça, je ne raconte plus rien. Parlons d'autre chose, voulez-vous ?

– Non, s'écrie Edwige, on ne parlera pas d'autre chose, tant que tu ne nous diras pas tout ce que tu sais.

– Voyons, Edwige, sainte Tina a tout compris. Son flair de mère ne lui a pas fait défaut. Ninon a couché avec le jeune homme, par amitié, c'est entendu. Ce n'était pas ce qu'elle cherchait, bien sûr, mais ces choses-là arrivent parfois malgré les meilleures intentions. Et la gamine en avait, je peux vous le confirmer. Voyez-vous, cette histoire l'avait tellement émue qu'elle s'était mise en tête de sauver ce couple, vaille que vaille, de le rapiécer par tous les moyens. Or, certains ne semblent pas du tout du goût de sa sainte mère, voilà. Ce n'est pas la peine de s'appesantir là-dessus. Mangeons !

– Mais encore, Annabelle, l'aiguillonne Edwige. Vas-tu finir par nous dire comment ça s'est passé, en nous faisant grâce de tes vacheries ?

– En un mot comme en cent, Ninon n'avait plus que ce couple en tête qu'il lui fallait sauver du naufrage. La voilà garde-malade d'Odette, confidente de Boris – notre jeune homme – et médiatrice. Quand elle n'était pas à ton chevet, Edwige, d'une main elle réconfortait Odette, lui donnait à boire, lui caressait les tempes, lui massait la nuque, lui promettait l'Eldorado si seulement elle acceptait de s'expliquer avec son mari, de l'autre, elle tapotait la joue de Boris, le rassurait, l'encourageait à pousser la porte de la chambre de sa femme et à lui demander pardon à genoux. Nous connaissons Ninon. Elle veut bien faire, mais elle en fait trop. Elle a tant fait l'éloge de Boris, a tant vanté ses mérites auprès d'Odette, qu'elle est tombée dans son propre piège et la voilà, à son insu, sous le charme de ce jeune homme qui, je dois l'admettre, en a à en revendre. Tu ne peux quand même pas nier ça, la mère.

— Je ne me souviens même pas de sa tête, j'avais autre chose à faire à l'hôpital que d'observer qui a du charme et qui n'en a pas.

— Bien sûr, tu es une amie dévouée qui n'avait qu'Edwige en tête. Alors que moi…

— Basta ! intervient Victoria. Vous parlerez chacune à votre tour. Laisse Annabelle continuer. Je voudrais quand même comprendre.

— Elle le console donc, reprend Annabelle, et, malgré la grande culpabilité qui le dévore, notre Boris n'oppose aucune résistance. Disons, à sa défense, qu'il s'était peut-être un peu mépris sur les intentions de Ninon et que, dans l'état où il se trouvait, il avait besoin de se faire un peu de bien. Et probablement que Ninon n'a pas su dire non. Ils sont jeunes, c'est le printemps, la sève monte, ce n'est que normal. Ninon, entre deux étreintes, continue cependant son travail de médiatrice, tant et si bien que Boris finit par pousser la porte de la chambre de sa femme. Larmes, promesses de bonne conduite. Rideau. Depuis qu'Odette est rentrée de l'hôpital, Ninon passe pratiquement toutes ses soirées avec elle à lui remonter le moral, mais elle commence à en vouloir sérieusement à Boris qui, tout content qu'Odette ait une baby-sitter digne de confiance, doit prétendument aller donner congé à l'autre nana, avant de se ranger des voitures. Sauf que la nana ne comprend pas vite, et le congédiement s'étire un peu en longueur au goût de Ninon ! Histoire banale à souhait, mais notre petit ange n'en mène pas large en ce moment. Et en plus elle se met à culpabiliser, elle aussi.

— Que lui as-tu conseillé, à ma fille, si ce n'est pas trop indiscret de te le demander ?

— Les nerfs, pompon, Tina. J'ai rassuré Ninon sur sa conduite, et je lui ai conseillé de profiter un peu de ce mec au lit car, paraît-il, il se débrouille assez bien de ce côté-là, et de prendre surtout garde de ne pas en tomber amoureuse. Je n'ai fait que lui répéter bêtement tous les conseils que me donnait ma tantine. Je lui ai aussi rappelé le tarot de sa sorcière mexicaine. Elle l'avait prévenue que ce serait un peu compliqué. Ninon est servie, c'est compliqué à souhait. Mais je lui ai aussi rappelé que la lame de tarot qui la représentait était la Force. Elle passera à travers cette épreuve, sans y laisser sa peau. Donc tout va bien, ricane Annabelle.

— Tu n'es pas sérieuse, Annabelle, lui dis-je, en essayant de ne pas lever la voix. Pour rester dans ton registre, si je me souviens bien, Carmelina a aussi parlé d'un enfant, donc tout va pour le mieux, je n'ai vraiment pas de quoi m'énerver, n'est-ce pas ?

Pendant tout cet échange, Victoria se borne à siroter son mousseux. Pourquoi ne vient-elle pas, comme d'habitude, à ma rescousse ? Je lui jette un regard implorant, mais elle tourne la tête et recule sa chaise comme pour montrer qu'elle ne veut vraiment pas participer au débat. Finalement, je n'y tiens plus :

— Dis quelque chose, Victoria, qu'est-ce que t'en penses ?

— Le problème est que je n'en pense rien ou, plutôt, que je ne sais pas quoi penser. Ça me semble assez inextricable. Il ne s'agit plus, hélas, de faire ici un procès d'intentions, puisqu'il y a eu méfaits. En vérité, Tina, tu es en très mauvaise posture. Bien sûr qu'il t'est difficile de ne pas prendre partie. Tu ne peux ni souscrire à cette liaison ni y donner ta bénédiction. Tout ce que je peux dire, c'est que je déplore que Ninon se soit laissé prendre le doigt entre l'arbre et l'écorce. Sa générosité lui joue un vilain tour. Mais personne n'a de solution à proposer. C'est elle qui doit la trouver et vivre avec sa décision, quelle qu'elle soit.

— Qu'est-ce que je fais, alors ?

— Si tu peux, tu ne fais rien. Tu essaies de laisser vivre ta fille. Si elle se casse la figure et vient pleurer chez toi, comme d'habitude, tu la mouches, tu lui sers un grand bol de soupe de poulet aux nouilles et tu t'abstiens de lui faire des remontrances.

— Je ne peux pas, Victoria, c'est insensé ! C'est ignoble, c'est immoral et pas digne de Ninon.

— Et pourquoi donc, dragon de vertu, est-ce immoral et pas digne de Ninon ? demande Annabelle suavement. Tu veux la faire entrer dans les ordres ? Écoute ce qu'elle te dit, notre philosophe, et fous-lui la paix, à Ninon. Mange plutôt ton bœuf. Il est déjà froid et tout figé dans sa sauce. Edwige, pourquoi est-ce que tu ne manges pas ? s'inquiète-t-elle. Tu n'es pas bien, chérie ? Tu n'aimes pas ? Veux-tu qu'on te commande autre chose ?

— Non, ça va, mais je n'ai plus faim, merci. Je réfléchis à ces aventures. Parfois, elles finissent en queue de poisson. Vous souvenez-vous du Dr Meyer ?

— Ton chirurgien ? dit Annabelle. Tu parles, si je m'en souviens ! Avec les yeux qu'il se paie, le sacré bonhomme, comment pourrait-on l'oublier ? J'ai le souffle coupé dès que je pense à lui. Ces yeux, quand il nous a regardées par-dessus le masque, m'ont fait frissonner, malgré le sang d'encre que je me faisais pour toi. Il avait oublié de l'enlever dans sa hâte de venir nous dire que tout s'était bien passé. Il est formidable, ce gars. Tiens, je me ferais bien opérer, rien que pour pouvoir contempler ses beaux yeux.

— *Primo*, tu ne verrais rien, puisque tu serais endormie, *secundo*, tu n'en tirerais pas grand-chose, car il est marié, ne puis-je m'empêcher de préciser avec hargne. J'ai vu son alliance.

— Et puis, sainte Tina ? Je n'ai pas à t'expliquer que je suis bien plus immorale que ta Ninon, et pas honteuse du tout d'avouer qu'un homme, marié ou pas, s'il me botte, ce n'est pas une alliance qui me fera reculer. S'il cède à mes charmes, tant mieux. Sa femme n'avait qu'à mieux le tenir. Jusqu'à preuve du contraire, nous n'avons qu'une vie, misère de misère, et il faut la vivre du mieux qu'on peut. Après, on verra. Quoi qu'il en soit, pour le Dr Meyer, je serais fin prête à me damner et à aller en enfer, conclut-elle.

Le vilain rictus revient sur ses lèvres. Les deux autres ne le voient-elles pas, ou alors, dans le feu de la discussion, décident-elles, tout comme moi, de l'ignorer ?

— Il était marié, précise Edwige. Les infirmières m'ont raconté qu'il était en instance de divorce. Une des jeunes internes lui a fait un bébé à son insu. Il ne l'a appris qu'après l'accouchement.

— Un bébé, mais c'est insensé ! s'exclame Victoria, incrédule. Beaux yeux ou pas, il doit avoir près de la soixantaine.

— Et alors ? Il a encore tous ses cheveux et, probablement, toutes ses dents, vu son sourire. Pourquoi ses spermatos ne se porteraient-ils pas bien ? essaie de le défendre Annabelle, en cachant mal son dépit. Tant mieux pour lui ! Et n'ayez pas peur, il laisse sûrement à sa femme la belle baraque, la Mercedes au garage et ses REER. Nous savons toutes comment ça marche dans ces cas-là.

— C'est dégueulasse, dis-je, dégoûtée. Et pour que tu ne me demandes pas pourquoi je crois que c'est dégueulasse, je vais te le dire, Annabelle.

Décidément, ce soir, je ne me reconnais plus. Moi, qui d'habitude ne moufte pas, qui m'efface, je prends le crachoir plus souvent qu'à mon tour. Il faut croire que j'en ai gros sur la patate.

— C'est dégueulasse et, encore une fois, c'est ignoble et immoral, et tu peux toujours me rire au nez. Le bon docteur est à l'âge d'être grand-père et voilà qu'il va se pavaner dans le rôle de l'heureux papa. Ça lui ira bien, va, de pousser un landau. Alors que sa pauvre femme, probablement flétrie et plus ridée que la jeune interne, n'aura pour se réconforter que sa ménopause et ses yeux pour pleurer, dans sa belle baraque, avec la Mercedes dans le garage et les REER pour ses vieux jours. Je lui souhaite de tout cœur, à ton beau Dr Meyer, que la jeune interne le fasse cocu au plus vite. Qu'il lui pousse sur le front des cornes de deux mètres ! C'est tout ce qu'il mérite.

— Oh là, là ! Non, mais elle cause, Tina, quand elle le veut. Il suffit de tourner la clé et elle part au quart de tour. Que veux-tu, ma vieille, le monde est ainsi fait, ce n'est pas nous qui le changerons, décrète Annabelle, en me défiant. Tu me prends la tête, ce soir, avec ta morale, tu sais. Mange, je te dis, et au lieu de nous asséner tes principes à la noix, prends garde à ta manche, elle traîne dans la sauce.

— Allez-vous arrêter ? se fâche Victoria. Ce soir, nous étions censées faire la fête, pas nous déchirer. Nous fatiguons inutilement Edwige à nous mêler de choses sur lesquelles nous n'avons aucune emprise. Comment vas-tu, chérie ? Parle-nous de toi.

— Plutôt bien. Réellement. Mais je suis encore un peu fatiguée. Le prochain traitement me fait assez peur. On ne sait jamais comment l'organisme réagit d'une fois à l'autre.

— Tu le commences quand ?

— Dans deux semaines. Mais vous n'avez vraiment plus besoin de m'y accompagner. Il est temps que nos vies à toutes reprennent leur cours normal.

— Tu ne penses quand même pas qu'on va te laisser seule à l'hosto toute la journée ? se vexe Annabelle. On y sera comme d'habitude et on te tiendra compagnie pendant le traitement, on t'apportera à boire, tu sais comme tu as soif. Puis, toute la sainte journée, le goutte-à-goutte planté dans ta veine, il y a de quoi devenir chèvre.

— Je ne serai pas toute seule. Dominique aura ses transfusions le même jour. Nous irons ensemble.

— L'ineffable Dominique ! Ce barbu en fauteuil roulant qui s'occupe de votre réseau de malades et qui s'efforce de remonter le moral de tout le monde alors que le sien doit être dans ses chaussettes ? ricane Annabelle. Ne me dis pas qu'il te conte fleurette.

— Oui, en effet, il s'agit de ce monsieur très bien, qui est malade comme moi, et, pour le moment, incapable de marcher à cause de l'anémie, raison pour laquelle il se fait transfuser. Mais qui a vraiment le moral, corrige Edwige, piquée à vif.

— Transfusion ou pas, c'est un infirme, et son cancer à la prostate l'a sûrement rendu impuissant, s'insurge Annabelle, alors oublions-le, veux-tu !

Tout d'un coup, se rendant compte de sa gaffe, elle rougit comme une tomate.

— Annabelle, voyons ! nous écrions-nous en chœur, Victoria et moi, réellement choquées par cette ruade mal venue. Tu n'as pas honte ?

— En voilà assez ! se fâche Edwige. J'ai dit que nos vies doivent reprendre leur cours normal. Cessez de me surprotéger. J'ai un cancer, et alors ? Cela ne doit pas nous empêcher de réagir toutes, selon notre caractère. Et Annabelle, son caractère, nous le connaissons bien. Elle a du mal à peser ses mots, surtout lorsqu'elle est contrariée.

— Pardon, chérie, bredouille Annabelle, réellement navrée. Je suis vraiment confuse. Je ne sais pas ce que j'ai ces jours-ci, on dirait que j'ai la tête en compote. Et puis, Tina m'a mise à l'envers avec ses sermons. Tu sais bien que je suis la dernière personne qui chercherait à te blesser. Ta maladie me bouleverse. Ce n'est pas compliqué, je ne peux pas l'accepter. J'aimerais que tu essaies de l'oublier et que tu passes à autre chose. Maintenant tu vas mieux, après tes traitements, tu seras complètement guérie. Il est temps que tu tournes la page, que tu rigoles un peu, que tu voyages, que tu te changes les idées. Pourquoi vouloir à tout prix t'engager dans ce réseau d'entraide ? C'est malsain de toujours gratter la plaie. Comment veux-tu oublier ta maladie, quand tu ne vois que des malades ? J'aimais mieux quand tu t'occupais de tes baleines suicidaires, ou même quand tu voulais manifester avec les sans-abri.

— Ça va, Annabelle. Je sais que tu te fais du souci pour moi, mais je voudrais que tu comprennes, une bonne fois pour toutes, que je ne peux pas me considérer comme guérie. Je *suis* toujours malade, que tu l'acceptes ou non. Je te le répète : si mes traitements réussissent, je ne serai qu'en rémission, donc je ne règle rien si je n'y pense plus. Au contraire, il faut que j'y pense tout le temps, et c'est en essayant d'aider d'autres personnes, aussi malades que moi, que je m'aide aussi. Ce n'est quand même pas dur à piger, non ?

— Voilà maintenant que tu te mets à parler comme ces dépliants dont tu faisais des gorges chaudes. Je ne te reconnais plus, Edwige. Tu es pétrie de bons sentiments. Fais attention, l'ineffable Dominique déteint sur toi. Tu te fais embrigader.

— Non, pas du tout. Réglons donc le compte à « l'ineffable Dominique », Annabelle. Ce monsieur a aussi le cancer, ce qui nous fait au moins une chose en commun.

Cependant, il n'est pas «techniquement» impuissant, rassure-toi, ajoute Edwige, en piquant un léger fard. Il est vrai, il ne peut plus avoir d'enfants, mais à notre âge il ne s'agit pas de procréer comme le Dr Meyer. Après quelques transfusions, il pourra probablement remarcher avec une canne, si tout se passe bien. Lui, il ne vomit pas après ses traitements, moi, l'anémie m'a été épargnée. À chacun son lot de misère. Cela dit, l'ineffable Dominique est un homme charmant. Nous nous voyons quand nous ne sommes pas trop fatigués, parlons tous les jours au téléphone, comparons nos symptômes par courriel, car que raconte un cancéreux quand il rencontre un autre cancéreux ? Comme chacun sait, des histoires de cancéreux. Parfois, nous nous plaignons ou nous révoltons contre le sort, parfois nous avons aussi des fous rires, surtout lorsque nous échangeons nos impressions sur nos symptômes inavouables. Dominique, tout comme moi, travaille dans le réseau, le bénévolat nous fait donc un autre point en commun. Et puis, sans aller jusqu'aux discussions philosophiques de Victoria et Gyuro, ajoute-t-elle en souriant, nous parlons aussi d'autres choses que de cancer, rassurez-vous. Dominique emménage chez moi, lundi. Tout au moins, pour le moment. Il habite un deuxième étage et, avec le fauteuil roulant, c'est compliqué.

Nous sommes éberluées. Si on pouvait s'attendre à ça ! Je n'aime pas du tout ce méli-mélo, même si je trouve qu'Annabelle manque singulièrement de tact. Je la regarde : le rictus s'est enfin effacé, mais la tristesse qui lui altère maintenant les traits n'est pas plus jolie à voir. Elle semble si lasse tout d'un coup et, chose inouïe, de nouveau elle fait son âge. Mais je lui en veux toujours, et pour le moment c'est bien plus Edwige qui me préoccupe. Elle aussi s'est fourrée dans le pétrin.

Dominique, nous l'avons rencontré pendant qu'Edwige suivait sa chimio. S'il est vrai qu'il est tout à fait charmant, il n'a pas l'air bien vaillant. Si elle se lie à lui, quelles horreurs l'attendent encore, quelles déceptions, quelles angoisses ? Elle aurait vraiment dû chercher ailleurs. Comme si elle lisait dans nos pensées, Edwige ajoute :

— Je fais peut-être une bêtise, mais Dominique me plaît. Et ce n'est vraiment pas parce que, vu mon état, je me contente de peu. Je crois qu'il m'aurait plu tout autant si je l'avais rencontré dans d'autres circonstances. Et puis, Annabelle ne vient-elle pas de nous dire que, jusqu'à preuve du contraire, nous n'avons qu'une vie ? Nous devons donc la vivre du mieux que nous le pouvons, en l'occurrence, moi sans mes seins, lui, avec sa virilité défaillante. Peut-être sommes-nous un peu ridicules à essayer de jouer aux amoureux alors que nous sommes en fin de course. Je ne sais pas si mes jours sont comptés, ni combien de temps il reste à Dominique. Après nos traitements, si nous n'y laissons pas notre peau, nous serons, nous dit-on, une fois de plus en rémission. Un mois, une année, peut-être plus, personne ne peut le prévoir. Nous ne savons pas non plus pour qui sonnera le glas en premier. Mais s'il y a réellement rémission pour les deux, nous avons décidé de la vivre ensemble, et pas comme frère et sœur, sachez-le. Nous inventerons, au fur et à mesure, avec ce qu'il nous reste de moyens et d'énergie. En tout cas, si cela se fait, c'est moi qui paie le champagne, un magnum et du véritable, cette fois-ci. Ne faites pas ces mines désolées. Peut-être devrais-je m'estimer chanceuse d'avoir contracté ce satané cancer. Sans lui, je n'aurais probablement jamais rencontré Dominique et je me serais privée d'une parcelle de bonheur. Sur le tard, admettons, mais pourquoi laisserais-je passer ma chance ?

Victoria essaie de sourire, Annabelle se mouche, moi, je suis pétrifiée. Nous devrions nous montrer ravies, heureuses pour elle, mais nous ne le pouvons pas. Cette histoire peu ordinaire nous semble si lugubre que nous ne trouvons même pas les mots qu'il faut pour féliciter Edwige. C'est elle qui finit par nous encourager :

– *Carpe diem*, nous dit souvent Victoria. Il y a aussi autre chose dont je voulais vous parler à propos de notre croisière commune. C'est un peu à l'eau, si j'ose dire. Voyez-vous, j'ai très envie de la faire pour de vrai, cette fois-ci, mais avec Dominique. Un paquebot est le seul endroit où il pourra circuler sans trop se fatiguer. Vous ne m'en voulez pas trop, n'est-ce pas, de vous faire faux bond ?

Comment pourrions-nous lui en vouloir ? Si nous étions un peu plus optimistes, nous crierions de joie, nous lui sauterions au cou et commanderions une autre bouteille de mousseux. Mais avons-nous le droit d'être optimistes ? Alors nous essayons de sourire – piteusement –, de faire semblant, mais le cœur n'y est pas, et nous nous sentons toutes soulagées lorsque le serveur nous apporte l'addition sans que nous l'ayons demandée.

Il a de l'intuition, ce garçon. Bien qu'il ait l'habitude de nous voir traîner à table jusqu'à la fermeture, voyant que personne ne lui redemande de thé, il a compris que c'était le geste à faire.

Les adieux dans la rue sont plus rapides que d'habitude. Des bises froides de circonstance sur la joue et un vague «à bientôt, on s'appelle». Il est vrai qu'il s'est mis à pleuvoir à boire debout. Mes souliers rouges sont fichus à jamais. Pourtant, ce soir, nous étions censées faire la fête !

Chapitre 9

Décidément,
ce n'est pas la fête

Depuis un bout de temps, les semaines ne se comptent plus par les jeudis. Rien n'a été clairement dit, mais, subitement, nous semblons toutes nous noyer dans le quotidien et nous nous contentons de nous donner, par répondeurs interposés, des nouvelles succinctes et factuelles. C'est tout de même pratique un répondeur quand on appelle la personne à laquelle on n'a pas du tout envie de parler. Puisque nous connaissons nos horaires respectifs, nous savons l'heure à laquelle nous pouvons téléphoner pour n'entendre que le bip sonore. Il y a de la morosité dans l'air, nos priorités ont l'air d'avoir changé, nous nous sentons un peu lasses les unes des autres. Nous prenons nos distances ou tout au moins des vacances.

De toute façon, chacune a fort à faire de son côté. Edwige à se battre contre le cancer et à gérer sa rémission et celle de Dominique, comme ils le peuvent. Avec entêtement et courage. Il a emménagé chez elle. Edwige a serré sans regrets ses nombreux tapis et poussé ses meubles contre le mur, pour qu'il puisse rouler librement son fauteuil. Elle est allée même plus loin : elle a fait installer une télé dans la chambre à coucher, ce qui autrefois lui aurait semblé une faute de goût inexcusable. Quand ils ne s'activent pas dans leur réseau, ils se promènent, dînent en tête-à-tête, regardent de vieux films ou écoutent de la musique. Le champagne, ce sera pour plus tard. À la semaine des quatre jeudis, ai-je envie de ricaner, en empilant les unes sur les autres mes frustrations multiples et variées.

Victoria, faute de mieux, poursuit avec Gyuro leurs conversations philosophiques par voie électronique, seul répit que Tania, dans sa névrose d'ado mal dans sa peau, soit capable de leur accorder. Une bonne taloche nous guérirait ça, vite fait, bien fait, voilà ce que j'en dis, cette nouvelle frustration m'enlevant le peu de charité chrétienne que j'avais encore en stock. Victoria patiente et se replie, Gyuro n'ose pas trop avancer. Ce n'est pas demain la veille que ces deux-là arriveront à former un vrai couple.

Annabelle fuit. Les amours frileux de Victoria et ceux, si fragiles, d'Edwige la désarçonnent. Pour se donner une contenance, elle a ouvert, sans enthousiasme, une nouvelle boutique, en a fermé deux autres, est de nouveau allée rendre visite à Paquito, fréquente avec une assiduité déconcertante ses vieux protégés et se fait un point d'honneur de les accompagner à leur dernière demeure. Ils semblent d'ailleurs s'être donné le mot : ils meurent les uns après les autres comme pour la démoraliser davantage. Elle ne me laisse que des messages rares et laconiques. Auxquels je ne réponds que par courtoisie, tout aussi brièvement. Je ne sais pas si elle éclaire encore ma fille sur les choses de la vie, à la sauce Annabelle. Elle n'en souffle pas mot et je ne lui pose pas de questions. Je lui en veux toujours, je ne l'aime pas beaucoup en ce moment, et j'aime encore moins ce rictus, pas beau du tout, qui a remplacé l'autre jour le grand sourire qui éclairait d'habitude son visage. Elle broie du noir, m'a dit hier Victoria. « Ç'est un passe-temps comme un autre», lui ai-je répondu. Occupée comme je suis à mâcher ma propre déconvenue, je n'ai vraiment pas le loisir de m'appesantir sur les états d'âme d'Annabelle.

Ninon me boude. Il faut dire que je ne me suis pas gênée pour lui dire tout le mal que je pensais de Boris, contre l'avis de Victoria, qui m'avait pourtant recommandé de ne rien faire. Depuis, elle ne communique qu'avec son père. Ce traître prend ses aises dans le rôle de confident, bien qu'il fasse semblant d'être désolé de nos malentendus. Je choisis d'être vulgaire – on se soulage comme on peut – et de dire comme Zazie : «Malentendus, mon cul.» Il n'y a aucun malentendu. L'imbroglio, scabreux au départ, se complique. Jusqu'à présent, la sorcière mexicaine a tapé dans le mille, et je ne veux même pas penser à toutes les autres horreurs qu'elle a lues dans le tarot.

Ninon continue de consoler Boris qui, dévoré par la culpabilité, se console avec Ninon, tout en essayant de se débarrasser de son autre dame de cœur qui n'a pas l'air de vouloir lâcher prise. Cette dernière mise d'ailleurs sur sa fécondité potentielle pour l'enchaîner. Notre étalon ne sait plus où donner de la tête (et du reste), mais la situation, que je pourrais qualifier de cocasse, si ma fille n'en faisait pas les frais, ne doit sûrement pas lui déplaire.

Ninon continue entre-temps à jouer les médiatrices, bien que le cœur n'y soit plus tellement. Pour se donner bonne conscience, elle veille sur Odette, qui arrose son mal-être de torrents de larmes. La malheureuse se sent si honteuse de son suicide raté et si diminuée depuis son hystérectomie qu'elle refuse de sortir du lit. Ninon lui mijote des petits plats, essaie de la faire manger, mais Odette ne veut rien avaler et, de rage, Ninon mange pour deux. Alors, bien sûr, elle se décourage et comme, en plus, elle grossit, cela ne s'arrange pas. De temps en temps, pour lui laisser un peu de répit, Nicolas s'en va faire du baby-sitting. Il passe dernièrement des heures chez Odette à lui jouer des sonates au piano ou à lui lire des odes d'Horace. (Avant que le malheur ne la frappe, Odette écrivait des poèmes, en a même publié un recueil, bonne raison pour ce farfelu de Nicolas de poétiser cette sinistre comédie de boulevard.)

— Et pendant que tu joues à l'aède, lui demandé-je, hargneuse, que fait-elle, notre brave fille ?

— Je n'en sais rien, répond-il. Ce n'est pas de mes oignons.

— Je vais te le dire, moi, ce qu'elle fait. Elle s'envoie en l'air avec ce minus.

— Si ça l'amuse. Je te signale qu'elle a l'âge de raison.

— Cela ne la rend pas raisonnable pour autant. Et toi, tu déraisonnes à pleins tubes, mon vieux. Tu devrais l'engueuler un bon coup, au lieu de la conforter dans sa conduite.

— Vas-y, Tina, engueule-la si ça te chante. Cependant, je te préviens : au point où vous en êtes à présent, ce n'est probablement pas la chose à faire. À ta place, j'inviterais plutôt les tourtereaux ici et j'essayerais de les comprendre.

— Il n'y a rien à comprendre et Boris ne mettra jamais les pieds chez moi.

— À ta guise, ma chérie, dit-il en tournant les talons.

Qu'il aille au diable ! Je désapprouve, je condamne à force de ne pas pouvoir accepter ce jeu triplement malsain, je critique, et j'en passe. Lourd est le glaive de la justice lorsque tant de frustrations pèsent dans sa balance et que je me débats, les yeux bandés, dans mon marécage de rancunes, sans que personne ne cherche à comprendre pourquoi je suis si dépitée et, ô combien, meurtrie.

Peu habituée à des sentences sans appel de ma part, et visiblement ébranlée dans ses certitudes par mes remontrances, Ninon m'a irrémédiablement mise en quarantaine et voit son père à l'extérieur. En rentrant, celui-ci me rapporte avec enthousiasme des faits divers et affligeants : Boris pense s'exiler en Afrique, seule solution qu'il ait trouvée pour se sortir de l'embarras ; Odette continue de lui battre froid, mais il est clair qu'elle souffre et qu'elle l'aime toujours. Ninon grossit à vue d'œil à finir les petits plats mijotés pour sa protégée, pendant que celle-ci s'étiole sans même plus trouver d'apaisement dans la poésie, malgré les efforts soutenus de Nicolas. Boris est complètement paumé, Odette est malheureuse, Ninon est navrée et perd la tête. Je ne commente pas, plisse les lèvres, façon Andrée, et me sens comme une gorgone, les frisettes ridicules de ma permanente complètement ratée n'arrangeant en rien ce triste portrait.

Hier soir, comme pour mettre un peu plus d'huile sur le feu, Nicolas remarqua, en passant :

— Fais attention, Tina, tu réagis comme ta sœur.

— Dis tout de suite que je réagis comme ma mère.

— Je te laisse seule juge, se contenta-t-il de répondre en haussant les épaules.

Mais comment être juge et partie ? En plus, en ce moment, je trouve Nicolas détestable : les frasques scandaleuses de Ninon semblent le ragaillardir et l'éloignent de moi. Pour la première fois depuis bien longtemps, nous sommes en complet désaccord et nous n'avons même pas envie de nous expliquer. Lui, ou bien il est tombé sous le charme d'Odette, ou bien il doit être en train de revivre par Ninon interposée sa liaison avec l'horrible boulette. En tout cas, je le trouve bien fringant et il me fait suer. C'est entendu, j'en veux à ma fille, mais comme je ne peux pas le lui dire, puisqu'elle ne me parle pas, je me venge comme je peux sur le père. En vérité, que la boulette soit passée ou présente, elle me reste toujours en travers de la gorge.

Au lieu de m'occuper l'esprit avec tous les autres aspects de ma vie, qui vont tout aussi mal, je persiste et signe et, puisque nous sommes samedi, pour bien notifier à Nicolas mon vif mécontentement, je fais de la résistance passive : ne lui adresse pas la parole, ne prépare pas de repas – qu'il aille finir les plats d'Odette – ne sors pas du lit et, à force, deviens plus frustrée que Maman et Andrée au carré.

Justement, ces deux-là, sentant qu'il y a péril en la demeure, s'appliquent à m'enquiquiner, puisque je refuse de leur dire ce qui ne va pas. Après avoir essayé sans succès de me tirer les vers du nez, elles ont trouvé, ce matin, le moyen de bien me culpabiliser avant de me raccrocher au nez, par deux fois. À les entendre, je suis une fille dénaturée, qui refuse d'accompagner chez le dentiste sa mère qui souffre le martyre à cause d'une rage de dents. Je suis une sœur ingrate qui se déleste de toutes ses responsabilités sur les épaules d'une teinturière épuisée qui ne peut pas toujours demander à son dépanneur de voisin de tenir sa boutique, vu que ce sont toujours les mêmes qui doivent tout faire, pendant que les autres se défilent, etc. Pour contempler à loisir le portrait peu avantageux qu'elles ont brossé de moi, la fille dénaturée et sœur ingrate que je suis prétexte une crise de foie (la boulette a bon dos), traîne au lit et ne fait même pas sa toilette. Je me complais dans mes turpitudes, je me morfonds dans ma chambre, rideaux tirés et, après ces deux coups de fil qui ont fini par me démolir complètement, je décide que je ne répondrai pas au téléphone de toute la fin de semaine. Justement, il sonne à m'assourdir et, pour ne pas l'entendre, je cherche mes boules Quies. Que Nicolas décroche, s'il veut, dans notre contrat de mariage il n'est nulle part écrit que c'est toujours à moi de me dévouer.

Le voilà justement qui fait irruption dans la chambre, plus blanc qu'un drap, l'air si effrayé que j'oublie que je lui en veux.

— Quelle calamité nous tombe encore dessus ? Maman ? Ninon ? lui demandé-je, le cœur étreint par l'angoisse, maudissant Bell d'avoir inventé cet appareil funeste qui n'annonce que des catastrophes.

— Non, Annabelle ! Elle a eu un terrible accident d'auto. Elle est en salle d'opération. C'est Victoria qui a appelé. Habille-toi vite !

— Impossible, nous sommes au mois de juin, dis-je, complètement à côté de mes pompes, ces horreurs n'arrivent qu'en novembre. Puis, me ressaisissant, je me mets à trembler de tout mon corps. Peut-être ai-je mal entendu. Les hallucinations auditives vous jouent parfois de mauvais tours. À en vouloir à Annabelle pour une peccadille, ne l'ai-je pas appelé, moi, cet accident, de tous mes vœux ? Comment, où ? crié-je affolée.

— Je ne sais rien de plus. La voiture est complètement bousillée. On a dû sortir Annabelle avec le matériel de désincarcération. J'appelle Ninon. S'il te plaît, oublie de lui faire la gueule.

Qu'est-ce qu'il raconte, celui-là ? Il divague, ma foi. J'ai envie de l'envoyer paître. Comme si on en était encore là !

Nous nous retrouvons tous à l'hôpital. On dirait que c'est devenu notre siège social. Victoria nous fait un petit signe. Elle est incapable de parler. Dominique est aux côtés d'Edwige. D'une main, il tient une canne, de l'autre, il lui tient la main. Malgré leur air catastrophé, la rémission a l'air de ne pas trop mal leur réussir. Edwige n'a même plus sa perruque. Elle a l'air d'un mignon poussin, avec le petit duvet qui lui pousse sur le crâne. Ninon se précipite dans mes bras et m'embrasse fougueusement. Elle pleure. M'imagine-t-elle à la place d'Annabelle ? Se dit-elle qu'il ne faudrait pas qu'un malheur m'arrive ? Elle m'aime donc un peu, malgré tout. Je la serre contre moi. À vue de bras, il est vrai qu'elle a grossi. Non, je dirais plutôt qu'elle a bouffi. Elle n'a pas bonne mine et ne semble pas nager dans le bonheur. Mais qu'il est bon de la sentir contre moi, de la caresser, de renifler le parfum de ses cheveux ! Elle reste et restera à jamais mon enfant, mon bébé, ma Ninon, Ninouche, Ninotchka, malgré toutes ses bêtises, ses faux pas.

— C'est le Dr Meyer qui l'opère, m'informe Edwige. Le hasard a voulu qu'il soit de garde. Dommage qu'elle ne puisse voir ses beaux yeux par-dessus le masque !

— Mais comment est-ce arrivé ? bredouillé-je. Annabelle conduit si bien.

— Un accident stupide. Elle roulait sur la 15 à cent quatre-vingts à l'heure et a dérapé. La Porsche a capoté.

— Rien ne m'ôtera l'idée que ce n'est pas un accident, murmure Victoria.

— Que veux-tu dire, oiseau de malheur ? s'indigne Edwige. Annabelle ne ferait jamais ça.

— Pas en temps normal, tu as raison, mais depuis quelques semaines elle n'est plus elle-même. Bien qu'elle m'ait affirmé le contraire, je sais que ça n'allait pas du tout. Vous la connaissez, elle fait de la dérision, se moque d'elle-même, mais avec moi ça ne prend pas. Je suis sûre qu'elle l'a fait exprès. Elle nous évitait, se disait prise, ne voulait pas nous voir. Elle méditait vraisemblablement son coup. Je l'appelais parfois le soir, et je n'aimais pas du tout l'idée de la trouver toujours chez elle. Pas bon signe qu'Annabelle ne sorte pas, ce n'est pas son genre. Les deux derniers jours, elle ne répondait plus au téléphone, et son répondeur n'était pas branché.

— Pourquoi ne nous as-tu rien dit ?

— Justement, parce que je ne voulais pas être un oiseau de malheur, Edwige.

Après plusieurs heures, le Dr Meyer sort de la salle d'opération. Il a l'air hagard, brisé. Ses beaux yeux, qu'Annabelle admirait tant, sont éteints. Est-ce la petite interne qui le met dans cet état ou est-ce qu'Annabelle va vraiment mal ? Il s'approche de nous et dit d'une voix sombre :

— J'ai fait tout ce que j'ai pu, mais l'heure n'est pas à l'optimisme. Double fracture du bassin, plusieurs côtes cassées, et elle est fortement commotionnée. Il se peut que le cerveau soit atteint, je ne peux pas encore me prononcer.

— Mais elle s'en remettra, n'est-ce pas, Docteur ? s'écrie Ninon. Il faut qu'elle s'en remette.

— Ça ne dépend que d'elle, c'est tout ce que je peux vous dire pour le moment. Je ne peux pas encore émettre de pronostic, mais les prochaines heures seront décisives. Nous la gardons sous morphine à haute dose, sinon les douleurs seraient intolérables. Je dois cependant vous dire qu'elle risque ainsi, par-dessus le marché, un arrêt cardiaque. Elle a de la famille ?

— C'est nous, sa famille, répondons-nous en chœur.

— Est-ce qu'elle a fait un testament ?

Non, mais il est fou, ce médecin, pourquoi parle-t-il de testament ? Cela ne peut être si grave. Annabelle ne peut pas nous laisser tomber. Pas elle !

— Oui, dit Edwige d'une voix tremblante, je suis son exécutrice.

— Très bien. Il faut se préparer au pire. Elle est en salle de réveil, vous pouvez aller la voir pour quelques secondes, mais n'essayez pas de lui parler. De toute façon, elle ne vous reconnaîtra pas.

Nous entrons à reculons. Annabelle est une masse de gaze accrochée à une multitude de tuyaux. Sa respiration n'est qu'un râle, malgré le masque à oxygène. Plutôt que de la voir comme cela, je donnerais tout l'or du monde pour qu'elle m'engueule, qu'elle se moque de moi. Ce corps inerte ne peut être ma flamboyante amie. Je me mets à gémir et Nicolas me pousse dehors.

Nous restons tous dans le couloir, sans parler pour ne pas aggraver, par notre angoisse, l'angoisse des autres. Nous attendons, alors que, pour le moment, il n'y a rien à attendre, rien à faire. Mais comment laisser Annabelle toute seule ? Si nous la quittons, la mort peut venir nous la ravir sournoisement.

Toute la nuit, nous montons la garde, quêtons le regard de chaque médecin, de chaque infirmière qui sort de sa chambre. Mais les regards restent muets. Ils n'ont rien de bon à nous annoncer. Il faut attendre et espérer. Si, au moins, il me restait assez de foi pour tomber à genoux et promettre n'importe quoi au Seigneur, même un pèlerinage à Lourdes, contre la promesse de sauver ma copine. Hélas ! Je sais trop bien qu'aucune promesse ne peut me venir du haut du ciel. Je ne crois pas plus à la miséricorde divine qu'aux opérations du Saint-Esprit, dont Maman m'a pourtant longuement entretenue dans ma jeunesse. Pour faire passer le temps, je me ronge les ongles, le cerveau en marmelade.

Il ne me reste de cette interminable nuit que des images éparses. Ninon serrée contre moi, petit animal frileux et tremblant. Nicolas me tendant un sandwich que je ne peux manger. Edwige pleurant doucement sur l'épaule de Dominique. Victoria tournant en rond dans le couloir, elle a dû faire des kilomètres. À un certain moment, un beau jeune homme, les cheveux en désordre, le visage ravagé d'inquiétude, essaie de m'enlever Ninon pour la serrer contre lui. Je veux la retenir. Elle est à moi. Mais elle se lève d'un bond et l'étreint en pleurant. Le jeune homme – c'est donc lui, Boris – serre la main de Nicolas et se penche vers moi, me murmurant timidement quelques paroles réconfortantes. Je le remercie machinalement. Poliment aussi, probablement en vertu de ma bonne éducation, mais je ne suis pas là. Je suis dans le lit avec Annabelle, lutte avec elle contre la mort. Toute la nuit de samedi, tout le dimanche.

Le lundi matin, arrive Maria les yeux rougis d'avoir tant pleuré. Nous assistons alors à un film muet de très mauvaise facture. Sans un mot, Maria tend à Edwige une enveloppe. Celle-ci l'ouvre, sort une lettre, la lit et nous la passe. À mon tour, je la lis : « *Edwige, excuse-moi, mais ma vie est trop vide. Je me rends compte qu'elle l'a toujours été, mais, maintenant, je ne sais plus comment la remplir. Je vous aime toutes, beaucoup, malgré mes vacheries. Il faut croire que c'est ma façon d'aimer, raison pour laquelle je me retrouve, à l'heure qu'il est, toute seule. À mon âge, cela me semble soudainement intenable. Je m'en vais, espérant aboutir dans un poteau. Victoria me comprendra, j'en suis sûre. Rien n'a changé pour le testament ; fais le juste partage entre Paquito, Ninon et mes petits vieux. J'espère ne pas rater mon coup et ne pas me retrouver comme eux, dans quelques années, à attendre la mort dans un foyer lugubre. N'oublie pas de glisser une petite enveloppe à notre serveur vietnamien. Il nous a fait passer de bons moments. Si je me ratais, et que je risque de me retrouver légume, surtout pas de tuyaux, appareils et autres acharnements thérapeutiques. Puisque je n'ai jamais su me brancher dans la vie, qu'on me débranche au plus vite. Pour la suite, tu sais bien, ni fleurs ni couronnes, ou alors une rose seulement, comme pour nos anniversaires. Mais ne me faites pas incinérer, j'ai trop peur du feu. Embrasse très fort Victoria et Tina. Toi, tâche d'être un peu heureuse, tu le mérites. Pensez parfois à moi, mais sans pleurer. C'est défendu. A. »*

Enfin, le film devient parlant. Maria explique qu'en arrivant le matin pour faire le ménage, elle a été frappée par l'ordre qui régnait dans l'appartement. Annabelle avait pour une fois tout rangé. L'enveloppe était posée bien en vue, sur la table de cuisine. Depuis un certain temps déjà, Maria se rendait compte qu'Annabelle tournait à vide. Elle ne souriait plus comme d'habitude, ne prenait plus avec elle le petit café du matin, ne lui demandait plus de nouvelles de ses nombreux filleuls. Maria la sentait nerveuse, impatiente. Ce matin donc, elle n'a pas été longue à comprendre qu'une catastrophe était arrivée. Elle s'assoit à côté de nous, pour attendre. Elle pleure. De temps en temps, nous craquons aussi, à tour de rôle, et pleurons. Dominique a un teint de plus en plus terreux. Edwige lui murmure quelque chose à l'oreille, il fait non de la tête et lui caresse le visage. Nicolas va chercher des cafés avec Boris. Victoria sort fumer. Ninon et moi l'accompagnons. L'attente insensée se poursuit. Nous continuons d'assister à la valse des infirmières et médecins qui entrent dans la chambre d'Annabelle, chargés d'instruments, d'appareils inquiétants, pour en sortir, l'air préoccupé. Leurs visages restent inexpressifs, quand ils ne se détournent pas. Par moments, on dirait qu'ils ont peur de nous regarder, et nous n'osons poser aucune question, même lorsqu'il nous semble avoir entendu ce mot que nous redoutions tant : coma dépassé. Ainsi s'égrène la journée. Dans l'insupportable attente.

Voilà Andrée, accompagnée de Maman. Les nouvelles circulent vite, surtout les mauvaises.

— Cela devait arriver, constate ma sœur. J'ai toujours dit qu'Annabelle conduisait trop vite. Il faut dire qu'à son âge une voiture sport n'est pas une très bonne idée.

Personne ne prend la peine de lui répondre, mais cela ne l'empêche pas de poursuivre ses imprécations.

— Ce Dr Meyer, est-il, au moins, bon médecin ? Elle n'aurait pas dû se faire opérer par un juif. Vous savez comme moi que ces gens-là ne pensent qu'à l'argent, il a dû la découper à tort et à travers pour se faire plus de pognon. Depuis l'opération d'Edwige, vous ne jurez que par lui, mais je maintiens qu'il faut se méfier de cette engeance. Avez-vous au moins pensé consulter un autre spécialiste, un bien de chez nous ?

— Ce n'était pas la peine de te déplacer, Andrée, pour dire des âneries pareilles, s'impatiente Nicolas.

— Je vous interdis de prendre ce ton avec ma fille ! intervient Maman.

— Rentre donc dans ta teinturerie, Andrée ! lui dis-je pour couper court à ce suave échange de politesses tout à fait déplacé. Tu ne devrais pas trop profiter de la bonté de ton voisin de dépanneur. Tu n'as rien à faire ici, dégage !

Elle me foudroie du regard, mais elle ne bouge pas.

— Laisse ta sœur tranquille, veux-tu ? Dis-moi plutôt qui est ce jeune homme ? chuchote Maman à mon oreille, en me montrant Boris. Pourquoi ne m'as-tu pas dit que Ninon avait un amoureux ?

— C'est tout frais, elle vient de me le présenter. (Mentir par omission est un péché véniel, même selon les principes de ma très croyante mère.)

— Qu'est-ce qu'il fait dans la vie ?

— Ce n'est pas le moment, Maman !

— Avec toi, ce n'est jamais le moment. Et ton mari, franchement, comment ose-t-il parler comme ça à Andrée ? Il aurait mieux fait de se raser.

— Nous n'avons pas bougé d'ici depuis quarante-huit heures, Maman. (Je me donnerais des baffes, tiens ! Annabelle lutte pour sa vie, et je suis encore là à chercher des excuses à mon mari.)

— Il faut que tu saches que j'ai prié pour Annabelle. Je suis certaine qu'elle s'en sortira, dit ma mère pour bien me montrer qu'elle participe à ma peine.

J'ai besoin d'air, je me lève et sors fumer. Ninon et Boris viennent me rejoindre. Je devrais quand même, ne serait-ce que par pure politesse, adresser une parole gentille à ce garçon dont ma fille a eu la mauvaise idée de tomber amoureuse (et jamais le mot tomber n'a été mieux assorti à son état), demander des nouvelles d'Odette, mais aucune pensée sensée ne me traverse l'esprit. Je balbutie, la langue pâteuse, quelques mots incohérents, que moi-même ne comprends pas.

— Ça va, Maman, me dit Ninon, en m'enlaçant. Nous en reparlerons quand Annabelle sera remise.

— Le sera-t-elle ? dis-je, incrédule.

— Il le faut.

Tout à coup, ils sont tous dehors. Mais comment ont-ils pu laisser Annabelle toute seule ? Je me rue vers l'entrée. Nicolas m'arrête, me prend dans ses bras et me serre très fort contre lui. Il doit lire l'horreur dans mes yeux et, en s'excusant presque de ne pouvoir rien me dire de rassurant, il me murmure à l'oreille :

— Ne tue pas le messager, puceron. Edwige a demandé qu'on débranche Annabelle. Le cerveau était atteint. Le Dr Meyer a dit qu'elle n'avait aucune chance de redevenir elle-même. D'ailleurs, dès qu'on lui a enlevé le masque à oxygène, elle a cessé de respirer. Elle est partie comme elle l'a souhaité.

— Comment as-tu pu ? hurlé-je en me jetant sur Edwige. Il n'y avait qu'à attendre encore un peu. Il ne fallait pas la tuer si vite. Ce docteur n'est quand même pas le bon Dieu. Loin s'en faut, avec tout ce que nous savons sur sa conduite. D'abord, il charcute Annabelle, comme s'il voulait réviser sur elle ses cours d'anatomie, il la bourre ensuite de morphine, pour finir par déclarer que le cerveau est atteint. C'est clair qu'il voulait l'achever au plus vite, pour libérer son lit. On sait bien ce qui se passe dans les hôpitaux, en ce moment. Des miracles, il en arrive tous les jours. Il suffisait d'en attendre un.

— Il y a surtout le respect des dernières volontés d'Annabelle. Je prends l'entière responsabilité de mes actes, Tina, murmure Edwige. Prends garde, tu dérailles autant qu'Andrée !

Sur ces mots, elle me tourne le dos et, sans nous dire au revoir, s'éloigne au bras de Dominique, brusquement voûtée comme une petite vieille.

— Quelle criminelle, et ça prétend être une amie, non, mais vous vous rendez compte ! Pourquoi l'avez-vous laissée faire ? Je vocifère, menace du poing, trépigne. D'où me vient toute cette énergie, tant de hargne ?

— Arrête tes enfantillages, Tina, ressaisis-toi, ordonne Victoria d'une voix cassante. Ce n'était pas une décision facile à prendre. Edwige a fait preuve d'un courage qui force le respect. Par amour pour Annabelle.

— Vous êtes tous des monstres ! Des scélérats, des criminels ! Je sors un instant et vous trouvez le moyen de voter à l'unanimité cette mise à mort. Si j'étais restée, je vous garantis que personne n'aurait osé la débrancher.

193

Je toise Victoria du regard, en ce moment elle aussi est mon ennemie. Elle aussi a donné son aval à ce complot.

— C'est vrai qu'elle est allée un peu vite, Edwige, soupire Maman à côté de moi, s'essuyant les yeux. C'est au Seigneur de décider quand notre heure arrive. Et dire qu'on n'a même pas pris le temps de lui administrer l'extrême-onction.

Je lui jette un regard reconnaissant. Enfin, quelqu'un qui me comprend. C'est quand même cela, un cœur de mère.

— Arrête, Mamie, avec tes bondieuseries ! C'est ton Seigneur qui a décrété qu'elle devait mourir, puisque les tubes seuls lui permettaient de respirer. Ton Seigneur, s'il avait voulu qu'Annabelle vive, ne l'aurait pas laissée prendre la voiture, ou lui aurait fait tourner le volant au bon moment. Alors, ne le mêle pas à ça. Edwige a pris la décision qui s'imposait, sanglote Ninon, et, de l'extrême-onction, Annabelle n'en avait rien à secouer.

Bon, pour une fois que ma mère était d'accord avec moi, nous avons tout faux et eux, les autres, sensés, raisonnables, complices du crime, nous renvoient refaire notre copie. Un rejet, un de plus, mais ce qu'il fait mal ! Tout fait mal, même l'air que je respire. J'aimerais pouvoir me blottir dans les bras de Maman. Comme je l'envie de croire en son Seigneur et en ses voies impénétrables ! Si seulement je pouvais me soûler de patenôtres pour oublier qu'Annabelle n'a pu respirer sans qu'on la pompe d'oxygène, pour accepter qu'il ne fallait surtout pas la laisser devenir un légume, pour admettre qu'elle est peut-être plus heureuse comme ça. Tu parles !

Annabelle ne respire plus, Annabelle n'est plus. Je ressasse cette réalité pour essayer de la faire entrer dans ma tête. Je me bats contre elle, aveuglée par les larmes, et même lorsque je m'aperçois que Ninon est si livide qu'elle va défaillir, je n'arrive pas à faire un geste. Elle vacille. Heureusement que Boris la soutient, sinon elle serait tombée dans les pommes.

— Rentrons, dit Nicolas. Nous n'avons plus rien à faire ici. Nous sommes tous si épuisés que nous risquons de nous dire des mots que nous regretterons par la suite.

— Comment ça, rentrons? Je n'en crois pas mes oreilles. C'est monstrueux ce que tu dis. Allons nous reposer la conscience tranquille, et laissons Annabelle refroidir toute seule sous ses couches de gaze. Toi aussi, tu souscris à ce crime abject! Rentre, si tu veux! Moi, je reste.

Et sans jeter un regard derrière moi, je me précipite à l'étage, de peur qu'on ne m'enlève Annabelle tout à fait. Pendant un bon moment, je continue de faire les cent pas devant sa chambre. Il y a du mouvement là-dedans, mais je n'ose pas entrer. Enfin, la porte s'ouvre et une infirmière roule un brancard sur lequel gît un long paquet recouvert d'une housse en plastique bleu. Je comprends dans un éclair que c'est tout ce qui reste d'Annabelle. Je veux me jeter sur le brancard pour essayer de l'arrêter, mais, sans crier gare, les murs se mettent à tourner autour de moi et je m'écroule.

Nous avons enterré Annabelle le jeudi suivant. De tous les enterrements auxquels il me fut donné de participer, et je peux vous dire que j'ai une certaine expérience en la matière – ce n'est pas gratuitement qu'on passe plus d'un demi-siècle sur Terre – celui-ci fut le plus triste, le plus injuste. D'abord parce que le temps était radieux et que cela devrait être interdit de se tenir devant une tombe ouverte, sous un ciel d'azur, pour pleurer celle qu'on ne reverra plus jamais, celle qui ne reverra plus jamais ni le bleu du ciel, ni la lumière éclatante du soleil, ni un autre été. Et, en plus, comme si le sort voulait nous faire un pied de nez, cette sombre plaisanterie – Annabelle morte, Annabelle à inhumer – devait avoir lieu un jeudi. Edwige a-t-elle choisi délibérément ce jour pour enterrer, avec Annabelle, tous nos jeudis ?

Nous étions devant cette tombe prête à engloutir notre amie, nous tenant aussi éloignées que possible les unes des autres. Surtout ne pas nous toucher, surtout ne pas nous frôler. Le moindre contact, la moindre caresse, le moindre témoignage de sympathie nous aurait fait éclater toutes les trois en mille morceaux. Chacune pour soi, à fleur de peau, emmurée dans sa peine, fixant le trou fraîchement creusé pour ne pas échanger de regard. Emmurée aussi dans sa honte de n'avoir pas su interpréter le vilain rictus qui gâtait dernièrement le sourire d'Annabelle, de n'avoir pas vu venir la catastrophe, d'avoir pris la gaîté, la frivolité de notre amie pour de l'argent comptant, de n'avoir pas pu déceler la fêlure, avant que ce cristal de la plus belle eau ne se fracasse.

Drôle de façon d'accompagner Annabelle à sa dernière demeure. Drôle de dernière demeure que cette fosse étroite pour quelqu'un comme elle qui étouffait dans ses cent vingt mètres carrés. Et dans cette caisse d'acajou de très bon goût, il faut l'accorder à Edwige, comment pourrait-elle trouver quelque repos, elle qui n'aimait que les lits moelleux, les tissus fluides ? Peu me chaut de savoir qu'Edwige l'a fait habiller de sa robe de chambre de cachemire qu'Annabelle aimait tant. Peu me chaut qu'elle lui ait glissé entre les doigts une rose rouge à longue tige. Annabelle n'a plus d'yeux pour l'admirer, n'a plus de nez pour la sentir. Ni d'oreilles pour entendre l'oraison funèbre, les discours élogieux, les pleurs de ceux, nombreux, qui sont venus lui faire leurs adieux. Elle qui se croyait si seule. Annabelle n'est vraiment plus. Comment l'admettre ?

J'ose glisser un coup d'œil furtif autour de moi. Victoria a l'air d'un spectre. Son visage est plus gris que le corsage qu'elle porte. Elle s'appuie sur Tania qui la serre maladroitement dans ses bras. Gyuro se tient derrière elles, les couvant d'un regard incrédule, se mouchant bruyamment.

Edwige nous oppose son visage des mauvais jours, celui qui interdit toute intrusion. Elle est blême. J'ose espérer que c'est seulement la peine qui lui donne ce teint de vieux parchemin. Dominique n'a plus sa canne. Il est de nouveau en fauteuil roulant et Edwige s'agrippe convulsivement aux poignées pour tenir debout. Le départ d'Annabelle semble l'avoir terriblement saccagée. Les jeux sont faits, rien ne va plus. Adieu, Philippine !

Soutenue par Boris et une grande jeune femme d'une maigreur effrayante, ma fille regarde, foudroyée, la tombe. Malgré le soleil éclatant, ils sont tous les trois transis, lugubres. Boris murmure à l'oreille de Ninon des paroles probablement réconfortantes qu'elle ne semble pas entendre. Odette lui essuie le front, lui tapote les cheveux. Ninon ne réagit pas. Elle a l'air égarée, ses yeux sont rouges et des cernes lui mangent la moitié du visage. On dirait qu'elle n'a pas dormi depuis une semaine. Nicolas surprend mon regard inquiet et me fait non de la tête. Que signifie ce non ? Non, ne t'inquiète pas ? Non, ne les juge pas ? Non, ne t'en mêle pas ? Difficile à dire, et mes cheveux de se dresser sur ma tête.

Finalement, lorsque tout fut consommé, après que les premières pelletées de terre eurent commencé à tomber sur le cercueil avec un bruit que je n'oublierai jamais, et qu'il n'y a plus rien eu à faire dans ce cimetière, nous n'avons pas éprouvé le désir de nous réunir pour pleurer Annabelle ensemble, pour parler d'elle.

Nous sommes rentrées, chacune de son côté, avec nos regrets, nos remords, notre impuissance. Puisque nous ne pouvions plus rien pour Annabelle, nous ne pouvions, au moins pour l'heure, rien les unes pour les autres. C'est ailleurs qu'il nous fallait chercher désormais quelque consolation, un peu d'apaisement. Laisser le temps faire son œuvre. Mais pourrions-nous jamais nous consoler de notre perte, nous contenter du trio, alors que c'est dans le quatuor que nous excellions, nous contenter d'un simple brelan de dames, alors que c'est le carré qui rafle la mise?

Nous sommes donc parties chacune de son côté, mais je pense qu'Annabelle doit nous en vouloir. Elle s'attendait à mieux de notre part, elle qui doit flotter maintenant quelque part, pas trop loin. Mais que faire? Nous ne sommes qu'humaines, si tristement humaines, comme dirait Victoria, sans que cela puisse excuser qui que ce soit.

Une seule chose est certaine. Désormais, et pour un bout de temps, ce n'est plus la fête et les semaines ne s'égrèneront plus jamais au fil des jeudis.

Chapitre 10

Fusion

Au bord du bien nommé lac Miroir, dans un pli des bosses verdoyantes des Laurentides, au bout d'un chemin de terre que les promoteurs immobiliers n'ont pas encore découvert, se cache sous un bouquet de pins rouges un petit chalet en bois rond. Il ressemble à s'y méprendre à la cabane des sept nains. Nul besoin de faire des pèlerinages au bout de la Terre, à la recherche de soi-même. Il suffit de venir ici, à une heure à peine de Montréal, au bord de ce bijou de lac. Pas de moteurs, pas de voisins, pas de bruit, rien que le silence émaillé des roucoulements amoureux des tourterelles tristes, des commérages des geais bleus, des coups saccadés des pics, des mugissements lubriques des ouaouarons. Rien n'a changé au bord du lac Miroir depuis les trois nuits que j'y ai passées avec Nicolas, il y a long-temps. Ni le généreux tapis de marguerites que le mois de juillet jette sur le sol, ni le ballet gracieux des libellules bleues, ni le parfum de résine chauffée par le soleil. Ce n'est sûrement pas dans un monastère grec, dans un ashram ou aux portes du désert tunisien que je pourrais mieux lécher mes plaies, me retrouver, me comprendre. Elle est ici, ma retraite annuelle, ma terre promise.

Je l'ai découverte lors de notre voyage de noces, offert par Alice, qui trouvait qu'un mariage d'amour ne peut se concevoir sans lune de miel. Même si cette lune de miel n'a duré que trois courtes nuits, je ne suis pas près de les oublier.

Loin de tout et de tous, injoignables, puisque le chalet n'avait pas de téléphone, nous avons joué par trois fois au premier matin du monde. Trois jours, trois nuits, juste le temps de fabriquer Ninon, nous avons vécu nus comme des vers, les yeux dans les yeux, piochant à peine dans le panier de victuailles qu'Alice avait mis dans le coffre de la voiture. Il faut dire que j'étais maigre comme un coucou à l'époque et que je ne me doutais même pas que l'âge me donnerait, en prime de longévité, bourrelets à revendre, peau d'orange, vergetures, dos qui commence à se voûter et autres avantages d'une féminité qui, d'épanouie, devient blette. Je n'avais donc rien à cacher, et le regard ému de Nicolas me chavirait au point de me faire oublier toute pudeur.

Nous étions si amoureux l'un de l'autre, éthérés, insouciants (même moi, j'ai accompli cet exploit pendant ces soixante-douze heures), que le désir de retrouver cet état de grâce ne m'a jamais quittée. Raison de plus pour y revenir tous les ans, même si un désir de la sorte est insensé. Je me console cependant en me disant que je n'aurai pas vécu pour rien si, au moins une fois dans ma vie, j'aurai pu y goûter !

Cette fois-ci, je passe au bord de ce petit lac scintillant une semaine idyllique, en symbiose totale avec ma fille. Apparence.

Réalité : le jour, je lui mitonne ses plats préférés qu'elle se dépêche de vomir, je la fais manger comme quand elle était toute petite et j'essaie de me montrer sinon contente, au moins complice de sa décision de se gâcher la vie. La nuit, lorsqu'elle dort, je m'assois sous les pins rouges et je suis le vol affolé des chauves-souris, en grattant jusqu'au sang mes piqûres de moustiques et en tournant dans ma tête toutes les idées noires qui m'assaillent. Leur nom est légion, en ce moment.

Parce que le chalet n'a toujours pas le téléphone – donc aucune mauvaise nouvelle ne peut venir rompre le charme –, Nicolas m'a convaincue d'y emmener Ninon. À son avis, c'était la seule manière que nous nous accordions un répit. Il est vrai que, croulant sous le poids des horreurs qui me sont tombées dessus ces jours-ci, je commençais à perdre la boule et, dans la foulée, l'amour de ma fille. J'ai si mal à l'âme que j'ai parfois envie, comme tant de cinglés, de me brûler le bras avec mes cigarettes pour remplacer cette intenable et diffuse douleur par une autre, physique, plus vraie, plus palpable.

Maman a fait un AVC. Le côté gauche paralysé, un œil larmoyant sans cesse, la bouche de travers laissant échapper un filet de salive, elle dit betterave, lorsqu'elle veut boire, chanoine, lorsqu'elle a besoin de faire pipi. Elle s'égare dans un sabir mystérieux où les mots ont perdu leur signification, et elle pleure de dépit quand nous ne la comprenons pas. Elle fait pitié. Je suis dévastée par la pitié. Et si ce n'était que la pitié ! En réalité, ce que je ressens, c'est un chagrin à l'état pur, un chagrin viscéral, qui me déchire. Un autre nom pour l'amour filial.

Admettons l'inadmissible : hier encore, elle ne m'était pas très sympathique, Maman, même si je n'ai jamais osé le formuler dans ces mots. Mais je m'étais tellement bien habituée à elle qu'à la voir maintenant dévaler si rapidement la pente, je fais naufrage. Pourtant, nous ne nous sommes jamais bien entendues, et nous nous entendions de moins en moins dernièrement. Maman avait décrété une fois pour toutes que je ne lui ressemblais pas (ce qui me rassurait) et que, par le fait même, j'étais une mauvaise fille. Andrée, qui lui ressemble tant, était la bonne. Cela me rendait-il vraiment jalouse? À mon âge? Voyons donc! Est-ce pour cela que je n'avais aucune patience, que je lui clouais vite le bec, que je me rebiffais continuellement contre elle? Ces questions oiseuses arrivent un peu tard, maintenant qu'elle est partante.

Selon tous les pronostics, elle pourrait se rétablir, mais personne ne peut dire combien de temps cela prendrait. Délai incertain, qui ne se compte ni en jours ni en semaines. Il ne nous reste qu'à attendre, encore attendre.

Andrée, à mes côtés, est une loque. Alors qu'elle a vécu vaillamment son veuvage pendant toutes ces années, l'idée de devenir orpheline l'épouvante. Elle est tellement déboussolée qu'elle en devient attachante. Pour ses fils, cependant, elle est un poids dont ils se sont dépêchés de se délester: le premier est parti sac au dos faire le tour du monde, l'autre a filé en Californie sous le prétexte d'un contrat qui ne peut se refuser. Comment pourraient-ils comprendre, ces jeunes louveteaux débordant d'énergie, mordant dans la vie de leurs trente-deux crocs étincelants, que, scotchée au lit de Maman, Andrée s'agrippe à elle, voulant prendre sur ses épaules sa décrépitude, sa maladie, pour ne pas la perdre? Même sa teinturerie, son seul point d'attache, ne l'intéresse plus. Elle l'a confiée à son obligeant voisin, toujours prêt à lui rendre service.

Elle bouillonne de révolte, Andrée, contre Dieu, contre les médecins, contre les infirmières. À son avis, ils s'en fichent, ne soignent pas bien Maman, ne la soignent pas assez. À longueur de journée, elle s'agite, les appelle à tout bout de champ, leur casse les pieds. On finira par nous détester dans cet hôpital.

Avec moi, elle est d'une gentillesse inquiétante, pleure dans mes bras, me tient la main, me caresse le front. Elles sont étonnamment douces, les mains de ma sœur, probablement en raison de tant d'affection endiguée, qui, pour une fois qu'elle n'a plus la force de la retenir, sort par flots. Je ronronne sous ses caresses, m'immerge dans cette affection et je perds pied, me noie. Les paroles confondantes de Maman, les milliers de non-dits entre Andrée et moi me plongent dans l'œil du cyclone, et je me laisse emporter par des vagues d'émotions que je n'essaie même plus de trier. Une grande vérité, digne de La Palice, m'a sauté à la figure pendant que je regardais la pauvre vieille épave bavante, larmoyante, qui a coulé dans les abysses : contre toute attente, Maman n'est pas éternelle et, prises dans nos querelles, jalousies et bras de fer de gamines à tempes blanchies par les années, nous avons oublié de nous y préparer. Comment rattraper le temps perdu ? Comment rafistoler tout ce gâchis ?

Comme ils sont loin les jeudis légers où je tachais insouciante mes vêtements, pendant que j'essayais de suivre les duels oratoires d'Edwige et d'Annabelle, en m'accrochant aux regards de connivence de Victoria !

Tout cela est bien fini à présent. Edwige se cloître avec Dominique, et personne ne peut leur en vouloir d'essayer de construire sur les sables mouvants d'un avenir plus qu'incertain un semblant de château fort qui les protégerait contre la maladie, la mort. De plus, je ne suis pas tout à fait prête à pardonner à Edwige sa « courageuse » décision. Je sais que j'ai tort, je le sais dans ma tête, mais pas dans mon cœur. Dans mon cœur, je me dis que tant qu'Annabelle respirait, même à l'aide d'un masque à oxygène, elle était encore vivante. Et tant qu'elle était encore vivante, mue par un fol espoir, je pouvais croire aux miracles. Fichtrement irrationnelle, monstrueusement égoïste, me chapitre Nicolas, qui essaie vainement de remettre les pendules à l'heure et de me faire revenir à une raison que je semble avoir perdue à jamais.

J'ai retrouvé Victoria, deux ou trois fois, chez son Grec de l'avenue du Parc, puisqu'il n'était plus question d'aller chez le Vietnamien. Nous avons mangé sans entrain une salade noyée dans de l'huile d'olive et nous avions si peu d'appétit que je ne me suis même pas tachée. Elle ne va pas du tout bien, Victoria, et Gyuro, empêtré dans sa relation problématique avec Tania, ne lui est d'aucun secours. Puisque les discussions philosophiques ont cessé d'alimenter cette amitié cahotante, s'est installé entre eux un silence de mauvais augure.

Mais il y a pire. Ninon est enceinte. Cette histoire est tellement tordue que j'y perds mon latin. Heureusement que Nicolas, qui à ses heures sait devenir un sage homme, m'a impitoyablement rabrouée, ce qui m'a empêchée pour une fois de dire à ma fille le fond de ma première pensée, toujours celle qui ne convient pas. Celle qui aurait pu nous brouiller à jamais.

C'est en revenant du cimetière, après l'enterrement d'Annabelle, que j'ai enfin eu l'explication de la mine bouffie de Ninon et du «non» véhément que Nicolas m'a fait de la tête: «Non, elle n'est pas malade, la petite, juste enceinte, et tu n'as pas ton mot à dire.»

— Je n'ai pas mon mot à dire? Nicolas, réveille-toi, il s'agit de notre enfant. Comment a-t-elle pu faire cette bêtise? Que va-t-il se passer maintenant?

— Rien de bien original, je le crains. Elle portera son ventre et, ensuite, elle accouchera, comme toutes les femmes enceintes, je présume.

— Et tu as laissé faire?

– Elle ne m'a pas demandé mon avis, figure-toi. Et toi, comme tu refusais de lui parler, tu n'as pas pu l'en empêcher. Fort heureusement, d'ailleurs.

– Fort heureusement ! Tu délires ! Est-ce un accident ?

– Ninon prétend que c'est la providence. Mettons qu'elle n'a pris aucune précaution, laissant décider le destin.

– C'est malin. Il fallait bien qu'elle donne raison au tarot, n'est-ce pas ? Et Boris ?

– Il n'est pas au courant. Odette non plus d'ailleurs. Elle est très fière, Ninon, de les avoir rabibochés, ces deux-là. Ils s'en vont ensemble en Afrique et ils comptent adopter un petit là-bas.

– Tout un programme. Un excellent film avec un joli *happy end*. On pleurera d'émotion dans les chaumières. Mais moi, je ne l'aime pas ce film, et c'est de rage que j'ai envie de pleurer.

– Tu devrais plutôt t'en réjouir, Tina. Ninon souhaitait tant avoir un enfant. Elle a trouvé un géniteur, elle s'en est servie. Pourquoi s'en serait-elle privée d'ailleurs ? Vous autres, femmes libérées, revendiquez ce droit depuis des années. Ninon vous a écoutées et maintenant elle est prête à assumer ses choix.

– Tu dis n'importe quoi ! Tu ne me feras pas croire que tu ne trouves pas scandaleux qu'elle ne dise rien au futur papa ?

– Puisqu'elle ne veut pas de lui pour l'élever, je crois qu'elle a le droit de ne pas le mettre dans le secret.

– Pourquoi ne veut-elle pas de lui ?

– Parce qu'elle dit qu'elle ne peut pas lui faire confiance. Le départ en Afrique n'est pas tout à fait innocent. C'est pour fuir l'autre nana qui ne veut pas le lâcher

du tout. Elle le menace, lui fait des scènes, Odette s'impatiente. Les femmes, c'est un sac d'embrouilles.

— Tu m'en diras tant ! Pourtant, Ninon a assez fait
confiance à Boris pour coucher avec lui. Ce n'étaient donc
pas les petits plats qu'elle mijotait pour Odette qui l'ont
fait grossir, pas plus qu'une passion salutaire.

— Ninon n'a jamais été réellement amoureuse de
Boris. Semblerait-il qu'Annabelle lui avait bien fait la
leçon. Elle avait juste envie de sentir sur son corps les
caresses d'un homme, ce n'est quand même pas dur à
comprendre, nom de nom ! Et, comme toutes les femmes,
elle espérait aussi que, sous son influence, il changerait.
C'est une obsession chez vous.

— Tu te montres bien connaisseur des femmes et surtout bien amer à leur égard. Veux-tu cesser tes harangues
et m'aider à comprendre comment Ninon a pu nous faire
ça ?

— Tu connais notre fille, idéaliste, romanesque, adorable, prête à perdre le nord pour deux beaux yeux.
Adorable, mais pas lucide pour un sou. Le portrait craché
de son pauvre papa. Alors, les réveils sont un peu
pénibles. Souviens-toi de l'interminable gueule de bois
qu'elle s'est payée quand elle a perdu Claude et de sa rancune contre les hommes. Une fois que sa tocade pour
Boris lui est passée, elle a compris qu'il était un homme de
plus qui ne faisait pas le poids. Mais, cette fois-ci, elle
s'estime gagnante. Il lui reste ce bébé à venir et beaucoup
d'amitié pour Odette.

— Depuis combien de temps est-elle enceinte, cette
ensuquée ? balbutiai-je, pour m'accrocher à un semblant
de repère.

— Pour ta gouverne, notre futur petit-enfant a six
semaines.

— Donc ce n'est pas trop tard. Elle peut encore avorter.

— Sûrement pas. Elle veut garder le bébé.

— Mais elle est complètement barjo. Garder un bébé qui, faute de père, aura un petit demi-frère africain ! Finalement, je crois que je vais me mettre à regretter ce Claude aux beaux yeux, qui a eu le bon sens de plaquer Ninon avant qu'un malheur n'arrive. Elle doit avorter, elle n'a pas d'autre choix. Il faut l'en persuader, Nicolas, lui faire entendre raison.

— Elle n'avortera pas. Je te dis qu'elle tient à avoir cet enfant.

— Et nous, on la laisse faire ?

— Que veux-tu qu'on fasse ? Ninon a sa vie, nous avons la nôtre, et nous allons l'aider dans la mesure de nos possibilités.

— Non, Nicolas. Nous allons plutôt l'aider à ne pas commettre cette bêtise irréparable.

— Je te signale, ma chérie, me rappela-t-il en souriant, que notre fille a passé l'âge où nous pouvons l'empêcher de faire ce dont elle a envie. Sache que je n'en ai d'ailleurs pas la moindre intention. Et puis, je crois entendre ta mère, qui disait la même chose quand tu lui as annoncé ta grossesse. Avait-elle raison de dire que tu faisais une bêtise irréparable ?

— Bien sûr que non. Mais les circonstances étaient différentes, nous étions mariés, Ninon avait un père.

— Et alors ? Ce bébé aura une mère et des grands-parents. Du père, il va falloir qu'il s'en passe.

— Fille-mère, Ninon ! La belle affaire !

— Tina, il faudrait que tu renouvelles ton vocabulaire. Il est un rien archaïque et politiquement incorrect. De nos jours, on dit plutôt «monoparentale». Victoria l'a été aussi, et cela ne t'a pas empêchée de la fréquenter.

— Je n'ai vraiment pas le cœur à blaguer, Nicolas. Je suis politiquement incorrecte, vieux jeu, réac, tout ce que tu veux, mais tu ne me feras pas adhérer à tes idées loufoques.

— Fais comme il te plaira. Mais moi, à ta place, si je ne voulais pas me brouiller avec ma fille à jamais, je l'appellerais et lui dirais que l'idée d'être grand-mère m'enchante.

Je ne l'ai pas fait, bien sûr. J'ai plutôt appelé Victoria à la rescousse. Victoria est réaliste, ne vit pas comme Nicolas dans les chimères. Elle me comprendrait, m'aiderait à convaincre Ninon qu'il lui fallait absolument avorter. Victoria me donnerait raison.

Elle m'a donné tort sur toute la ligne et, pour une fois, elle m'a parlé d'un ton plus catégorique qu'Edwige dans ses pires moments. Encore un peu et elle me traitait de criminelle pour avoir osé ne serait-ce qu'envisager un avortement. Il est vrai qu'en l'appelant à mon secours, j'ai oublié pour un instant que Nathalie fut, mais qu'elle n'y était plus. Comment Victoria aurait-elle pu prendre ma défense ?

Au chevet de Maman, pendant qu'elle dormait, je me suis confiée à Andrée, sans oser lui donner tous les détails. Là, j'étais sûre de trouver une alliée solide et un peu de réconfort.

Andrée m'a serrée très fort dans les bras et s'est mise à pleurer. «Enfin une bonne nouvelle, ma grande, a-t-elle chuchoté, contre toute attente. Je croyais qu'il n'y en aurait plus jamais. Tu seras grand-mère, moi, grand-tante, et Maman, si Dieu lui prête vie, arrière-grand-mère. Non, mais tu te rends compte, comme c'est merveilleux ! Tu dis que Ninon ne veut pas du père. Cela se fait beaucoup de nos jours, le sais-tu ? Elle est moderne ta fille, bravo ! Puis, nous serons là pour l'aider.»

Je ne voyais qu'une alternative : ou bien j'étais le seul être sensé qui restait sur cette Terre qui veuille le bien de ma fille, ou alors j'étais vraiment dans l'erreur, mais de cela personne ne réussira à me convaincre. C'est à contrecœur que j'ai fini par appeler Ninon. Non pas pour lui faire part de ma joie infinie, mais pour lui demander tout simplement comment elle se sentait. Elle me répondit d'une voix joyeuse, d'une voix que je n'avais plus entendue depuis longtemps. J'aurais même osé parier qu'elle attendait mon coup de fil, qu'il lui faisait vraiment plaisir.

— J'étais en train de vomir, Maman, j'ai la nausée tous les matins, mais ça va, je te le jure. Je suis heureuse que papa t'ait parlé. Je me sens mieux depuis que je sais que tu es au courant.

— Mon petit ange, murmurai-je, décontenancée. Qu'allons-nous devenir ?

— Je comprends que tu sois un peu inquiète, sais-tu faire autre chose que t'inquiéter ? Tout ira bien, tu verras ! Tu te rendras compte bientôt que ce bébé-là est une excellente idée. Là, tout de suite, j'ai envie de ta bonne soupe de poulet aux nouilles. Tu peux m'en faire une ?

J'ai rarement vu Ninon dévorer avec un tel appétit. Elle était toujours pâlotte et cernée, mais, comme dans les contes de fées, on aurait dit qu'elle reprenait ses forces à vue d'œil, avec chaque cuillerée. S'il est vrai que j'avais mis dans cette soupe tout l'amour que j'ai pour elle, bien qu'elle fût salée de mes larmes, il est vrai aussi, même si je n'ai pas eu le cran de le lui dire, que je n'arrivais pas du tout à trouver que ce bébé-là était une excellente idée.

Voilà pourquoi la nuit, au bord de ce lac, je suis le vol affolé des chauves-souris, en me grattant comme une forcenée. Sans toujours savoir ce que nous allons devenir. Sans pouvoir m'empêcher d'en vouloir au sort d'avoir mis sur notre chemin le couple Boris-Odette. Leur tragédie, pour le moment, me laisse complètement froide, et je trouve que leur merveilleuse aventure africaine n'a rien de merveilleux en ce qui nous concerne. Le diable les emporte, eux, et tous leurs malheurs.

Plus aveugle que les chauves-souris qui valsent au-dessus de ma tête, je refuse d'admettre que Ninon ait été partie prenante et consentante. Rien ne m'enlèvera du crâne la certitude que Boris a profité bassement de ma petite ensuquée, qui, maintenant, est en train de se gâcher la vie à jamais.

La petite ensuquée a la trentaine bien sonnée, m'a placidement fait remarquer Nicolas pour une énième fois. Et pour m'inciter à partir avec elle au lac, il m'a sorti comme méga-argument que c'était l'endroit idéal où, loin de tout et de tous, Ninon pourrait, sous mon aile protectrice, réfléchir tranquillement. Pas en ce qui concerne le bébé, pour lui, c'était tout réfléchi, mais en ce qui concerne son propre avenir de monoparentale, pendant que le père de son enfant partait s'en chercher un autre en Afrique. On s'étonnerait encore que je me gratte furieusement ?

Néanmoins, je dois composer avec l'hypothèse que Nicolas a avancée : et si c'était elle, notre petite ensuquée, qui avait profité du désarroi de ce garçon paumé pour se fabriquer un enfant ? Après tous ses échecs répétés avec les hommes qui sont passés dans ses bras et dans son cœur, n'était-ce pas la proie idéale ? Toujours est-il que si je la tenais, Annabelle, je ne me gênerais pas pour lui dire que c'est moche de sa part d'être partie en me laissant ce cadeau empoisonné en guise d'adieux. Prolixe *in absentia,* je peux maintenant lui tenir de longs laïus, sans avoir peur de la faire bâiller : «Oh, Annabelle, pourquoi a-t-il fallu que tu nous quittes ? Pourquoi ai-je si mal quand je pense à toi ? Pourquoi ne puis-je concevoir que je ne te reverrai plus ? J'ai l'impression que tu es partie en voyage. Un long voyage, qui se prolonge indûment. J'aurais tant de choses à te raconter. J'aimerais tant pouvoir te dire que même si tu me terrorisais souvent, je t'aimais et t'admirais. Bien sûr, parfois, j'enviais ton aisance, ta désinvolture, bien sûr, souvent, je souffrais de tes flèches, mais j'adorais ta bonne humeur, ta légèreté. Drôle de légèreté, ma pauvre. Tu nous as bien eues à cet égard. Et maintenant, nous rasons les murs, affligées par notre aveuglement, nous, tes meilleures amies, qui n'avions pas compris que ce n'était que façade. Quelle détresse ne cachais-tu pas derrière elle !

« Je sais que, pour Ninon, tu m'aurais encore bien enguirlandée, me donnant mille fois tort et lui donnant mille fois raison, à elle. Je sais qu'une Ninon à toi ou, au moins, le souvenir d'une petite Nathalie, aurait été une raison suffisante pour ne pas prendre le volant, ce samedi de malheur. Je le sais plus que jamais, puisque tu as fini par avouer dans ta dernière lettre que c'est la solitude qui t'a donné l'imparable coup de botte. Cette solitude qui, sans crier gare, t'est tombée dessus. Et c'est la solitude, toujours elle, redoutable, qui tient maintenant Victoria accrochée à Gyuro, dans une relation qui n'en est pas une, qui tricote serré les vics d'Edwige et de Dominique pendant un court instant sans avenir, qui affole Andrée lorsqu'elle pense que même Maman peut lui faire faux bond. Cette solitude qui, toutes ces longues années, n'a été pour moi qu'une notion. Effrayante, mais théorique.

« J'ai eu du bol, je dois te l'avouer. J'ai toujours eu Nicolas pour me tenir compagnie. Même lorsqu'il succombait à sa grosse boulette, il meublait entièrement ma vie et mes pensées. Tout comme Ninon. Bien que souvent je fusse frustrée, mécontente, acariâtre, leur présence m'a si bien rempli la vie que la solitude n'y avait aucune place. Je n'ai jamais compris, jusqu'à ta défection, que j'étais une femme comblée. Une mère comblée. Je serai peut-être même une grand-mère comblée, dès que j'arriverai à me faire à l'idée que ce petit bâtard sera élevé par une mère écervelée, qui lui refuse le droit d'avoir un père.» «Bâtard!» Si mon Nicolas m'entendait, il me gronderait sûrement d'utiliser encore des mots d'un temps heureusement révolu. Mon Nicolas! Quels moments inoubliables ne m'a-t-il pas fait passer au bord de ce lac! Il n'y avait pas de miroir dans le chalet au bord du lac Miroir, il n'y en a toujours pas, mais je sais que pendant ces trois très courtes journées, j'étais belle. C'est ainsi que je me sentais, c'est ainsi que je me voyais dans les yeux de mon mari. En parfait accord avec cette chansonnette ringarde – ce sont les seules que j'aime – que j'ai tout d'un coup envie de fredonner: «Mon homme que j'aime d'amour.» Mais, si on réfléchit un instant, ce n'est pas si idiot que cela – parfois je l'ai aimé de rancune, de lassitude, de jalousie. S'il faut croire aux tests psychologiques à la gomme des magazines féminins, nous formons un vrai couple, qui, comme la ville de Paris, *fluctuat nec mergitur*. Pourtant, les vagues ont parfois essayé de nous emporter. C'est à se demander par quel miracle nous n'avons pas sombré.

Au moins, du côté de Maman, il y a un léger répit. Bien qu'elle déparle toujours, elle est en rééducation et a déjà retrouvé un tantinet l'usage de sa main paralysée, mais elle donne l'impression qu'elle ne veut plus remonter la pente. Le pronostic reste donc tout aussi flou: patience, ce sera long.

Andrée, quant à elle, abandonnant sa teinturerie dans les mains expertes du serviable dépanneur, prend racine auprès de Maman et fait maintenant la vie dure au personnel du centre de réadaptation. Mais, miracle, non seulement ne m'en veut-elle pas de m'être réfugiée au lac, elle m'y a même poussée :

— Vas-y, ma grande, je t'en supplie. Tu ne tiens plus debout et ta fille, pour l'instant, a vraiment bien plus besoin de toi que Maman. Rechargez vos piles, préparez-nous un beau bébé joufflu. Ne t'inquiète de rien, je ne quitterai pas Maman d'une semelle.

— Mais, Andrée, ta vie, ton commerce, qu'en fais-tu ?

— Je sais que c'est de la folie, Tina, mais, si on me le permettait, je dormirais même à ses côtés. J'ai l'impression que dès que je tournerai le dos, elle cessera de respirer. Pars tranquille, je veille, ajouta-t-elle avec un petit sourire qui se voulait rassurant.

Comment lui donner tort ? Moi-même, n'ai-je pas eu la même réaction ? N'ai-je pas pensé pareillement à la mort d'Annabelle ?

Un lever du soleil à vous couper le souffle met fin à mes cogitations et au vol affolé des chauves-souris. Le ciel se teinte de toutes les nuances de rose, ce ciel qu'Annabelle ne verra plus. De colère, je me gratte de plus belle, lorsque, ensommeillée, Ninon apparaît dans l'embrasure de la porte. Sous le grand t-shirt de son père – peut-être n'est-ce qu'une illusion – on dirait que son ventre pointe un peu. En tout cas, elle s'arrondit et commence à avoir des seins, la future maman. Elle a l'air préoccupée.

— J'ai fait un rêve terrible, Maman. Odette venait de mourir et Boris m'annonçait la nouvelle dans un grand éclat de rire. Je me sentais soulagée et me disais que tout était pour le mieux. Et je lui tendais mon bébé. Mais je te jure que je ne veux pas qu'Odette meure. Je l'aime sincè-rement, je veux qu'elle soit heureuse, et je ne veux surtout pas donner mon bébé à Boris, ni même le lui montrer. Ce bébé, je l'ai fait pour moi. Il est à moi, rien qu'à moi.

Jamais je ne le partagerai avec lui. Que cela te plaise ou non, il faudrait que tu l'acceptes pleinement, Maman.

— Donne-moi un peu de temps, chérie, je me sens bousculée par tous ces événements qui s'abattent sur moi. Je dois, moi aussi, mettre de l'ordre dans ma pauvre tête. Si je savais au moins ce que tu décides pour Boris !

— Combien de fois dois-je te répéter que Boris, c'est terminé, j'en ai fait mon deuil. Il ne m'apporte rien, je ne veux plus ni de lui ni d'un autre mec.

— C'est quand même le père de ton bébé.

— Et alors ? C'est un *loser*, un lâcheur, comme tous les autres. C'est Odette qui est à plaindre d'être affligée de ce poids mort, c'est son bonheur que je souhaite. J'espère qu'elle se trouvera un beau bébé en Afrique et que Boris ne fera plus de conneries. S'il venait quand même à en faire, car finalement ce n'est qu'un minable, elle aurait au moins son bébé à elle, comme moi, j'aurai le mien.

— Je ne te comprends pas, Ninouche, si tu m'expliquais un peu mieux toutes ces idées farfelues qui te traversent la tête.

— Avec Boris, j'ai vécu une folie dont je ne suis pas très fière, mais tout est bien qui finit bien : Odette garde son mari, moi, mon bébé.

— Et Boris ?

— Mais tu me pompes l'air avec Boris, à la fin. Que le diable l'emporte ! Si mon rêve veut dire que je me goure, que je veux avoir l'enfant et le père de l'enfant, que je doute de moi et de mes décisions, eh bien, tant pis. C'est un rêve et, comme tous les autres rêves, je l'oublie. Et ne viens pas me dire que dans ce rêve c'est mon inconscient qui parlait.

— Quand le vin est tiré, il faut le boire, voilà ce que pourrait te dire ton rêve, mais que le diable emporte aussi, avec Boris, l'inconscient, les psys et leurs interprétations bidon, lui dis-je pour couper court à une discussion qui risque de mal tourner. Il fait trop beau pour commencer à décortiquer ton rêve. Je vais plutôt te préparer un grand bol de café au lait avec des tartines grillées et de la bonne confiture de fraises des bois, que j'ai fait cuire hier soir, et je t'interdis de vomir, par égard pour mon travail. Te souviens-tu comme elles étaient longues à cueillir, ces fraises ? Te souviens-tu de la horde de moustiques qui m'a tourné autour ? À quelque chose cependant malheur est bon. Je n'ai pas fermé l'œil de la nuit et comme ça je n'ai pu faire de rêve malencontreux, moi.

— Mère judéo-chrétienne qui cherche à me culpabiliser ! blague Ninon, même s'il est clair qu'elle n'a pas le cœur à rire.

— Si c'est ça que ça prend pour que tu manges un morceau, tant pis. Je me dois de te rappeler que ce bébé a besoin que tu manges pour pouvoir grandir dans ton ventre. Nous irons ensuite nous baigner. Ce n'est pas aujourd'hui que nous réglerons ce sac de nœuds, que j'espère momentané.

— Oh oui ! Ça vaut mieux, sinon nous risquons encore de nous engueuler. Je crois que tu ne veux pas me comprendre, ni même m'écouter, me rétorque-t-elle, et je la sens de nouveau braquée contre moi.

Mieux vaut adopter un profil bas, avaler mes mots et me gratter en silence. Les conséquences risquent d'être moins désastreuses.

En revenant de la baignade, j'aperçois notre vieille Ford dans l'allée. Toute rouillée, elle est encore prête à nous rendre de bons et loyaux services, même si elle grince un peu aux virages et ahane dans les pentes. À la vue de nos regards inquiets, Nicolas nous accueille avec un grand éclat de rire.

— Salut, les nanas! Non, aucune catastrophe à vous annoncer. J'avais tout simplement envie de vous voir et de déjeuner avec vous. J'avais aussi envie de taquiner le goujon, histoire de vous régaler à midi d'une petite friture, bien que, dans ce lac, jusqu'à ce jour, je n'aie rien pris d'autre que des perchaudes. En homme prévenant, j'ai donc apporté du homard et une bouteille de derrière les fagots de la SAQ. On fait la fête!

— Beurk, fait Ninon, et elle court aux toilettes.

— Charmante façon de remercier un père attentionné, dit-il. Comment vas-tu, petite tête?

— Plutôt bien, lui dis-je, comme honteuse de lui donner une bonne nouvelle. En tout cas, mieux. Mais qu'est-ce qu'on fête?

— Rien de spécial, la vie, l'été, le soleil. Et aussi une petite nouvelle qui va te ravir. Hier soir, je suis allé rendre visite à ta mère.

— Comment va-t-elle?

— Si je me fie au fait qu'en me voyant elle a fermé les yeux et fait semblant de dormir, je dirai que, faute d'aller mieux, elle ne va pas plus mal, puisque, fidèle à elle-même, elle a montré comme elle a pu le peu de plaisir que lui faisait ma visite. Mais tu ne devineras jamais qui j'ai connu là-bas!

— En effet. Comment veux-tu que je le devine? Arrête de tourner autour du pot et dis-le-moi!

— Eh bien, j'ai fait la connaissance du dépanneur.

— Quel dépanneur? Celui qui vend des journaux et des bonbons dans le hall de l'hôpital?

— Tu n'y es pas du tout, ma mie. Le dépanneur d'Andrée. Son voisin obligeant qui s'occupe de sa teinturerie depuis qu'elle ne quitte plus ta mère.

— Qu'est-ce qu'il faisait à l'hôpital?

— Il était venu, en ami, faire sa petite visite, tenir compagnie à Andrée. Il y a certains petits détails que ta sœur a probablement oublié de te dévoiler. Vois-tu, quand je suis entré, le voisin et elle se tenaient par la main, yeux dans les yeux, genou contre genou. Andrée est devenue cramoisie en m'apercevant et a bafouillé quelque chose à propos d'une écharde qui lui était entrée dans le pouce. Vu la dangerosité de la chose, je leur ai vivement conseillé d'aller l'enlever dans le couloir, où il y avait plus de lumière. Le type a bien rigolé. Je peux te dire qu'il est très sympa.

— Est-ce qu'il ressemble à Charles ?

— Pas du tout, et c'est la bonne nouvelle ! s'esclaffe-t-il. Les yeux de ta sœur viennent de se dessiller. Elle voit enfin qu'il existe d'autres hommes sur la planète. Et tu ne sais pas la meilleure ! Contrairement à ta mère, Andrée a semblé contente de me voir. Et même contente, quoique hyper-gênée, de me présenter le dépanneur. Il s'appelle John.

— Un Anglo ? Je n'en reviens pas ! Elle qui ne jure que par la francophonie !

— Et en plus, si je te dis que c'est un Jamaïcain couleur espresso, bon teint, bon genre, tu en reviendras encore moins.

Sacrée vie, dans les bouquets insolites qu'elle se plaît à composer, elle n'hésite pas à piquer ici et là quelques arrière-fleurs.

Chapitre 11

La mère ressuscitée

Nous voilà de nouveau au cimetière. Nous tenir devant une tombe ouverte est désormais devenu une sale routine. Cette mort-là, bien qu'aussi inadmissible que les autres, était-elle au moins annoncée. Et si ma sœur et moi nous nous retrouvons face à elle désemparées, misérables, perdues, c'est bien de notre faute. À notre âge, c'est pathétique de jouer aux orphelines éplorées, même si c'est un rôle que nous embrassons avec un naturel déconcertant.

L'accompagnement de Maman, pendant les derniers mois, nous a ballottées de petits espoirs en pronostics réservés, de petits mieux en grosses rechutes, montagnes russes qui ont mis à rude épreuve nos nerfs déjà à vif.

Bien qu'elle restât égarée parmi les mots, elle nous faisait comprendre par tous les moyens qui lui restaient qu'elle voulait rentrer chez elle, qu'elle n'entendait pas être ailleurs, alors qu'elle devenait incontinente et qu'elle ne pouvait plus se tenir sur ses jambes. La réadaptation a finalement été un échec total, Maman refusant de s'adapter à sa nouvelle condition d'infirme, refusant toute aide. Elle essayait sans cesse de se lever furtivement, et tout ce qu'elle récolta furent une cheville foulée, une épaule luxée, un tibia fracturé. L'orthopédiste s'ajouta à l'armada de spécialistes qui lui tournaient autour et nous nous demandions, la peur au ventre, ce qui lui restait encore à briser, avant la chute finale.

Puisqu'il n'y avait plus aucune amélioration à espérer, les médecins ne cessaient de nous pousser à la «placer», horrible mot qui signifiait l'interner, malgré sa volonté, dans un foyer, euphémisme pour ne pas dire mouroir, où, dépendante du bon vouloir d'infirmières plus ou moins dévouées, le seul avenir qu'il lui restait était d'occuper pendant un certain temps le lit d'un autre candidat que la Mort avait inscrit sur sa liste d'attente.

— Oui, Tina, me dit Edwige, pendant que je me mouche bruyamment devant la salade grecque que je ne peux toucher. Ce sont des mouroirs, je te l'accorde. Mais que faire d'autre, sinon la placer?

— Tout sauf ça. Je ne peux plus entendre ce mot. J'ai l'impression que je dois serrer à la cave ou au grenier une vieillerie dont je ne veux plus, en fait, me défaire. C'est décidé, je la prends chez moi. Andrée est aussi prête à le faire. Nous nous occuperons d'elle à tour de rôle.

— Surtout pas. Vous perdez la tête, les filles, s'impatiente Victoria. Vous ne pouvez pas vous substituer à une armée d'infirmières et de médecins. Ni sacrifier votre vie à une cause perdue d'avance. Je sais que mes propos peuvent sembler cruels, mais il vous faut regarder la vérité en face. Avec Ninon et son ventre, tu en as plein les bras, Tina, même si Nicolas te prête plus souvent qu'à son tour les siens. Tu as aussi ton boulot, où il faut que tu tiennes jusqu'à la retraite. Andrée a son commerce et son John. Elle la mérite plus que quiconque, cette petite gâterie. Il serait impardonnable de la lui refuser.

— En théorie, vous avez tout à fait raison, mais en pratique, je ne peux pas m'y résoudre. Avez-vous une idée de ce à quoi ressemblent ces endroits?

— À ce qu'ils sont, ma chère, réplique Edwige, pensive. La seule différence est dans la qualité des soins. Et à ce chapitre, Tina, je vais te dire quelque chose et ne m'interromps surtout pas : même si on n'en a jamais parlé, je connais très bien votre situation matérielle. Je sais que ni toi ni Andrée ne pouvez vous permettre de «placer» votre mère dans un endroit qui vous semble à peu près convenable. En souvenir d'Annabelle, c'est dans un mouroir de luxe que nous allons l'installer. Si nous ne pouvons lui alléger les souffrances, nous lui offrirons au moins un nid douillet, où elle finira sa vie dans un semblant de confort. C'est ce qu'Annabelle aurait souhaité, tu le sais bien, elle qui se dévouait tant à ses vieux protégés. Chut, pas un mot, s'il te plaît, la discussion est close.

C'est la première fois qu'Edwige prononçait devant nous le nom d'Annabelle. Même si nous avons repris nos dîners, qui ont cependant lieu avec moins d'assiduité et jamais le jeudi ni chez le Vietnamien, nous nous gardons d'évoquer notre amie et jusqu'à son nom, qui semble être devenu tabou. C'est encore trop tôt, la plaie n'est pas encore cicatrisée, nous ne sommes pas prêtes, le cœur n'y est pas. Nous parlons de choses et d'autres, un peu de la grossesse de Ninon et des amours toutes fraîches d'Andrée, quand nous nous sentons vaguement légères, beaucoup de l'anémie de Dominique (tacitement, le mot «cancer» est, lui aussi, banni, pour conjurer le mauvais sort, peut-être), de l'aphasie de Maman et des valses-hésitations de Gyuro, quand les inquiétudes nous submergent. En fait, nous parlons de plus en plus souvent de maladies, de mort, sujets de conversation que nous abordions peu auparavant. Est-ce cela, vieillir ?

Il y avait aussi cette question qui me tourmentait sans fin, mais que je ne voulais confier à personne, puisque personne ne pouvait m'aider à y répondre en toute franchise : aimais-je ma mère ? L'ai-je jamais aimée ? Si oui, pourquoi avais-je toujours refusé de m'en rendre compte ? Si non, comment surmonter un tel handicap ?

Je regardais Maman se désintégrer dans son lit, incapable de s'exprimer convenablement, se laissant nourrir de force d'une bouillie liquide, grisâtre et rebutante, seule chose qu'elle pouvait encore avaler, refusant les soins pourtant prodigués en abondance par un personnel que l'argent versé par Edwige rendait plus que dévoué. Mais Maman rejetait en bloc repas et soins, recrachait bouillies et médicaments, nous faisant comprendre par ces pauvres sursauts d'insubordination qu'elle ne souhaitait que la mort. Pourtant, son corps brisé, malmené, douloureux, s'accrochait instinctivement, avec tout ce qui lui restait de force, à cette vie végétative. Même sa foi, autrefois si ardente, semblait l'avoir abandonnée, tout comme son bon Dieu, qu'elle rejetait, qu'elle recrachait en même temps que les bouillies et les médicaments.

Impuissantes, Andrée et moi assistions à cette mort lente. Nous étions au-delà de la peine, au-delà de la tristesse, nous rendant soir après soir auprès d'elle, constatant à chaque visite qu'elle allait un peu plus mal et qu'elle nous en voulait un peu plus de l'avoir sortie de sa maison, de l'avoir «placée». Et la culpabilité nous dévorait. Si quelque amour il y a jamais eu de mon côté, il avait endossé le nom de mauvaise conscience et portait haut et fier ses couleurs. Et l'amour indéniable qu'Andrée vouait à Maman ne s'exprimait pas mieux.

Après chaque visite, nous nous retrouvions en miettes sur le trottoir, trop fatiguées pour parler, trop découragées pour essayer de nous rassurer, redoutant déjà la visite du lendemain, celle du surlendemain.

Nous avons aussi dû passer une autre épreuve : puisque nous savions que Maman n'allait plus jamais pouvoir rentrer chez elle, il fallait liquider sa maison, sans l'en avertir, elle qui espérait encore revoir ses murs. Et nous ne l'avons pas passée avec brio, cette épreuve, c'est le moins qu'on puisse dire. Nous avions le sentiment qu'en nous débarrassant de tout le barda de notre mère, nous nous débarrassions d'elle une fois pour toutes. C'était elle que nous liquidions.

Entrer dans cette maison, que j'ai pourtant détestée de tout cœur pendant qu'elle l'habitait, mais où elle n'était plus, où elle ne rentrerait jamais, m'a bouleversée au-delà de toute attente. J'avais l'impression d'être prise en faute par elle, de commettre un sacrilège pendant que je fouillais dans ses affaires, lisais de vieux papiers, ouvrais ses tiroirs, enveloppais sa vaisselle.

Que faire de toutes ses porcelaines, de ses tableaux, de ces photos éparpillées partout ? Nous bébés, enfants, adolescentes. Sa photo de mariage avec Papa, nos photos de mariage. Ninon et les fils d'Andrée, à tous les âges. Tiens, même une photo d'Alice. C'était la façon de Maman de nous prouver combien elle nous aimait. Je parie qu'elle ne regardait jamais ces photos. Autrement, comment aurait-elle pu nous traiter souvent si mal ?

Contrairement à Andrée, la bonne fille, je n'ai jamais été intime avec ma mère, pas plus pendant l'enfance et l'adolescence qu'à l'âge adulte. Lors de mes visites, je me cantonnais au salon. Je ne connaissais pas ses culottes de vieille femme, ses soutiens-gorge défraîchis, ses combinaisons démodées. Je n'avais pas eu l'occasion de constater que ses draps et ses serviettes étaient usés jusqu'à la corde ni de voir les taches suspectes qui maculaient son matelas. Maman a toujours été prude, tare qu'elle m'a transmise

avec toutes les autres. Même lorsqu'elle évoquait sa constipation chronique, elle oubliait qu'elle parlait de déjec-
tions triviales, préférant lui donner les titres de noblesse
d'une épreuve que Dieu lui infligeait pour tester sa foi.

Pas question donc d'aborder entre nous un sujet aussi
scabreux que ses dessous, ni de me laisser plier son linge
de corps ou ranger ses affaires, puisqu'elle me trouvait
trop brouillon, trop maladroite pour pouvoir m'acquitter
honorablement de cette mission de confiance. C'était toujours Andrée qui s'occupait du quotidien. C'était elle qui
méritait tous les éloges. Un arrangement qui nous satis-
faisait toutes les trois.

Petit à petit, pour couper court à toutes les sentences à
l'emporte-pièce de ma mère, je prenais place du bout des
fesses sur le fauteuil qui était le plus près de la porte et me
bornais à l'écouter invectiver la météo qui, chaque fois,
disait-elle, lui jouait de mauvais tours, le gouvernement
qui voulait encore couper dans les soins, la caissière du
supermarché, son cheval de bataille, qui cherchait à la
voler à tous les coups. Je ne commentais pas ni ne la
contredisais, pour m'éviter querelles et anathèmes, prête à
m'enfuir dès qu'elle arrêterait un instant les jérémiades
pour reprendre son souffle.

Lorsque, le premier soir de la «liquidation», j'ai dû
franchir le seuil de sa chambre, je fus prise d'une légère
nausée. Une foule de souvenirs m'ont sauté à la figure, et
je ne suis pas arrivée à en pêcher un seul vaguement rose,
vaguement réconfortant, ni de l'enfance ni de l'adolescence. Rien qu'une succession d'images grises, acca-
blantes, à peine éclairées d'un faible rai de lumière quand
j'ai retrouvé dans le bas du placard les cravates de Papa,
dans le tiroir de la table de nuit, le livre de prières d'Alice.

Pour le reste, abattement, tristesse, odeur de naphtaline, poussière de mort. Pourquoi, Maman ?

Pourquoi, pour commencer, m'as-tu donné ce prénom sans relief : Tina, à la mémoire d'une grand-mère que je n'ai jamais connue ? Ni Christina ni Martina, tout bêtement Tina. Comme cette vieille étrangère, femme terne et assommante, qui a traversé la vie sans laisser d'autre réminiscence qu'un arrière-goût de profond ennui et ce prénom que j'ai toujours porté comme une condamnation. Et si je blasphème, c'est tant pis !

Je ne peux pas prétendre qu'Andrée soit un prénom plus recherché, moins banal, mais au moins c'est un prénom qui se tient. Alors que le mien.....

Ce sont des réflexions de ce genre qui m'ont poursuivie tout au long de cette interminable semaine où, soir après soir, une fois bouclé notre passage obligé par le mouroir, nous triions les affaires de Maman, emballions ses babioles d'un goût très discutable, mais dont elle était très fière, car chacune représentait un moment fort de son existence. Celle-ci, bien qu'elle m'ait toujours semblé étroite, insignifiante, fut cependant la sienne et, compte tenu de tout ce qu'elle avait pu amasser, elle devait quand même drôlement l'apprécier. En somme, nous étions déjà en train de prononcer sa sentence de mort, et nous nous sentions moches. Inefficaces. Et à tel point épuisées qu'à la fin, nous avons jeté pêle-mêle dans les boîtes qui partaient à sa paroisse un tas d'objets, sans plus les trier. Pourvu qu'on en finisse ! Et, sans nous l'avouer, c'est ce que nous avons aussi pensé quand le dernier clou a été enfoncé dans le couvercle du cercueil.

À la paroisse, pourquoi pas ? Si elle avait encore été elle-même, c'est sûrement ce qu'elle aurait souhaité. Tout comme la messe célébrée à l'église et les prières marmonnées au cimetière, avant que la terre ne l'engloutisse.

Andrée, au moins, a pris en souvenir quelques bibelots, Ninon, des photos. Elles en avaient le droit : leur peine était véritable. Moi, je n'ai rien pu prendre, même pas une nappe, même pas une assiette. Mon cœur était sec, et cette sécheresse me brûlait. Pourquoi, Maman ?

Où trouver une réponse à cette question lancinante : que ressentais-je à l'endroit de cette femme, qui, tous les documents à l'appui, était ma mère ? Qui m'a si souvent ennuyée, à laquelle j'ai tenu tête toute ma vie, à ma façon, sans me révolter ouvertement, mais que j'ai toujours rejetée, qui m'a toujours rejetée ?

Comme il est pénible à assumer, ce rôle de mouton à cinq pattes, même pas digne d'être exposé dans une ménagerie de fortune ! Pourtant, c'est le rôle que j'ai choisi de mon plein gré, personne ne me l'a assigné de force. Prima donna d'une parodie de drame, sans intrigue ni rebondissements, qu'avec mon manque d'imagination j'ai forgée à ma mesure.

Qu'ai-je gagné au change ? Faute d'amour maternel, beaucoup de rancune filiale, des lèvres qui se serrent en cul-de-poule à la moindre frustration, la même posture, prématurément voûtée, une rigidité d'esprit à son image, des principes solides qui, sans être les siens, lui ressemblent comme deux gouttes d'eau. Pauvre héritage, aussi lourd à porter que ce prénom sans éclat auquel je me suis pliée, que j'ai épousé pour ne faire qu'un avec lui.

Pendant que je ramassais les vestiges de sa vie, j'accomplissais ni plus ni moins mon devoir, cherchant désespérément un amour qui restait introuvable, aussi profondément que je scrutais mes entrailles. Et cette quête insensée ne nourrissait que mes cauchemars, sans me déculpabiliser, sans me soulager.

Soir après soir, je contemplais le désolant spectacle que m'offrait ma mère en partance, et je tremblais à l'idée que, probablement très bientôt, hélas, ce serait le même que j'offrirais à ma fille. Si ce Dieu hypothétique, hypothétiquement vengeur, veut me punir pour n'avoir pas aimé ma mère, c'est ainsi qu'Il me punira. Juste retour des choses. Mais s'Il ne veut pas me pardonner, au moins qu'Il épargne Ninon. Elle, elle mérite mieux, elle qui est toujours prête à tout me pardonner, même la tiédeur avec laquelle j'accueille sa grossesse. Cette grossesse qui n'arrive pas à me combler de joie, même si je sens quelques joyeuses fourmis s'agiter dans mes doigts quand, en caressant le ventre de Ninon, je sens bouger l'enfant de mon enfant.

Avant d'en avoir le cœur net et d'ouvrir ce nouveau dossier, il me faut clore définitivement le dossier « Maman », avec cet amer constat d'échec : je suis une mauvaise fille qui n'a jamais aimé sa mère. Elle avait donc raison. Cependant, tout n'est pas si simple, hélas !

Si je ne l'avais pas du tout aimée, pourquoi, maintenant, dans ce cimetière, devant cet autre trou qui s'apprête à avaler cet autre cercueil, est-ce que je pleure sans pouvoir m'arrêter ? Pourquoi cette douleur malséante de me sentir orpheline ?

Tout d'abord, je pleure en abondance sur moi, pourquoi se le cacher ? Je pleure sur mon enfance, grise à souhait, sur ma jeunesse, bien lointaine, que je n'ai pas su goûter, sur ma vieillesse, si proche, que je ne suis pas sûre de savoir bien gérer, sur celle de Nicolas, qui m'affole. Je pleure de peur.

Je sais cependant que je pleure aussi parce que je ne pourrai plus jamais tenir tête à ma mère, je ne pourrai plus jamais me mesurer à elle et espérer qu'enfin nous aboutirons à une entente cordiale. Je ne l'aurai plus jamais sous la main pour lui poser des questions essentielles, du genre : « Dis donc, Maman, quel était le nom de famille de la tante d'Alice, celle qui commençait ses journées avec un petit pastis bien serré, façon bien à elle de se conserver en un joyeux état d'ébriété jusqu'à quatre-vingt-dix-sept ans ? » Je ne pourrai plus jamais l'appeler au téléphone pour me faire expliquer pour la centième fois pourquoi son clafoutis aux cerises n'avait pas de grumeaux. On verse d'abord le lait ou bien la farine sur les œufs ? Impossible de m'en souvenir ni de réussir un clafoutis aussi exquis que le sien ! Je ne pourrai plus jamais lécher la cuillère en bois avec laquelle elle touillait sa confiture de bleuets, et si c'est le seul bon souvenir d'enfance qu'elle me laisse, je le garde précieusement. Au moins, j'en ai un.

Tout cela étant dit et accepté faute de mieux, en plus de pleurer sur la pauvre orpheline que je suis devenue, je pleure aussi ma mère. Pour de vrai. Si les larmes ne sont pas aussi nombreuses que celles que je verse sur moi, elles sont cependant bien plus amères, et elles me brûlent, me consument.

Je pleure cette femme que je n'ai pas cherché à connaître, car je n'ai jamais su par quel bout la prendre, et que, par voie de conséquence, j'ai sûrement méconnue. Pourtant, comme disait Victoria à propos de son père, elle a fait ce qu'elle a pu avec le peu de moyens qu'elle avait. Du coup, ses maladresses, ses bas calculs, ses sentences à profusion, ses gentillesses distribuées avec tant d'avarice, m'attendrissent. Ne suis-je pas faite un peu à son image ? Horreur de la découverte, mais soulagement aussi. Nous avons quand même quelques points en commun, malgré elle, malgré moi. Et voilà que je lui pardonne presque ses méchancetés, ses paroles hargneuses et jusqu'à son peu d'esprit, sa bigoterie. Je ne peux plus me laisser atteindre, pour l'heure, par aucun de ces griefs contre elle qui envenimaient mes journées, autrefois. Je me sens vidée de tout ressentiment à son égard, même de celui d'avoir été si mal prénommée, et je me sens vide de ma mère, abandonnée à l'état de fille qui n'aura plus personne à qui dire «Maman». Fille passée d'âge, fille aînée, détentrice de mille petites anecdotes familiales reculées dans le temps, qui doit les conserver en mémoire pour passer le relais. Fille de personne. Épouse et mère seulement, bientôt grand-mère. Et châtiment des châtiments, peut-être, autour de moi, bientôt plus personne pour m'appeler Tina. Je comprends enfin la détresse de Maman à la mort d'Alice, et bien que, pour le moment, je ne sois pas vraiment à plaindre pour ma condition, cela me vieillit terriblement.

Avant de mourir, ma mère a beaucoup souffert. Pourquoi son bon Dieu, qu'elle a tant vénéré, lui a fait subir ces souffrances, je ne le saurai jamais. Si elle avait encore pu s'exprimer, comme dans le temps, elle nous aurait probablement répété pour la millième fois que Ses voies étaient impénétrables. Ce qui nous aurait fait une belle jambe. Ce qui lui a fait, à elle aussi, une belle jambe puisque, vers la fin, elle ne semblait plus vouloir prier, puisque, à sa façon, elle aussi a devancé son heure sans attendre qu'on la fixe pour elle du haut des cieux. Je veux être pendue si son refus de nourriture et de médicaments, ses chutes à répétition, n'étaient pas un suicide masqué, sa façon de se débrancher, puisque Andrée et moi manquions du courage de l'aider à partir. De toute façon, diminuée, impotente comme elle l'était, c'était le seul moyen à sa portée, le seul projet qu'elle était encore capable de mener à bien.

Souvent, pendant ces terribles semaines, j'ai souhaité sa mort. C'était sûrement la façon la moins égoïste de l'aimer, elle, sûrement la plus égoïste de demander qu'on m'ôte enfin ce fardeau qui entravait tous mes mouvements, qu'on m'épargne ces visites qui étaient devenues ma seule destination. Souvent, quand le téléphone sonnait, au lieu d'avoir le cœur étreint d'angoisse, comme autrefois, me traversait l'esprit l'espoir saugrenu qu'on m'annonçait enfin qu'elle s'était endormie à jamais. Souvent, lorsque je la quittais après ma visite obligatoire, je m'encourageais en me disant que, dans l'état où elle était, elle ne pouvait pas passer une autre nuit.

Elle durait pourtant, malgré tout et malgré elle. Dégringolait, mais durait. De plus en plus végétative, de moins en moins humaine. Elle n'était plus que plaies de lit, os brisés, mots de travers et rancune.

Puisque, désormais, il était clair qu'on ne pouvait espérer aucun progrès et que, visiblement, elle était irrécupérable et de plus en plus difficile à soigner, le mouroir, aussi luxueux et onéreux qu'il fût, s'est vu dans l'obligation de se passer de nos gages et de l'envoyer à l'hôpital. Phase terminale. Non-retour assuré.

On l'a reléguée au dernier étage. Probablement pour l'éloigner le plus possible des «encore-vivants», pour la rapprocher le plus possible de l'incertain ciel et de son infinie miséricorde.

C'était maintenant à moi et à Andrée de lui faire la toilette, les infirmières étant ici bien moins nombreuses, moins dévouées et moins payées que dans le mouroir de luxe. Nous avons renvoyé l'infirmière privée qu'Edwige nous avait dépêchée. Il nous incombait à nous, ses filles, d'exécuter les devoirs d'hygiène, en essayant de ne pas défaillir à la vue de ce corps qui partait en lambeaux, qui sentait de plus en plus le cadavre. C'était la dernière chose que nous pouvions faire pour elle, il n'était donc pas question de nous dérober. Nous l'aspergions de son Eau de Guerlain, pour lui faire croire qu'elle était encore de ce monde, lui apportions des marguerites, ses fleurs préférées, oubliant qu'elles font partie de la famille des chrysanthèmes et que c'était bientôt ceux-là que nous lui apporterions à la Toussaint.

Plus aucun médecin ne passait la voir, les autres, les «encore-vivants» réclamaient davantage leurs soins. On ne prête qu'aux riches, on ne soigne que ceux qui ont une minuscule chance de s'en sortir. Même Andrée n'avait plus le courage de rouspéter, de s'insurger. Le pronostic n'était plus réservé, il n'existait plus. Nous attendions encore, mais au moins nous savions exactement ce que nous étions en droit d'attendre.

On l'accrocha à une intraveineuse, car non seulement elle refusait de manger ses répugnantes bouillies liquides, mais ne pouvait plus avaler même de l'eau. Avec sa main restée valide, maintes fois elle se l'est arrachée, mais nous tenions bon et appelions l'infirmière pour qu'elle vienne la lui remettre.

Quand ses veines taries ont refusé le goutte-à-goutte, nous avons insisté pour qu'on la torture un peu plus : un trou a été percé dans sa poitrine décharnée pour y installer une veine centrale. Un tuyau de plus, pour la nourrir artificiellement, pour la gaver de calmants, d'analgésiques, de sérum. Il n'y avait plus de traitement possible pour elle, juste l'acharnement du corps infirmier de la faire durer et notre obstination de ne pas la laisser partir. Nous avions la frousse, nous nous voulions irréprochables, il nous fallait la garder en vie. Andrée, par amour, moi, encore, par devoir. Chacune selon ses capacités.

Pourtant, lorsqu'un nouvel AVC l'a frappée de plein fouet, qu'elle est restée complètement paralysée, ne pouvant même plus bouger la main autrefois valide, et qu'elle a commencé à étouffer, bandant tout son pauvre corps dans l'effort d'attraper un bol d'air, nous avons craqué et avons demandé qu'on arrête tout. Honteuses, balbutiantes, nous avons imploré qu'on l'assomme de morphine et qu'on nous la débranche. C'est à ce moment-là que j'ai félicité Edwige dans mon for intérieur. C'est vrai que, sans un courage exemplaire et beaucoup d'amour pour Annabelle, elle n'aurait jamais, au grand jamais, respecté ses dernières volontés.

Les infirmières ont bien essayé de nous jouer la comédie de la charité chrétienne, déguisée en humanisme. Sous leur regard horrifié, chargé de reproches, nous sommes restées fermes, leur cachant et nos larmes et nos doutes. Ceux-là, nous disions-nous, ne les concernaient pas.

Nous avons même eu l'honneur de la visite d'un jeune résident qui nous a asséné le serment d'Hippocrate dans toutes les règles de l'art, et a tout fait pour nous culpabiliser. Il a raté son coup. Pour la culpabilité, nous avions déjà tout donné. Finalement, c'est un vieux médecin qui eut pitié de nous et de Maman, et a signé ce qu'il fallait pour qu'on l'aide à partir en douceur.

Et pourtant. Pourtant, la veille de la mort de Maman, puisque Andrée devait s'en aller plus tôt, je me suis attardée un peu plus dans la chambre d'hôpital, sans aucune raison précise. J'ai changé l'eau des marguerites, me suis penchée pour arranger ses oreillers. Et il m'a semblé l'entendre alors dire, si bas que ce n'était peut-être qu'une hallucination, ces mots que j'avais espérés toute ma vie durant : «Tu es une gentille fille, ma petite Tina.»

À ce moment-là, peut-être quand même illusoire, je fus enfin reconnue par ma mère. Et c'est alors que j'ai admis que je l'aimais malgré tout. Mon amour, malade, hésitant, plus qu'imparfait, pouvait quand même porter le nom d'amour. Moi aussi, en fin de compte, je n'ai fait que ce que j'ai pu.

Bien sûr, je n'en ai soufflé mot à Andrée. Je risquais encore de réveiller de vieux démons jaloux. Toutefois, ces derniers mots de ma mère, qu'ils fussent réels ou imaginaires, m'aident maintenant à barrer d'un trait toutes nos dettes impayées et à clore tant bien que mal le dossier «Maman». La veille de sa mort, en ce qui me concerne, j'ai signé avec elle une trêve, sinon la paix encore. Bien vacillante trêve, que les mauvais souvenirs qui ne manqueront pas de resurgir peuvent à chaque instant transformer en nouvelles amertumes. Du moins, durant cette trêve, je me sens en droit de verser, sur ce trou fraîchement creusé pour accueillir ma mère, des larmes de sang.

Papa et Alice, sous leurs pierres tombales, l'attendent, patients. Rien ne presse – désormais, c'est avec eux qu'elle passera l'éternité. Nous ne viendrons que leur rendre de courtes visites, pour fleurir leur tombe commune.

Bien qu'on ne devienne adulte qu'à la mort de ses parents, puisque je ne suis pas à un enfantillage près, je leur confie à tous les trois nos vies et la vie de ce bébé qui nous viendra. Puisqu'ils n'ont plus rien d'autre à faire, qu'ils veillent sur nous, qu'ils nous protègent, parbleu !

C'est aussi pour maintenir cette trêve, que le moindre souvenir risque de rompre, que je serre fortement la main d'Andrée et que je m'appuie de l'autre, reconnaissante, sur le bras de Nicolas ou que je caresse furtivement le ventre de Ninon. Son bébé se met soudainement à gigoter. Il doit être inquiet et atterré de sentir pleurer sa maman.

Il faut que je le rassure, ce petit. Que je lui explique une ou deux choses de la vie. Que je commence à lui présenter cette drôle de famille qu'il s'est choisie. Si les lieux ne s'y prêtent pas, les circonstances, si.

«Tu sais, lui dis-je, à sa façon badine et revêche, ta maman a aimé sa mamie. Et, à sa façon rigide et sèche, sa mamie l'a aimée aussi. Pour ton arrière-grand-mère, Ninon était une bonne fille, même si elle lui tenait tête, si elle lui répondait, alors qu'avec les autres c'était toujours elle qui devait avoir le dernier mot. Personne, à part Ninon, n'osait lui clouer le bec. Et elle ne s'en privait pas. Mais elle se faisait un devoir d'aller la voir toutes les semaines et ne s'asseyait pas comme moi du bout des fesses sur le fauteuil près de la porte. Bien au contraire, elle se vautrait sur le canapé à côté d'elle, chose que je n'aurais jamais songé à faire, et la reprenait chaque fois que ma mère se mettait à dérailler sur ses marottes. Elles se chamaillaient continuellement. Une fois je les ai surprises dans le feu de l'action. Ce n'était pas piqué des vers, je te le jure. Elles adoraient ça, vois-tu?

«Jusqu'à la fin, Ninon ne l'a pas lâchée d'une semelle. Elle nous en voulait, à Andrée et à moi, de traiter notre mère comme un vieux débris, de censurer chacune des paroles que nous lui adressions, de ne plus jamais la contredire, de ne plus rien lui raconter de notre vie, de peur de la tourmenter. Ninon lui parlait de tout, jusqu'aux derniers jours, elle lui a même parlé de toi, mon chou, chose que je n'aurais jamais osé faire, et Maman en semblait contente, elle qui en d'autres temps en aurait été carrément scandalisée. Il est évident qu'elle n'a pas posé de question au sujet de ton papa, une chance pour une fois que la pauvrette ne pouvait plus parler, mais le dernier sourire dont elle a été capable, c'est à Ninon qu'elle l'a offert. Et c'est Ninon qui a fermé les yeux de sa mamie, une fois qu'elle a rendu son dernier souffle. Andrée et moi, pétrifiées, étions incapables de bouger.

«Elle va lui manquer, tu sais, sa mamie à ta maman, elle lui manque déjà, voilà pourquoi elle pleure. Mais dors tranquille, petit bout de chou. Malgré sa grosse peine, je sens que ta maman est heureuse, car tu es là, bien accroché à elle. Et, sais-tu? Moi aussi je suis heureuse que tu sois là. Et si impatiente de te tenir dans mes bras.»

Tout d'un coup, malgré mes larmes, mon cœur se gonfle de bonheur. Oui, la nature a horreur du vide. Dans le vide laissé par ma mère se précipitait déjà ce tout petit bébé, notre petit bébé. Le voilà déjà qui s'installait confortablement dans notre vie, et que la peine devenait plus légère. Ce n'était plus la trêve, c'était la paix. Maman, je me sens soudainement en paix. Repose en paix, toi aussi!

C'est pleine de reconnaissance que j'ai pu dire merci à Victoria de m'avoir traitée de criminelle, ou presque, quand j'ai souhaité que Ninon avorte, et que j'ai pu enfin me jeter dans les bras d'Edwige et lui demander pardon du fond de mon cœur. Elles ne m'ont pas demandé quelle en était la raison, mais elles m'ont embrassée avec tant de tendresse que j'en fus toute remuée.

Je suis contente qu'Edwige nous ait tous invités chez elle après l'enterrement. J'avais envie de me retrouver avec tous les miens, les «encore-bien-vivants», et de parler de nos morts: Nathalie, Charles, Papa, Alice, Maman. J'avais aussi envie de parler d'Annabelle sans retenue. Évoquer ses paroles aigres-douces, sa faconde, ses frasques. Leur avouer que je n'ai pas encore pu effacer son numéro de téléphone de mon carnet d'adresses, pour me donner l'illusion que je pourrais encore l'appeler. Ce n'est qu'avec mes amies que je réussirai peut-être, un jour, à apprivoiser le manque d'Annabelle. Ce n'est qu'avec elles que je pourrai maintenant repartir de zéro. À soigner ensemble nos blessures, nous finirons peut-être un jour par les guérir.

Chapitre 12

Anna-Bella

«Maman, es-tu bien assise ? Ça y est ! C'est confirmé, ce sera sans doute une fille !» La voix de Ninon retentit dans le combiné, près de m'assourdir. Je dois, en effet, m'asseoir, les jambes dans le coton.

– Une fille !

C'est tout ce que je peux murmurer.

– Oui, une fille ! Je viens de passer l'écho. Ils n'ont pas vu l'ombre d'un zizi, quelle veine ! Un garçon, je ne l'aurais pas renvoyé non plus à l'expéditeur, mais une fille, avoue que c'est quand même bien plus chouette. Je sors à l'instant de l'hôpital, et je suis folle de joie. Je viens te faire la bise, il faut fêter ça. J'ai aussi deux autres choses à t'annoncer. Surprise !

– Ne sont-elles pas trop mauvaises, au moins ?

Soudain, j'ai si peur. Pour tout dire, côté surprises, le sort ne m'a pas trop gâtée dernièrement.

– Elles sont excellentes ! Je suis sûre que tu vas les adorer. Après, cours acheter de la laine, il te faut commencer à tricoter la layette de ma princesse. Mais pas que du rose, s'il te plaît, du coup que le zizi était voilé.

Sans me donner le temps de réagir, elle raccroche. Je suis complètement sonnée, je ne sais même plus si je suis heureuse. La seule chose que je sais, c'est que mes mains tremblent. Elle a quelque chose à m'annoncer, deux surprises. Qu'a-t-elle encore inventé? Toujours est-il que nous aurons une fille. Une toute petite fille, une Ninon miniature, que je tiendrai dans mes bras. Bientôt. Je sens déjà mes bras se refermer sur elle, je la sens déjà respirer tout contre moi. L'enfant de mon enfant, peut-on imaginer un plus grand bonheur?

Mais une toute petite fille, dont le papa ne suppute même pas l'existence et qui est allé en Afrique se chercher un autre enfant. Une toute petite fille non née, mais déjà orpheline de père. Ai-je bien fait de me laisser prendre dans le tourbillon et de m'installer dans la fausse position de la mamie comblée? Nous sommes tous bons pour l'asile, et moi la première.

Boris et Odette sont partis le mois dernier, pour une durée indéterminée. Ils veulent s'installer là-bas, quelque part en Afrique, jusqu'à ce qu'ils trouvent le bébé de leur choix et peut-être même un deuxième, si le premier s'avère satisfaisant (dans le monde de fous dans lequel nous vivons, ce genre de *shopping*, satisfaction garantie ou argent remis, devrait me sembler dans l'ordre des choses, si je n'étais pas si vieux jeu, selon mon bon Nicolas).

Pour ajouter à l'opprobre le ridicule, la dame de cœur non contente d'être virtuellement féconde prétend être réellement enceinte. Boris a osé l'avouer à Ninon, au téléphone, en lui faisant ses adieux. Bien entendu, Ninon n'est pas allée l'accompagner à l'aéroport, car sa grossesse commence à être évidente. Elle ne voulait surtout pas leur gâcher le voyage, a-t-elle déclaré. En invoquant une grippe stratégique (parfois, elle manque vraiment d'imagination, ma fille), elle a demandé à Nicolas de faire le sale boulot, pour sauver les apparences, côté Odette. «Boris, je n'en ai rien à secouer, a-t-elle déclaré, mais Odette est encore si fragile!»

Puisque Odette n'avait jamais su jusqu'où Ninon et Boris avaient poussé leur franche camaraderie, ni n'avait été mise au courant des nouveaux rebondissements du côté de la dame de cœur féconde – pourquoi lui faire inutilement de la peine, puisque l'affaire était bouclée, dixit Boris –, elle partait confiante, presque heureuse, prête à donner une seconde chance à son mariage et à bâtir sa famille sur des fondations en béton avec un époux contrit, qui lui promettait fidélité jusqu'à la fin de ses jours, et même au-delà.

Peut-être vaut-il mieux, en fin de compte, que notre princesse se passe d'un tel père, bien que sa famille élargie enfle à vue d'œil.

Le départ du couple s'est mal passé. Nicolas, qui a pris très au sérieux sa mission d'escorte, m'a raconté que le spectacle des adieux n'avait pas été beau à voir. La dame de cœur était venue réclamer son dû en plein hall de l'aéroport, résultats de tests de grossesse à l'appui, et voilà Odette qui en prend plein les gencives. Dans son état, dire qu'elle a été ébranlée serait un euphémisme. Elle s'est presque évanouie, a failli ne plus partir. Boris suait à grosses gouttes, courait d'une femme à l'autre, égarait les billets, perdait la tête. Quel méli-mélo ! Ce qui m'inquiète, c'est que Ninon se soit abstenue de tout commentaire. Elle doit quand même être meurtrie, ma vaillante fille.

Les voyageurs sont sûrement arrivés à l'heure qu'il est, puisque aucun avion à destination de l'Afrique ne s'est écrasé, mais, depuis, ils n'ont pas donné de nouvelles, que je sache.

Bien que cela ne me regarde pas, j'aimerais bien savoir comment Boris s'est sorti de ce nouveau traquenard et quels bobards il a inventés pour refaire son image aux yeux de sa femme et la convaincre de partir avec lui. Si

Odette sait calculer, elle doit se douter que la prétendue rupture de son volage de mari s'est prolongée indûment, ou au moins suffisamment pour lui donner le temps de concevoir (et à l'âge qu'elle a, notre poétesse, elle doit aussi savoir ce que ces choses-là impliquent), alors qu'il était censé être rentré depuis longtemps chez lui et manger la soupe que ma fille lui gardait au chaud. Ils l'ont bien eue, la poétesse, me disais-je encore l'autre jour, associant involontairement Ninon aux machinations de Boris.

À quoi a-t-elle pensé, cette ensuquée ? Non contente de vouloir faire à Boris un enfant en douce, chercher par-dessus le marché à le remettre en ménage avec sa femme ! De quel droit, au nom de quelle morale ? Qu'avait-elle à se mêler de ça ? À moins qu'occupée comme j'étais à vivre ma petite vie, je n'aie pas suivi le courant, rien compris aux temps modernes, rien pigé. Sans que ce garçon me soit un tantinet sympathique, je continue de trouver que Ninon charrie. Elle dit qu'Odette est sa meilleure amie, mais lui cache l'essentiel, parce que l'essentiel est juste-ment inavouable. Elle dit qu'elle ne voulait que son bien, mais n'hésite pas à lui emprunter son mari pour arriver à ses propres fins. Elle le lui a rendu, il est vrai, mais dans quel piteux état et pour combien de temps ? Comment Odette a-t-elle pu accepter de partir avec lui en Afrique, alors qu'elle venait d'être mise au courant d'au moins un de ses méfaits, me demandais-je, oubliant que j'avais repris Nicolas dans un état tout aussi piteux et que j'aurais accepté de partir avec lui, même sur la Lune, tout heu-reuse qu'il voulût de ma compagnie.

Quant à Ninon, une fois arrivée à ses fins, avait-elle le droit de traiter en homme-objet le père de son enfant ? Si elle ne considérait pas Boris assez fiable pour élever la petite, ce n'est pas avec lui qu'elle aurait dû la fabriquer, voilà ce que j'en dis. Ne viendra-t-elle pas, sa propre fille, lui demander un beau jour des comptes ? Pourtant, les quelques reliquats de féminisme que je possède encore devraient être pleinement satisfaits. Ce minus ne mérite pas d'égards. Cependant, même à l'époque où mes sœurs militantes, toutes griffes dehors contre la gent masculine, exaltaient leur féminisme, le mien était d'une scandaleuse tiédeur. J'ai donc d'autant plus de mal à souscrire aux agissements de ma fille. En réalité, je les trouve tout à fait condamnables, sans avoir le cran de le lui avouer, c'est entendu.

Oubliant la solidarité masculine, même Nicolas semble se ranger de mon côté à cet égard, puisqu'il n'a pas pensé me dire que j'étais vieux jeu ou réac, ni que mes principes d'un autre temps lui rappelaient ceux de Maman. Toutefois, pour ne pas devoir critiquer ouvertement Ninon ni me présenter des excuses, il a préféré me servir un verre de Riesling et s'asseoir au piano pour me jouer du Schubert pendant que je réchauffais le dîner. C'est une façon comme une autre de me donner un peu raison.

Avec mes amies et avec Andrée, j'évite le sujet tant que je peux. Je me tiens sur la pointe des pieds dans un flou artistique et ne réponds que par des monosyllabes lorsqu'elles me demandent des nouvelles de Ninon. Je suis tellement mal à l'aise, tellement peu d'accord à faire partie, malgré moi, de cette brigue, que je suis devenue une championne de l'évitement, des tangentes et des généralités. Lorsqu'on m'accule, je pèche par omission et, si je ne peux faire autrement, je mens sans vergogne. J'enveloppe la grossesse de Ninon d'un tissu de mensonges que j'ai peur d'oublier d'une fois à l'autre. C'est avec étonnement que je découvre que, dans le besoin, mon imagination se débride.

Ce sera une fille. Je me le dis et répète pour oublier les aléas de sa conception afin de pouvoir m'en réjouir pleinement avec Ninon. Sinon, elle se fâcherait, sa grossesse la rendant plus revêche qu'à l'ordinaire, et je risque de ne pas voir ma petite-fille avant longtemps.

Et si c'était de ma faute ? À toutes mes incompétences s'ajoute peut-être aussi celle de n'avoir pas su élever convenablement ma Ninouche. De n'avoir pas su lui enseigner le mode d'emploi d'une existence sans heurts, sans nids-de-poule, sans accidents de parcours. Pour ne pas chercher à lui imposer mes idées, comme l'a fait, hélas, trop souvent, ma pauvre mère, je me suis effacée, préférant m'en remettre à mère Nature, que je croyais sûrement plus calée que moi dans les choses d'ici-bas. C'est ainsi que Ninon a poussé, au gré du vent, comme la mauvaise herbe. Et moi qui croyais cultiver la reine des fleurs !

Nicolas, qui ne s'embarrasse pas de mes états d'âme, affirme que, par les temps qui courent, les mauvaises herbes se débrouillent mieux, car elles sont plus robustes, plus aguerries, que les plantes rares. Il m'absout d'emblée de toute faute, pour que je ne songe pas d'aventure à le rendre coresponsable des chemins escarpés que Ninon a choisi d'emprunter. Alors que le chemin que je voulais pour elle était pavé de pétales de roses et de toutes mes bonnes intentions. Un chemin qui devait la conduire directement vers un bon mariage, vers l'homme qui lui donnerait de bons enfants et qui saurait surtout tenir avec brio le rôle du père indéfectible. Et si, en plus, ce mari avait pu avoir une belle situation, je n'aurais rien trouvé à redire.

« Fantasmes de mère frustrée », constate Nicolas. Oh que non ! Attentes légitimes de mère, un point c'est tout.

Ninon, a-t-elle au moins eu une enfance heureuse ? Voilà une question que je n'oserais pas lui poser, terrifiée à l'idée qu'elle me sorte une liste de griefs au moins aussi longue que la mienne contre Maman. J'ai sûrement manqué mon coup, mais à quels moments, dans quelles circonstances? Si seulement je pouvais retracer le jour décisif où mon bébé souriant, dont les fossettes dans les joues me ravissaient, a cessé de faire des risettes pour jeter sur son petit monde un regard chargé de colère, et si je pouvais remonter jusque-là, à quatre pattes s'il le fallait, peut-être pourrais-je ainsi colmater la fissure. Ou au moins aider mon enfant à ne pas commettre les mêmes gaffes, sinon d'autres, avec cette petite fille qui débarquera dans quelques mois.

J'entends claquer la portière d'une voiture, des pas dans la rue. Je dois me recomposer le visage, me figer un sourire béat sur les lèvres et oublier pendant la visite de Ninon mes appréhensions, mes préjugés, le lourd fatras d'idées négatives qui m'empêchent, même dans ce moment unique de ma vie, d'être pleinement heureuse.

Si au moins Nicolas n'était pas sorti! S'il était là, il me semble que tout irait de soi, nous pourrions rire, faire des projets, comme si de rien n'était, comme si nous étions la plus normale des familles. Je tolérerais même qu'il prenne des photos du ventre de Ninon, sa nouvelle marotte, depuis qu'il a la certitude qu'il sera grand-père. Faute de pouvoir immortaliser sur pellicule le mariage de sa fille, il a pris la sale habitude de se fixer l'objectif à demeure devant la rétine, et de zoomer sur le ventre naissant de Ninon dès qu'elle franchit la porte. Qu'est-ce qu'il peut m'énerver, des fois!

Un galop dans les escaliers. Elle arrive. Elle ne devrait plus courir comme ça, dans son état. La porte s'ouvre, et Ninon me saute dans les bras.

– Papa n'est pas là? Tant mieux! Je suis contente qu'on soit toutes les deux, pour une fois! Entre femmes.

Mais d'abord la première surprise, Maman. J'ai décidé que ma fille s'appellerait Anna-Bella. Qu'en dis-tu? Il n'y a pas de prénom qui puisse mieux lui aller.

— Anna-Bella. Annabelle.

Me voilà tout émue. Enfin, un prénom qu'on peut présenter tête haute, dont ma petite-fille ne devra pas avoir honte, comme moi du mien.

— Pourvu qu'il lui porte chance, ne puis-je m'empêcher de soupirer, qu'il la rende heureuse, bien plus heureuse que ne fut Annabelle.

— Il lui portera chance, j'en suis sûre. Arrête pour une fois de broyer du noir, espèce de Cassandre, cale-toi dans ton fauteuil, respire profondément, relaxe. Tu sais, Maman, tu me désoles. Tu trouves toujours quelque raison de t'en faire, de ne pas être pleinement heureuse. Ton regard est toujours soucieux, tu angoisses sans arrêt. Que vais-je faire de toi?

— Ne nous occupons pas de moi pour l'instant, lui dis-je, pour faire diversion. Dis-moi plutôt quelle est ta deuxième surprise.

— Odette est rentrée hier.

— Quoi? Pour une surprise, c'en est une. Mais je ne pense pas qu'elle soit bonne. Où est-elle?

Je suis stupéfaite, je n'arrive pas à absorber la nouvelle. Il ne manquait plus que ça. Un autre beau sac de nœuds impossible à défaire.

— Chez moi.

— Chez toi? Attends, Ninon. Aide-moi à comprendre à quoi vous jouez.

— On ne joue pas, Maman. Ce n'est pas un jeu. Les événements prennent parfois des tournures inattendues. Il faut savoir s'y adapter, c'est tout.

— Magnifique! Et maintenant?

— Nous nous sommes expliquées. C'est-à-dire que j'ai dû tout lui expliquer et, en premier, ma bedaine. Je t'avoue que cela n'a pas été facile. J'étais dans mes petits souliers.

— Comment l'a-t-elle pris ?

— Bien, même très bien, aussi incroyable que cela puisse paraître. Je suis très fière d'elle. J'ai toujours su que c'était une grande dame, mais elle m'a quand même épatée. Elle veut être la marraine d'Anna-Bella, l'élever avec moi.

— Eh bien, voilà une excellente nouvelle. Plus on est de fous, plus on s'amuse ! Ninon, je veux bien croire que les femmes enceintes ont des lubies, mais là tu dépasses les bornes. Vous jouez avec le feu, vous allez vous brûler.

— OK. Je vois que j'ai eu tort de te faire confiance. J'étais toute contente de venir partager avec toi ces grandes nouvelles, et au lieu de t'en réjouir, tu le prends mal. Je croyais qu'on était amies, nous deux, non seulement mère et fille. Tu me déçois.

— Bien, ma fille, j'en prends pour mon rang. Désolée de ne pas être à la hauteur.

— Tu ne t'améliores pas avec l'âge, Maman. En vertu de quoi, s'il te plaît, viens-tu décréter du haut de ta sagesse que nous jouons avec le feu ?

— C'est du délire, cela ne se fait pas.

— Ah bon ! Pourquoi donc ? Parce que les choses ne surviennent pas dans l'ordre que tu veux leur donner. Parce que tu es incapable de comprendre qu'il existe différentes façons de faire, qui ne sont pas forcément les tiennes, mais qui peuvent être tout aussi valables. Parce que…

Voilà ce que je redoutais : ce tête-à-tête risque de tourner une fois de plus à l'affrontement. Au conflit de générations. Comment y échapper ?

— Qu'est-ce qu'il y a, Maman ? reprend Ninon, voyant ma mine. Causons, s'il te plaît !

Oh non ! Ne causons pas ! Je suis si fatiguée de toujours devoir me justifier, me défendre. Qu'on me laisse tranquille au moins aujourd'hui pour que je puisse savourer à ma manière, petitement, la minuscule Anna-Bella qui devient de plus en plus une réalité. Je voudrais essayer de ne pas bouder mon plaisir, sans que ma fille s'attende à ce que je donne mon aval à une folie de plus, que je trouve, pour le moins, de mauvais goût. Qu'on me donne aujourd'hui le droit de prendre le temps de m'imprégner de toute cette avalanche d'émotions qui me tombent sur le cœur et de les trier en paix. À mon âge, la digestion est considérablement ralentie.

Ma Ninon n'est pas fille à lâcher prise :

— Parle-moi, Maman !

Le ton devient péremptoire.

— Il n'y a rien, je suis bêtement abasourdie.

— La belle excuse. Dis-moi la première idée noire qui te passe par la tête.

Mince alors ! Nous voilà en pleine séance de psychothérapie, à jongler avec les associations d'idées. Il ne manquait plus que ça !

— Pourquoi toujours ressasser les mêmes affaires, Ninon ? dis-je.

— Pour les régler une bonne fois pour toutes.

Je n'y couperai pas. Il faut me jeter dans la gueule du loup, quelles que soient les conséquences de cet entretien qui tourne au désastre.

—   Bon, puisque tu y tiens ! Je n'arrive toujours pas à me faire à l'idée que ce bébé n'aura pas de père. Peut-être que Boris aurait quand même fait l'affaire, me lancé-je timidement, m'attendant à me faire vertement rabrouer. De façon très prévisible, Ninon saute sur l'occasion :

— Arrête de me servir Boris à toutes les sauces ! Je ne veux pas de lui, est-ce bien clair ? Et arrête d'appeler Anna-Bella, « ce bébé ». Elle a un prénom maintenant. Qu'elle n'ait pas de père n'est pas un problème. En tout cas, ce n'est pas ton problème, décrète-t-elle d'un ton définitif. Je te fais remarquer que je ne suis pas venue te demander ton avis, je suis venue t'annoncer un fait accompli.

— Si c'est ainsi que tu le prends, n'en parlons plus ! Je persiste, cependant, à dire que tu n'as pas le droit de priver Anna-Bella de son père, ni Boris de son enfant naturel. Quitte à te décevoir un peu plus, j'ose croire que si tu avais bien voulu lui dire que tu étais enceinte, il ne serait peut-être pas parti en Afrique se chercher un enfant adoptif. Et Odette ne se serait pas amusée à ces valses-hésitations, partir, revenir et, faute de mieux, se contenter de devenir la marraine de l'enfant de son mari. Les choses, déjà bien compliquées au départ, seraient rentrées dans un certain ordre qui, sans être forcément le bon ou le mien, auraient au moins été jusqu'à un certain point acceptables.

Voilà que je me fâche. Ce tête-à-tête finira très mal.

— Selon quels critères, Maman ? Selon quelle morale ? En tout cas, pas la mienne ! Sache cependant que je m'estime une femme morale à peu de choses près, pour parler ton langage, une honnête femme malgré un ou deux faux pas, mais c'était pour la bonne cause. Je voulais un enfant, un homme s'est présenté. Malheureusement, il se trouve qu'il était le mauvais mari d'Odette, qui est ma bonne amie. Je lui ai bien expliqué hier soir, à Odette, qu'Anna-Bella était mon enfant, rien que mon enfant. Voilà une chose sur laquelle je ne ferai pas de compromis. C'était à prendre ou à laisser. Cependant, une marraine comme elle nous faisait honneur à toutes les deux. Odette était la seule en droit de m'en vouloir, or elle l'a bien accepté, ce fait que tu trouves inacceptable. De plus, elle est tout à fait d'accord avec moi que ma toute petite peut très bien se passer d'un père, et sûrement d'un père comme Boris.

— Cependant, c'est bien lui que tu lui as offert, ou plutôt la place vacante.

— Ah non! C'est le hasard qui l'a voulu ainsi. Moi, je voulais un enfant. Malheureusement, je ne pouvais pas me le fabriquer toute seule. Le hasard a mis ce seul géniteur possible sur mon chemin. Pourquoi l'écarter?

— Tu dérailles complètement, ma fille. Tu veux me faire croire qu'Anna-Bella est le résultat d'un acte dûment réfléchi. Je ne le prends pas.

— Pourtant si. Depuis le départ de Claude, les hommes ne m'obsèdent plus. J'ai en tout en cas pris la décision que plus aucun ne partagerait ma vie. Les hommes, j'ai bien vu les saccages qu'ils pouvaient faire. Les exemples, autour de moi, n'ont pas manqué: Annabelle, Edwige, Victoria, Alice, Mamie. Elles en ont toutes pâti, et toi aussi, à cause de Papa. Non, ne fais pas cette tête. Je ne connais que trop la sale période que tu as traversée. Je te signale que j'étais là et que j'ai tout vu. Puis, dis-toi bien, Maman, que si la paternité tenaillait vraiment Boris, il aurait eu l'occasion de le montrer autrement qu'en suant à grosses gouttes à l'aéroport quand sa maîtresse est venue lui annoncer preuves à l'appui que ça y était, que tous ses vœux étaient exaucés. Je regrette finalement de ne pas m'être rendue à l'aéroport; Papa m'a assuré que cela aurait valu le déplacement. Si c'était réellement un enfant que Boris voulait, il le tenait à ce moment-là. Il n'avait pas besoin de partir en Afrique s'en chercher un autre. C'est Odette qui était à plaindre, pauvre fille, d'avoir été éprise d'un tel pantin.

Mais elle vient de se réveiller, enfin, ma Belle au bois dormant. Et tu ne sais pas la meilleure ! Elle ne me tient pas du tout rigueur pour Anna-Bella, elle m'en veut juste un peu pour avoir essayé de réparer son couple. Elle dit que, sans moi, elle se serait sûrement épargné l'escapade africaine.

— Il est vrai que tu t'es mis les pieds dans le plat, que tu veuilles ou non le reconnaître. Mais, enfin, soupiré-je, sans chercher à t'excuser, vous étiez tous quand même supposément des adultes et, en tant que tels, censés savoir ce que vous aviez à faire. Odette et toi semblez donc avoir arrêté, une fois pour toutes, le compte de Boris et être fin prêtes à suivre votre petit bonhomme de chemin. Toi, le tien, qu'il me plaise ou non, Odette le sien, ou plutôt le tien encore, pour le moment, bien que cette décision me semble foireuse, selon mon ordre des choses, c'est entendu.

— Comme tu y vas ! Restons-en là !

— Au contraire, continuons, puisque nous sommes à l'heure des quatre vérités. L'as-tu au moins choisi, ce chemin ? N'est-ce pas Carmelina qui t'a poussée à le prendre ? Je me demande parfois si je dois lui être reconnaissante. Si, sous couvert de prédictions de pseudo-sibylle, elle ne t'avait pas mis dans la tête cette fantaisie de bébé à venir dans l'année, tu ne l'aurais peut-être jamais fait.

— Merci, Maman, de me faire à ce point confiance. Tu m'encourages. Tu peux bien ne pas croire à la clairvoyance de Carmelina, mais je te signale que ce que je ne vous ai pas dit ce soir-là, chez Edwige, pour ne pas vous effrayer avant terme, c'était qu'elle avait aussi vu dans mon tarot maladies et décès, et je crois que nous en avons eu notre compte à ce chapitre. Non, je ne veux pas défendre Carmelina, je te raconte des faits et si, ce soir-là, je vous en ai parlé, c'était parce que je te faisais encore confiance, mais tu n'étais de toute évidence pas mûre pour être mise dans le secret. Annabelle, si ! C'était bien la seule.

— Autant pour Carmelina, alors. Disons donc que c'est de ton propre chef que tu as décidé de fabriquer Anna-Bella, après avoir soigneusement pesé le pour et le contre. Très bien. Mais pourquoi la priver délibérément d'un père ? Je ne comprends toujours pas.

— Pourtant, ce n'est pas bien difficile à comprendre. Parce que je ne crois pas qu'un homme soit digne de ce titre. Les hommes ne sont pas sérieux, en tout cas pas assez sérieux pour être pères.

— Que dis-tu là, Ninon ? Ton esprit bat la campagne.

— Attends ! Je ne te parle pas de leurs aptitudes biologiques, du petit coup de zizi qui porte à conséquence. Ça, c'est à la portée du premier imbécile venu. Je te parle d'aptitudes morales. Dans les circonstances graves, ce sont toujours les mères qui se chargent de leur enfant, les pères s'en déchargent. Lorsque Papa est parti, m'a-t-il embarquée avec lui ? Bernique ! Il ne réclamait que son piano, pas sa fille.

Et si c'était là, la fêlure ? Si c'était à ce moment-là que pour Ninon la Terre a cessé de tourner rond, qu'elle a vacillé, que son petit cœur a été écorché à jamais ? Pourquoi alors son réquisitoire ne peut-il pas pleinement me réconforter ni m'absoudre de toute faute ?

— N'exagérons rien. Nicolas a eu un moment d'égarement, cherché-je à plaider sa cause, après, il s'est quand même bien racheté. C'est quand même un bon père, Nicolas, et qui est toujours de ton bord.

— Arrête de le défendre ! Oui, bien sûr, après, il est rentré en fin de compte, mais ne viens pas me dire qu'il est rentré parce qu'il est un bon père. Ce n'est pas pour moi qu'il est rentré. Et pour toi non plus, puisque nous sommes à l'heure des quatre vérités. Il est rentré parce que c'était plus commode comme ça.

Aïe, j'ai mal. Ninon sait-elle qu'elle me fait si mal ? En a-t-elle le droit ? Je reçois en pleine face cette vérité que j'ai toujours voulu déguiser, ou au moins dissimuler, ne pas nommer. Mon homme rentrait et, avec lui, tout rentrait dans mon bon ordre des choses. Pourquoi s'embarrasser de détails, poser des questions dont on connaît la réponse, quand bien même on ne veut pas l'admettre ?

— C'est assez, Ninon, je ne peux pas t'empêcher de régler tes comptes avec ton père, mais laisse-moi les régler avec mon mari !

— Pardon, Maman, je ne voulais surtout pas te blesser. Ne parlons plus de ton mari, parlons seulement de mon père ! Après, c'est entendu, il a filé doux, Papa. Il m'a beaucoup joué du piano, s'est accommodé de toutes mes frasques, il est même devenu mon complice, au risque de t'affronter, mais j'ai toujours su que ce n'était que sur toi que je pouvais vraiment compter. Même lorsque tu me tançais, me faisais la morale. Même lorsque tu t'es mon-trée intraitable à cause de ma grossesse. Même lorsque tu nous condamnes, Odette et moi. Entre femmes, on arrive toujours à s'entendre. J'en veux à Papa et à tous les autres hommes parce qu'ils sont des pères démissionnaires, alors que les femmes restent des mères en service commandé leur vie durant.

— Par la force des choses, Ninon, par la force des choses, dois-je lui rappeler, pour ne pas désavouer complè-tement Nicolas, pour ne pas l'abandonner seul aux crocs de sa fille.

— Non ! Pas par la force des choses. Par une loi votée sans doute à l'unanimité par les hommes, et que les femmes n'ont jamais voulu contester. Qui a eu l'idée de cette loi ? Les hommes, je parie ! Pour pouvoir se laisser mener par leur pénis, mais pas par leur cœur. C'est ça, l'amour paternel ! C'est de cet amour-là que je prive ma fille ? Et tu oses encore la plaindre, méchante grand-mère !

Sur cette sentence sans appel, Ninon m'embrasse fougueusement. Quitte à désavouer un peu plus Nicolas, je lui rends tous ses baisers, et j'en rajoute quelques-uns pour faire bonne mesure. Et je n'ai surtout pas l'intention de lui faire la même leçon que celle que Victoria m'a donnée sur Papa, à la mort d'Alice. Chaque chose en son temps. Ninon est assez futée pour trouver toute seule le pardon, quand le jour viendra. D'ici là, que Nicolas plaide ses propres causes pour rentrer dans les bonnes grâces de sa fille. Mon pauvre Nicolas, qui ne sait même pas que, pendant toutes ces années, il était mis au pilori, raison pour laquelle il croyait avoir tous les droits, même celui de photographier sans cesse le ventre de Ninon. C'est étonnant quand même, qu'elle soit assez gentille pour se laisser faire en souriant.

Nicolas devra bien se débrouiller tout seul. Je préfère, pour l'instant, écouter Ninon, pelotonnée contre moi, faire mille projets pour Anna-Bella.

Elle est vernie, notre princesse, déclare Ninon, car elle n'aura pas que sa mamie, une mère et une marraine, mais aussi trois tantes : Andrée, Edwige, Victoria. Pourquoi pas, au point où on en est ? Une mère, une marraine, trois tantes, laissons de côté les comptes d'apothicaire, tant que je reste sa seule mamie ! En revanche, pas de parrain, on ne veut pas d'empêcheur de tourner en rond dans les parages, ajoute-t-elle. Je quémande quand même pour mon bon Nicolas le droit au titre de grand-père. Accordé sans hésitation, pour les promenades, berceuses et photos, tout au moins. Ouf !

Le soir qui tombe nous surprend à rêver déjà de la robe de mariée qu'Anna-Bella portera, bien que pour cela il faille que ma Ninouche accepte que, dans l'état actuel des choses, notre bébé devra dans ce but unir bêtement sa vie à celle d'un homme. Accordé : une contradiction de plus ne pèse pas bien lourd. Et au prix de trahir un peu plus Nicolas – d'autres ont commis des trahisons beaucoup plus viles, bien avant moi, avant que le coq n'ait chanté trois fois –, je me dis qu'on est vraiment bien juste nous, toutes les deux. Même le plus compréhensif des hommes se moquerait de nos projections dans un avenir si lointain et parlerait de «fantasmes de mères frustrées».

Une fois que la future maman m'a quittée, en dévalant l'escalier malgré mes recommandations, c'est légère comme je ne l'ai plus été depuis des siècles que j'ai couru acheter plein de pelotes de laine avant que la boutique ne ferme. Ninon a raison. Il n'est que temps de me mettre à tricoter la layette d'Anna-Bella. Elle naîtra au printemps. Le temps reste encore frais en cette saison, quelques vêtements bien chauds ne seront vraiment pas de trop.

Mais j'ai besoin d'aide. Andrée était, dans le temps, une grande tricoteuse devant le Seigneur. Elle doit reprendre ses aiguilles sans tarder. Il me faudrait donc une tonne de pelotes. À leurs heures, Edwige et Victoria manient le crochet avec plus ou moins de bonheur, je crois. Elles voudront sûrement se joindre à nous pour garnir le berceau de bébé de petites couvertures moelleuses. Et Odette ferait bien d'assumer ses responsabilités de marraine. La petite Tania, nous pourrions aussi la faire entrer dans notre cercle. Remmailler, démailler. Point jersey, point mousse, point de riz, nous n'aurons pas assez des longues soirées d'hiver.

À vos aiguilles donc, Mesdames. Prêtes ? Partez !

Je donne dans la guimauve, je suis furieusement vieux jeu ? Tant pis ! J'ai bien le droit de me faire un peu de bien de temps en temps. Personne ne m'empêchera d'avoir envie de sauter de joie quand j'imagine le charmant tableau : la future mamie, entourée de sa suite de zélées fées tisserandes qui bougent à l'unisson leurs aiguilles en l'honneur d'Anna-Bella, pendant qu'elles causent et causent. Du passé, du présent, peut-être aussi, si elles en ont le courage, de l'avenir.

Plaise au ciel que Nicolas n'ait pas la mauvaise idée de commencer à nous prendre, nous aussi, en photo ! Cher Nicolas ! Mon homme repentant qui est rentré pour ses mille mauvaises raisons, peut-être, mais ce n'est pas moi qui m'en plaindrai. Il est rentré, cela m'a suffi dans le temps, cela me comble aujourd'hui. Mon Nicolas à moi, que j'aime d'amour, bien qu'il m'arrive parfois de l'oublier.

Épilogue

Carré de dames, prise 2

Nous avons accouché d'Anna-Bella. Je dis bien nous, car j'étais dans la salle d'accouchement avec ma Ninon, là où était ma place, poussant avec elle, ahanant avec elle, me souvenant de chaque instant de mon propre accouchement. Elle n'a voulu que de moi auprès d'elle. Surtout pas de Nicolas et de son appareil photo. Et quand, enfin, notre princesse parut, toute fripée, ensanglantée, épuisée par sa longue traversée, qu'elle cria avec toute la force de ses petits poumons et qu'on l'eut mise sur le ventre de sa maman, pour faire diversion, je me suis évanouie. Le corps médical dut abandonner pour un instant mère et fille afin de ranimer la grand-mère. Une preuve de plus, s'il en fallait, que je ne suis pas une femme vaillante.

Dans la salle d'attente, la suite d'Anna-Bella au grand complet s'impatientait, s'inquiétait, se remontait le moral à qui mieux mieux. Chacun d'entre eux m'a raconté par le menu les hauts faits de la longue attente – notre princesse ayant bien pris son temps.

Nicolas, après avoir photographié le couloir et la porte de la salle d'accouchement sous tous les angles, car il fallait immortaliser le moment tant bien que mal, s'efforçait sans succès de ne pas trouver le temps long.

Andrée, fidèle à elle-même, accostait chaque infirmière qui passait par-là, l'accablant de questions et de conseils.

Edwige, munie de son portable, taquinait la cote de la Bourse et a fait, selon son propre aveu, les pires transactions de sa vie. Victoria révisait avec Tania ses devoirs – mais le croirez-vous ? – c'est la petite qui a fini par corriger les fautes de Victoria. Elle est touchante, la petite Tania. Encore un petit effort et elle serait presque mignonne. Je dois dire que pendant nos soirées tricot, ce ne fut pas elle la moins assidue, ni la moins talentueuse.

Odette, pour se calmer les nerfs, tricotait à en perdre haleine. Ce n'est pas vraiment un chef-d'œuvre qu'elle nous a créé ce jour-là, malgré les progrès louables qu'elle avait réalisés en la matière. Odette est une fille exemplaire, mais arriverai-je jamais à me sentir à l'aise avec elle ? Pourtant, je sais que je n'y étais pour rien dans cette histoire qui ne finit pas de m'étonner, ma seule faute étant d'avoir engendré une ensuquée qui, elle, ne semble plus du tout s'embarrasser d'aucune culpabilité oiseuse. D'autant qu'elles habitent maintenant ensemble, sur Villeneuve, à deux encablures de mon logement – c'est quand même plus pratique – qu'ensemble elles ont décoré la chambre d'Anna-Bella, qu'ensemble elles vont élever l'enfant de Boris. Oui, elle est exemplaire, Odette. Je lui souhaite de tout cœur de finir par trouver son propre chemin. En attendant, elle s'est parfaitement intégrée dans notre famille élargie.

Nous tenons enfin dans les bras notre petit bout de bonne femme, plein de cheveux. Même si, objectivement, on ne peut dire qu'Anna-Bella soit exceptionnellement belle, elle a tout ce qu'il lui faut et elle est rigolote. Elle dort et, dans son sommeil, elle me serre un doigt de son poing minuscule. Voilà qu'elle sourit. Quel rêve peut-elle bien faire, quelle bonne blague lui racontent ses anges gardiens ? Moi, je fonds. Je me promène à longueur de journée avec les yeux mouillés, mais c'est pour la première fois de ma vie que je connais le goût enivrant des larmes de bonheur.

Comme il fallait s'y attendre, Nicolas continue de zoomer furieusement. Je dois le supplier de ne pas montrer les photos d'Anna-Bella au facteur, au livreur de journaux, aux voisins. Il ne peut pas comprendre qu'eux, ils n'en ont rien à cirer, même si, polis, ils disent que la petite est merveilleuse.

Ninon est heureuse, chante à tue-tête, mais elle est complètement dépassée par les événements et Odette s'affole tant à chaque cri d'Anna-Bella, s'extasie tant devant ses risettes, qu'elle n'est pas pour le moment d'une grande utilité. Moi non plus, d'ailleurs. Heureusement que Victoria, avec son bon sens habituel, vient mettre un peu d'ordre dans nos vies, sinon on n'arrêterait pas de changer les couches et de chauffer des biberons, jour et nuit, sans manger ni dormir.

Andrée, méconnaissable dans le rôle de grand-tante, qu'elle prend très au sérieux, s'émerveille devant chaque « areu, areu » et autres gazouillis, bêtifie à s'en rendre ridicule, trouve à Anna-Bella des ressemblances avec Maman, Papa, Nicolas ou moi, qu'elle est seule à voir, et il faut que je la pousse dehors pour qu'elle ne néglige pas totalement John, son commerce, sa maison. Ce n'est pas peu dire qu'elle passe plus volontiers l'aspirateur chez moi que chez elle, pour pouvoir tourner autour du bébé.

Edwige nous surprend tous. Elle qui se vantait avant de n'avoir jamais touché à un bébé de sa vie manie Anna-Bella d'une main de maître. Elle s'est nommée seule autorisée à la promener et, avant de sortir, elle pomponne notre princesse comme pour une visite chez la Reine. C'est en colère qu'elle nous raconte en rentrant qu'il y a des idiots dans la rue qui sont passés à côté du landau sans même y jeter un coup d'œil. Durant ces promenades, elle n'accepte personne à ses côtés, sauf Nicolas et son inséparable appareil photo, mais pour un pâté de maisons seulement. Après quoi elle lui rappelle qu'il est attendu ailleurs.

En effet, pour que les hommes se sentent moins délaissés, mais surtout que nous puissions baigner tout à notre aise dans la chaude ambiance féminine, elle a eu l'idée de leur organiser d'interminables parties de bridge. Dominique et John, contre Nicolas et Gyuro. Tout le monde est ravi, personne ne s'en plaint, même si je dis que ça sent la manipulation à plein nez. Mais m'a-t-on jamais écoutée ?

Pour laisser un peu de temps à Ninon et à Odette, histoire qu'elles s'habituent à pouponner toutes seules sans qu'on les abreuve de milliers de conseils aussi contradictoires qu'inutiles, et que moi je puisse souffler un moment dans la folie générale, Victoria, oui, elle, a eu l'idée que nous reprenions nos sorties hebdomadaires. Plus le jeudi, bien sûr. Cela aurait été inconcevable. Le mercredi, d'après Victoria, c'était la soirée tout indiquée. C'était, en effet, nous expliqua-t-elle avec le plus grand sérieux, les mercredis que Freud réunissait son groupe d'élèves et disciples, rituel inévitablement repris par Lacan, que Mme Verdurin tenait salon, qu'ont lieu la plupart des cénacles philosophiques, des causeries littéraires, des congrès de savants. Imparable argument.

Il fallait encore trouver le restaurant digne de nous recevoir et prêt à nous tolérer, nous, nos cigarettes, nos interminables bavardages. Notre cher Vietnamien avait fermé boutique. Il a été remplacé par un sushi, et comme nous ne mangeons pas de ce poisson-là, nous nous retranchons désormais dans un petit restaurant français «apportez votre vin», pas encore très couru, dont je ne dévoilerai pas l'adresse, par peur qu'on n'y trouve plus de table. C'est Andrée qui nous l'a proposé, car c'est quand même la cuisine française qui est la meilleure qui soit. Tout le monde lui a pardonné ce petit relent xénophobe, moi la première, car elle n'a pas tout à fait tort. Nous nous régalons toutes, même Victoria, qui est devenue une inconditionnelle de la brandade de morue.

J'aime beaucoup ce restaurant, je me sens tout à fait dans mon élément : il y a au menu tant de sauces onctueuses avec lesquelles je peux me tacher. Taches de beurre et de crème que même ma teinturière de sœur n'arrive pas à faire disparaître.

Le quatuor recomposé se retrouve donc tous les mercredis soirs pour débattre des grands sujets de l'actualité. Ils sont nombreux. Anna-Bella fait ses premières dents, mais pas encore ses nuits, je prendrai bientôt ma retraite, car Ninon et Odette promènent dans le monde des visages blafards et des yeux cernés jusqu'au menton à force de ne pas dormir. De toute façon, elles s'avèrent d'une navrante incompétence côté éducation.

— Il n'y a que toi qui puisses éduquer cet enfant en fin de compte, ma grande, me rassure Andrée, ne fais rien de plus que ce que tu as fait pour Ninon et le tour sera joué.

Je la regarde, incrédule. Se fiche-t-elle de moi ? Non, pas du tout. Ma sœur n'est plus que miel, oublie de critiquer, ne sait plus dire que des choses gentilles, même à moi, même à Nicolas. On me l'a changée, parbleu ! Et bien qu'en souvenir de Maman j'eusse aimé parfois retrouver ma frustrée petite sœur d'antan, histoire de remonter le temps par moments, je l'adore, Andrée, souriante, heureuse, enfin épanouie. Elle se marie cet été, et Edwige organise les festivités avec l'ardeur et l'art qu'elle investit dans ce genre d'affaires. D'un ton mi-sérieux, mi-amusé, Ninon a demandé à Edwige et à Victoria pourquoi elles ne voudraient pas se joindre à Andrée. Un triple mariage, ce serait quand même plus rigolo. Celles-ci, mi-figue, mi-raisin, lui ont dit de s'occuper de ses fesses, ou encore mieux de son enfant, mais elles ne lui ont tout de même pas opposé une fin de non-recevoir.

Quoi que nous fassions, c'est quand même Anna-Bella qui est notre principal sujet de conversation et, par la force des choses, nous parlons aussi d'Annabelle, souvent. Nos voix tremblent alors, nous allumons vite des cigarettes, tant pis pour nos poumons et pour les regards chargés de reproches des tables voisines, et nous noyons notre tristesse dans une gorgée de gros rouge qui tache. Ce nouveau carré de dames ne pourra jamais battre l'ancien.

Les joutes oratoires se font d'ailleurs plus rares, tout le monde étant d'accord sur le fait qu'Anna-Bella est le plus merveilleux des bébés, que Nicolas en grand-papa gâteux donne un spectacle affligeant mais charmant, que Dominique prend vraiment du mieux, que John devrait quand même apprendre le français et que la barbe que Gyuro s'est laissé pousser ne lui va pas mal du tout.

Edwige néglige un peu ses baleines pour le moment et elles ont la délicatesse de ne plus aller s'échouer sur les plages de la côte Est. La situation désastreuse des sans-abri la révolte tout autant, mais où prendrait-elle le temps de manifester avec eux, alors qu'elle dirige avec Dominique leur réseau, qu'elle gère toujours ses affaires avec autant de brio et que, par-dessus le marché, elle veut faire venir Paquito à Montréal pour les vacances d'été ? Cependant, elle a vraiment la pêche, Edwige, même moi, l'incurable inquiète, je suis rassurée.

Victoria aussi a dû délaisser ses philosophes que la poussière envahit peu à peu sur les rayons de sa bibliothèque. Ils lui ont pardonné, ils savent bien, eux, que ce n'est pas facile d'élever une ado qui oublie ses complexes et ses *piercings* pour ne plus s'intéresser qu'au maquillage, aux magazines de mode et aux garçons. C'est Annabelle qui serait contente, et j'ai l'impression de la voir faire un clin d'œil appuyé à Edwige et tirer la langue à Victoria. Bonjour, Philippine, je suis si contente de te retrouver de nouveau à notre table.

Un autre détail caractérise nos mercredis soirs. C'est munies de nos cellulaires ouverts que nous prenons désormais place autour de la table. Il faut bien marcher avec son temps, et à bavarder, à manger, à boire et à fumer, nous n'avons quand même plus le droit de nous couper totalement de notre monde. À chaque instant nous devons aux nôtres d'être joignables. Dès qu'un téléphone retentit dans le restaurant, nous nous précipitons toutes les quatre sur nos sacs, appuyons frénétiquement sur toutes les touches, cherchons à voir si ce n'est pas nous qu'on sonne. Nous avons peut-être l'air un rien ridicules : quatre juvéniles quinquagénaires qui se battent avec les circuits intégrés, mais ne nous a-t-on pas assez répété que le vingt et unième siècle sera celui de la communication ou ne sera pas ?

Et puis, à chaque instant, l'heure est grave ou pourrait l'être. Tania prépare ses examens, et Victoria est de service jour et nuit. La petite angoisse, mais Victoria est sûre qu'elle réussira, il y va de son honneur.

Edwige attend des nouvelles de Paquito, et les communications avec la Bolivie sont si hasardeuses qu'il ne faudrait surtout pas qu'elle manque son appel.

Moi, plus que toutes les autres, je ne peux absolument plus me passer de cellulaire. Ninon et Odette risquent d'avoir besoin de mon téléguidage ; elles doivent aussi me faire un rapport circonstancié de la tétée du soir, du bain qu'elles ont donné à la petite et de toute autre prouesse d'Anna-Bella que je dois connaître sans tarder pour pouvoir la transmettre à mes commensales. Et Nicolas m'appelle à tout bout de champ tant il a de choses urgentes à m'apprendre, par exemple, que les dernières photos qu'il a prises sont malheureusement surexposées. Andrée a donc dû s'équiper, elle aussi, d'un cellulaire. Si ma ligne était occupée, il fallait bien qu'on puisse quand même me rejoindre sur-le-champ, d'autant que, dernièrement, Nicolas nous fait la surprise de nous envoyer par Internet les dernières photos de la journée : Anna-Bella dans son bain, Anna-Bella à plat ventre sur la moquette, Anna-Bella dans son lit. Pourquoi remettre au lendemain ce que la technique moderne nous permet de savourer sans délai ? Vite nous chaussons nos lunettes pour admirer le chef-d'œuvre.

La morale de mon histoire ? Un minuscule bébé, qui passe son temps à faire ce que fait tout bébé de ce monde : dormir et sourire, pleurer et babiller, peut rendre complètement gâteux une armée d'adultes dans la force de l'âge.

Table des matières